KB273587

다형 김현승 시 연구

다형 김현승 시 연구

저자

유성호(柳成浩 Yoo, Sung-Ho)_ 1964년 경기 여주에서 출생했다. 연세대학교 국문과를 졸업하고 같은 대학원에서 문학박사학위를 받았다. 서남대학교 국문과, 한국교원대학교 국어교육과를 거쳐 지금은 한양대학교 국문과 교수로 있다. 『서울신문』 신춘문예 문학평론 부문에 당선하여 문학평론가로 활동하고 있으며, 지은 책으로 『한국 현대시의 형상과 논리』(1997), 『상징의 숲을 가로질러』(1999), 『침묵의 파문』(2002), 『한국 시의 과잉과 결핍』(2005), 『현대시 교육론』(2006), 『문학 이야기』(2007), 『근대시의 모더니티와 종교적 상상력』(2008), 『움직이는 기억의 풍경들』(2008), 『정격과 역진의 정형미학』(2014) 등이 있고, 엮은 책으로 『강은교의 시세계』(2005), 『박영준 작품집』(2008), 『나의 침실로(외)』(2009), 『박팔양시선집』(2009), 『한하운전집』(공편, 2010), 『김상용 시선』(2014) 등이 있다. 현재 『시작』, 『서정시학』, 『문학의 오늘』 등의 편집위원으로 활동하고 있으며, '문학과사상연구회', '근대서지학회', '임화문학연구회' 등에서 한국 근대문학을 연구하고 있다.

다형 김현승 시 연구

초판 1쇄 발행 2015년 2월 6일 **초판 2쇄 발행** 2015년 7월 10일
지은이 유성호 **펴낸이** 박성모 **펴낸곳** 소명출판 **출판등록** 제13-522호
주소 서울시 서초구 서초중앙로6길 15, 1층
전화 02-585-7840 **팩스** 02-585-7848 **전자우편** somyong@korea.com **홈페이지** www.somyong.co.kr

값 20,000원   ⓒ 유성호, 2015
ISBN 979-11-85877-99-0 93810

다형 김현승 시 연구

A Study on poem of Kim, Hyun-Seung

유성호

우리 근대문학사에서 이른바 '종교적 상상력'으로 가장 유명한 다형(茶兄) 김현승(金顯承)은 62년 동안 지상에 머물면서 모두 300편 가까운 시편과 여러 권의 논저를 세상에 내놓았다. 그는 프로테스탄트 가정에서 태어나 기독교 신앙에 충실한 삶을 줄곧 살았으며, 그 신앙에 회의하여 신으로부터 멀리 떠나 인간적 고독에 휩싸이기도 했다. 그는 고독의 내면에서 다시 적나라한 인간의 형상으로 시세계를 확산하려 하였으나, 마침내 신에 절대 귀의하는 모습을 보이면서 생을 마감한다. 결국 그의 시세계는 '신성'과 '고독'이라는 이율배반의 지평으로 흔들리며 집중되었다고 할 수 있다. 그는 인간의 관념 속에 갈등적으로 내재하는 '신성'에 대한 추구와 그것에 대한 회의로서의 '고독'을 변증적으로 노래한 매우 드문 시인이었던 것이다.

특별히 그가 타계하기 전 약 4년간의 시작 활동은 신에 귀의한 행적으로 가득하다. 하지만 신에 대한 회의와 갈등 속에서 신을 잃고 인간적 고독을 시적 대상으로 삼았던 시기에도 그의 관념 안에는 여전히 신이 내재해 있었다. 그래서 우리는 극적이고 대단원적인 그의 귀의야말로, 그의 끊임없는 신에 대한 의식이 궁극적으로 가닿은 영역이라고 말할 수 있다. 그만큼 그에게 시는 자신의 교양과 인식 그리고 기질과 인생 체험을 표백하는 언어적 방식이었고, 따라서 그가 기독교라는 특정 종교에 의지했건 아니면 그것에서 떠나려 했건 역설적으로 그의 생애는 그로 하여금 시와 종교에 대한 통합적 인식을 가멸차게 가져다주었던 것이다. 이 점은 우리 문학사에서 매우 드물고 귀한 사례가 아닐 수 없다.

이처럼 다형 김현승의 시적 편력은 극적 과정, 곧 신성과 고독의 변증법으로 점철되어 있었다. 그 김현승을 만나는 일은 그래서 '신성'에 가까운 사랑과 평화와 축복과 전율의 경험이요, '고독'에 가까운 메마름과 단단함과 외따로움과 극한의 경험일 것이다. 이 저작은 이러한 김현승의 시세계에 분석적으로 다가간 결실이다. 통시적 작가론을 뼈대로 하여 그가 집중적으로 구현하려 했던 시적 키워드와 창작방법의 일관성 그리고 사상적, 정서적 독자성을 변별하려 애쓴 결과이기도 하다. 그에 관한 여러 저작이 이미 세상에 나와 있지만 이 저작이 낱낱 시편들을 꼼꼼히 분석하고 그 결과를 통해 다형만의 언어적, 정서적, 사상적 특질에 다가가는 미시적이고 귀납적인 방법론을 썼다는 점만은 부기하고 싶다.

생각해보면 이 저작은 벌써 20여 년 전으로 흘러가 버린 학위논문이 저본이 되었다. 하지만 우리는 여전히 다형의 현재성이 역동적으로 우리에게 주어져 있다고 말할 수 있다. 그만큼 김현승 시편은, 주로 '슬픔'을 노래해온 우리 근대시사의 저편에서, 메마름과 단단함과 외따로움의 한 정점을 통해 이채롭고 견고한 관념의 운동을 보여주었기 때문이다. 이 저작을 통해 다형 시편에 관한 이해와 경험이 넓어지길 고대해

본다. 책 출간을 독려해주신 연세대학교 근대한국학연구소와 출간을
맡아주신 소명출판에 깊이 감사드린다.

2015년 1월
행당 연구실에서
유성호

차례

논의의 출발

현대 시사와 김현승

한국 현대시의 역사는 우리 현대사가 걸어온 역사적, 정치적 굴절만큼이나 다양하고 복잡한 형상적, 사상적 흔적으로 충일하다. 비록 역설적이기는 하지만, 험난하고 굴곡 많았던 역사의 도정은 당대를 살아갔던 창작 주체들에게 그에 걸맞은 사상적 심화와 정서적 확장을 요구하고 허락하였으며, 그들에게 다양한 시적 대응을 통해 한 시대의 어려움을 견인하고 이겨나갈 수 있는 힘과 예지를 부여하였다. 통시적으로 보아도 이른바 근대 계몽기에 역동적으로 펼쳐졌던 다양한 형식의 시가(詩歌) 문학이나 육당(六堂) 최남선(崔南善) 등에 의해 실험적으로 시도되었던 과도기적 시형, 그리고 1920년대 초반부터 본격적으로 전개된 근대 자유시 운동 등으로 이어지는 현대시의 발전 경로를 따라, 우리 현대시사는 모국어에 대한 정치(精緻)한 언어 미학적 탐구와 그를 토대로 한 이념적, 사상적, 방법적 심화 그리고 시적 음역(音域)의 다양화를 꾸준히 축적해왔던 것이다.

그 가운데 특히 서정시 본래의 '언어 예술성'에 대한 자각이 대두하고, 서정시의 장르적 정체성에 대한 폭넓은 천착이 이루어진 1930년대는 우리 현대시의 전개에 매우 중요한 마디를 이루는 시기로 각별하게 기억되어야 할 것이다. 이 시기에 등장하게 되는 많은 시인과 동인지들, 그리고 다양한 양상으로 표출된 문학 운동 등은 우리 현대시의 방향이 나아가야 할 몫과 그것이 부딪치게 된 한계를 동시에 보여주는 풍요로운 문학적 공간을 형성한다. 그만큼 1930년대는 우리 시단에 지극히 다양한 시인들과 시 경향이 혼재되어 나타났던 이른바 문학사의 '백가쟁명(百家爭鳴)' 시대였다고 할 수 있다.

두루 알다시피 1930년대는 일본 제국주의의 대륙 침략과 식민지 수탈 정책이 더욱 첨예하고 본격적으로 이루어지면서 우리 민족의 정신사에 커다란 충격을 가하게 되는 시기이다. 그에 따라 문학에 대한 표면적, 이면적 압박도 강도를 더하게 되는데, 그러한 폭력적 양상은 우리 시문학으로 하여금 여러 양상의 대응을 요구하게 된다. 그에 따라 카프를 중심으로 이루어졌던 진보적인 문학 진영은 현상적으로 퇴조하게 되고, 그들은 사상적, 정서적 내성화라는 시적 전략으로 우회하게 된다. 그리고 그와는 반대급부적으로 언어 예술로서의 시적 방법론을 중심으로 하는 이른바 '순수문학'이 은성하게 되고, 또한 모더니즘 운동으로 대표되는 외래 사조의 본격적 수입도 역동적으로 펼쳐지게 된다. 또한 이 시기의 시인들은 '미적 근대성'의 본질을 근대적 자아의 서정성에서 찾으려는 미학적 자각을 하게 되는데, 곧 그것은 1930년대의 서정적 주체들에게 이르러서야 비로소 서정시적 본령에 걸맞은 뿌리 내리기가 가능해졌다는 뜻으로도 해석될 수 있다.

이와 같은 1930년대의 시사적 양상이 가지는 복합적 성격에 비추어 볼 때, 그 시기에 등단을 하고 시적 출발을 하게 된 이른바 신진 시인들은 전대(前代)의 시인들로부터 풍요로운 유산을 이어받는다는 긍정적이고도 생산적인 측면과, 갈수록 강화되는 파시즘의 공세와 창작 환경의 불모화라는 부정적이고도 소모적인 측면을 동시에 경험할 수밖에 없게 되었다. 그러한 긍정적, 부정적 측면은 1930년에 나온 『시문학(詩文學)』이라든가 그 뒤로 이어진 구인회(九人會) 운동(1933), 카프 해산(1935), 『시인부락(詩人部落)』(1936), 『자오선(子午線)』(1937) 등을 통해 창작 주체들에게 여러 모로 열린 가능성의 역할을 해주었고, 그들의 감수성을 표출할 수 있는 터가 되어주기도 했다. 그 점에서 이 시기에 시단에 발을 들여놓은 후, 1970년대 중반에 이르기까지 커다란 중심적 사조나 문학 운동에 편입되지 않고 자기 시세계를 고유하고도 굳건하게 지켜갔던 다형(茶兄) 김현승(金顯承, 1913~1975)의 문학적 궤적은 우리에게 여러 가지 시사를 준다고 생각된다.

그동안 우리 현대시 연구는 끊임없이 현실과의 대응이라는 사회학적 상상력의 자장 안에서 그 의미를 주로 찾아왔다. 그렇기 때문에 우리는 서정적 주체의 내부에서 독자적으로 형성된 내밀하고도 고유한 '세계'에 대해서 관심과 평가를 유보해온 것이 사실이다. 워낙 우리의 역사와 현실이 녹록하지 않았기 때문에, 그에 따라 시의 독법(讀法)까지 커다란 영향을 입은 셈인데, 그와 같은 비평적 시각은 연구자들로

하여금 서정적 주체들이 견지한 고유한 미학적 자의식보다는 시인들의 현실 대응 양상에 관해서 주로 집중적인 해석과 평가를 하게끔 하였다. 이 연구의 기본 입지점이 바로 서정적 주체의 내면에서 역동적으로 운동하는 '관념(觀念)'을 줄기차게 시적 대상으로 삼은 한 시인의 세계를 해석하고 평가하는 데 있다는 것은, 이러한 평가의 관행적 문맥에 비추어볼 때 퍽 곤혹스러운 일이 아닐 수 없다.

그런데 그 곤혹스러움은 이 시인의 시세계가 해석 자체를 일정 부분 거부하는 완강한 난해성을 띠고 있기 때문에 발생하는 것과는 그 차원이 다르다. 그것은 오히려 시대적 규정력이 워낙 거세고 집요했던 우리 현대시의 역사에서, 그가 시대의 풍향을 등지고 자신의 '관념' 안에서 철학적 통찰이라는 작업에 매진한 시인이기 때문에 오는 성격 차원의 것이다. 그런데 김현승에게 그 '철학적'이라는 수사가 가지는 내포는 시인으로서의 '인식'과 시의 '방법' 모두에 걸쳐 있다. 따라서 우리로서는 그를 시사적 역학 관계 속에서 위치 짓는다는 생각을 유보하고, 그의 시 안에 독자적으로 형성되어 있는 '인식'과 '방법'의 특성을 올바로 탐구하고 평가하여, 김현승의 시인됨의 독자적 면모를 밝히는 것이 중요하다고 할 수 있다. 이와 같이 김현승을 연구하는 데 역사적 평가보다는 미학적 해석이 앞서야 하는 까닭은, 이 시인의 근본적인 특성에서 초래되는 것이기도 하지만, 그것이 한 시인을 정당하게 평가하는 데 반드시 요청되는 독법이기 때문이다.

우리 현대시의 역사에서 이제까지 김현승만큼 시와 신앙 또는 시와 '종교적 상상력'이라는 관점으로 많이 논의되어온 시인도 없을 것이다. 우선 그의 개인적 이력이 강한 기독교적 자장에서 한 치도 벗어나 있지 않았고, 또 생애를 일관하여 그 스스로 신과 인간의 관계 또는 인간의 윤리적 실존을 줄곧 노래해왔기 때문에 그를 그러한 시각으로 재단하고 고착시켜온 것도 어쩌면 자연스런 일이라고 할 수 있다. 그러나우리가 그의 시세계를 음미하고 평가할 때 특정한 종교 사상을 시적으로 번안(飜案)한 것 정도로 좁혀서 해석하거나, 그가 가지고 있던 신앙의 부수적 표현물 정도로 이해하는 태도 등은 그를 온당하게 이해한결과도 아닐 뿐더러, 오히려 한 시인의 시세계가 가지는 역동성 또는풍부한 재해석 가능성을 원천적으로 차단하는 역작용을 했음을 부인하기 어려울 것이다. 따라서 김현승의 시에 내재하는 종교적 요소를핵심적으로 추출하여 그가 뛰어난 종교적 시인이었음을 입증하는 연구는 그를 천착하는 유용한 각론 중의 하나는 될 수 있을지언정 그의시세계를 전체적으로 이해하는 태도는 될 수 없다고 할 수 있다.

  사실 모든 언어 텍스트는 독자의 독법 또는 그것이 수용되는 정치적, 문화적 맥락에 따라 풍요로운 재해석의 공간을 가진다. 그러나 그러한 재해석 행위는 기존의 논의 및 평가를 전적으로 무화시키려는 전복적 열정으로는 제대로 이루어지지 않는다. 그것은 그동안 축적된 논의의 결과를 긍정적으로 폭넓게 섭렵하고 수용하면서, 그 텍스트가 아직도 그 안에 담아두고 있는 해석 가능한 의미 연관을 정당한 문맥적관계로 새롭게 복원하여 독자들의 심미적 체험의 영역으로 끌어올리는 지적 작업이기 때문이다. 특히 한용운(韓龍雲)이나 김현승처럼 특정종교를 사상적, 심미적 배경으로 삼고 활동했던 시인의 경우, 그 배경적 요소를 시세계의 본질로 곧바로 치환시키지 않고, 그 형상적 매개과정을 면밀히 살피는 사유의 유연성 및 거리 확보는 그 재해석의 공간을 더욱 증폭시킬 수 있는 올바른 태도라고 할 수 있다. 따라서 우리는 이제 다형의 시세계가 구유하고 있는 철학적, 미학적 의미 다시 말해서 그가 보편적인 인간의 삶의 내용과 가치를 어떻게 투시하였고 또 그 결과를 어떠한 형상화 방법으로 표출하였는지를 생각해보고자 한다. 아울러 그동안 관행처럼 굳어져온 태도, 곧 김현승의 시를 특정 종교의 테두리에 묶어 이해하는 태도보다는, 오히려 그의 시가 인간의 삶과 존재에 대한 실존적 고민과 사유의 결과이며, 그것이 '기독교'라는 정신사적 배경과 끊임없이 갈등과 길항 관계에 놓인 채 변용된 결과라는 가설 아래 논의를 진행하려 한다. 이러한 시각 아래 김현승 시세계가 온당히 해명된다면 그 결과는 그의 시가 가지는 시사적 무게와 진실성의 증빙 자료가 되고, 나아가 그의 시적 고뇌의 깊이를 단순한 선험적 관념이 아닌 치열하고 성실한 존재론적 모색으로 정당하게 값 매길 수 있는 토대가 될 것이라고 기대해본다.

더불어 한 가지 더 고려되어야 할 부분은 그가 시대적 조류를 따르지 않고 독자적인 시세계를 구축해왔다고 할지라도, 그가 심미성(審美性)에 일차적 목적을 두는 순수시 계열의 시인은 아니라는 점이다. 그는 심미적 이미지 축조 자체를 위하여 혼신의 힘을 쏟은 시인이 아니라, 사물의 이미지로 나타나는 시적 상관물에 자신의 강렬한 '관념'을 실어 노래하는 독특한 시적 의장(意匠)을 한결같이 지켜간 시인이기 때문이다. 따라서 그의 시를 온당하게 해명할 때 언어 미학적 탐구, 이를테면 형식주의적 연구(구조, 운율, 비유법 등)에 에너지를 집중하는 일 역시 부분적인 성과에 기여할 뿐, 총체적 독법은 되지 못한다는 지적이 필요할 것으로 보인다는 것이다. 이에 우리는 김현승의 문학적 궤적을

'인식 구조'와 '형상화 방법'이라는 두 가지 층위의 독법으로 따라가면서, 그가 시를 통해 구현하려고 했던 사상적 지향과 그에 나타난 형상적 성취에 대해 알아보려고 한다. 그렇다면 자연스럽게 그가 누렸던 시적 생애의 몫이 정치하게 귀납되리라고 생각한다.

／ 제1장 ／

김현승 연구의 흐름과 과제

그동안 행해졌던 김현승에 대한 학문적, 비평적 논고는 어느 정도 축적되어 있지만 만족할 만한 상태는 아니다. 여기서 만족할 만한 상황이 못 된다고 말하는 것은 그에 관한 연구의 양적 축적의 빈곤을 두고 하는 말이 아니라, 그 질적 깊이와 시각의 정합성을 두고 하는 이야기이다. 한국 현대시의 길지 않은 역사에 비해 적지 않은 양이 이 시인에 관한 논의에 할애되었다고는 하지만, 그것들은 대부분 다양하고 심층적인 작품 분석을 결하고 다분히 선험적이고 인상적인 그의 시인적 이미지(고독／기독교／가을 등)로 그를 평가하는 고정된 안목을 보였다. 이러한 선험적 재단은 우리의 현대 시인 중 누구보다도 이 시인에게 더욱 집중되었다는 인상이 강하다. 따라서 그에 관하여 또는 그의 시세계가 의미하는 것에 관하여 논의할 때, 우리는 다양하고 복합적인 시선을 준비해 둘 필요가 있는 것이다.

또 한 가지 지적할 수 있는 것은 우리의 시사를 전개하려 할 때 김현 승의 시는 유용한 질료가 그간 못 되었다는 사실이다. 그런데 시사 기술 에서 그를 적극적으로 편입해서 논의하는 일이 드문 까닭은 대략 세 가 지 정도로 생각해볼 수 있다. 첫째 김현승의 시세계가 어느 특정한 문학 적 유파와 비교적 무관하다는 사실을 들 수 있다. 말하자면 그는 문학 운동적 차원의 연구가 절대적으로 승했던 그간의 우리 비평적 풍토에 예민한 쟁점이 될 수 없었던 시인이었다. 이를테면 그는 영랑(永郎)이나 석정(夕汀) 등은 시문학파로, 상화(尚火)나 임화(林和)는 경향파로, 안서(岸 曙)나 소월(素月)은 민요시파로, 또 미당(未堂)이나 청마(青馬)는 생명파로 보는 등의 유파적 분류에 해당되기 어려웠고, 또 '청록파(青鹿派)'라든가 '후반기(後半紀)'처럼 이른바 집단적 준거조차 가지지 못하였다. 그는 그 런 면에서 문단사적으로 철저하게 '고독'한 시인이었다.

둘째 이유는 그에 대한 적극적 비판이 부재하다는 것, 곧 그를 치지 도외는 할지언정 정신사적으로든 기법적으로든 연구자들이 심혈을 쏟아 비판할 것이 별로 없었다는 측면에 있다. 이것은 그가 인간적 측 면이든 문학적 측면이든 뚜렷한 흠을 드러내지 않았고, 따라서 늘 적 극적 비판의 대상에서 제외되었기 때문에 생기는 현상이다.

그리고 마지막 이유는 특정 종교와의 연관성을 지나치게 결정론적 으로 받아들여 과장된 연루 과정으로 파악해버리는 태도에 있다고 볼 수 있다. 그러한 그의 이미지는 '종교'라는 한정적, 특정한 양식보다 '역사'라는 보편적 담론을 우선시했던 우리 비평적 풍토에서 호의적으로 받아들여지지 않았던 것이다.

따라서 우리로서는 이와 같은 이유들을 뒤집어 생각할 경우, 우리의 연구 목적의 타당성을 어느 정도 마련할 수 있다. 그것은 우선 한 시인의 시를 문학 운동적 관점에서 연구하지 않고 그만이 누린 고유한 내적 세계로 파악하는 시각을 준비하는 것이고, 또 특정 종교에 연루된 고정적 이미지를 어느 정도 해체하여 그가 오히려 그 안에서 갈등하고 흔들려왔던 시인임을 밝히고 그 과정에서 변모되어온 그의 '관념적 진실성'을 포착하여, 그것의 의미와 가치를 생각해보는 데서 찾아질 것이다.

이러한 특성을 가지고 있는 김현승의 시에 관한 연구사는 세 가지 방향에서 조감할 수 있다고 본다. 하나는 이른바 '정신사적' 연구이고, 다음은 '종교'와의 관련성에 대한 탐구, 그리고 마지막은 그의 시세계가 가지는 '형상적 특질'에 관한 탐구이다. 그 가운데 그동안 가장 활발하게 이루어져왔고 최근까지도 꾸준히 주된 관심의 대상이 되고 있는 방법이 '정신사적' 연구이다. 이러한 경향의 시작을 연 연구로는 천상병의 것을 들 수 있는데, 그는 김현승의 시에서 자연 몰두와 기도에 의한 초극, 그리고 사랑의 고귀성과 자신만만한 태도를 읽어냈다.[1] 이어서 박두진은 김현승의 시세계를 인간적인 고독의 감정이 도저한 의식으로, 그 의식이 다시 사상으로, 그 사상이 다시 시의 순수와 시인의 투철한 생활신조, 세계관, 시관으로 순환, 혈액화되어 있다고 보면서 그를 사상성의 시인으로 적극 평가하였다.[2] 김우창은 김현승 시의 특질을 이미지의 선명한 조소성, 지성·사색의 구조, 삶의 의미 탐구, 고독

---

1   천상병, 「김현승론」, 『시문학』, 1973.1.
2   박두진, 「시와 고독」, 『현대시의 이해와 체험』, 일조각, 1976.

의 세계에 대한 비전, 서구적인 풍모, 사물에 대한 투명한 관찰, 가라앉고 투명한 시적 목소리 등으로 보고 그의 시가 하나의 독자적 위상을 이루고 있음을 부각시켰다.[3] 이와 같은 연구들은 하나같이 김현승 시에 나타나 있는 정신적 풍모에 연구의 시각을 집중하고 있다.

한편 김재홍은 김현승을 현대시의 역사에서 하나의 우물 같은 시인이라고 비유적으로 평가하고 있는데, 김현승의 시에 일관되게 나타나는 것은 신 앞에 선 인간으로서의 번뇌와 깨달음이며, 동시에 신을 잃은 인간으로서의 고독과 슬픔에 관한 문제라고 그는 본다. 나아가 김현승의 시는 종교적 명상의 소중함을 일깨워주었으며, 무수한 자기 부정과 고통스런 과정을 통하여 참된 인간의 발견과 삶의 긍정에 이름으로써 고독의 사상을 완성했다는 점에서 시사적 의의가 있다고 평가한다.[4] 또 조태일은 김현승의 시정신에 초점을 맞추어 시의 전개 과정을 살펴보았는데, 그는 그동안 기독교적 세계관 속에서 국한되어 논의된 기존의 연구 성과를 반성적으로 검토한 후, 김현승의 시세계를 '기본정신'과 '특수정신'의 변증법적 관계 속에서 살펴보았다. 김현승의 시정신은 1기에서는 자연을 통한 인간 중심의 세계관으로 나타나고, 2기에서는 자연과 인간, 사회와 인간의 관계가 혼융되어 나타나고, 3기에서는 '고독'을 통해 시인 자신의 내면세계로 침잠하고, 또 인간 본질의 문제에 관한 시적 형상화 작업을 하였으며, 마지막 4기에서는 시정신이 신 중심주의로 전환되는 변모를 겪는데, 그 과정을 따라간 다분히 통시적인 연구라고 할 수 있다. 결론적으로 연구자는 김현승의 시정신

---

3 김우창, 「김현승의 시―세 편의 소론」, 『지상의 척도』, 민음사, 1981.
4 김재홍, 「다형 김현승―가을정신 또는 고독의 사상」, 『한국현대시인연구』, 일지사, 1986.

의 변모 과정과 그 의의를 '기본정신'과 '특수정신'의 관계 속에서 살펴 결국 그의 시정신의 바탕이 인간 중심주의에 있다고 본다. 곧 김현승 시정신의 중심은 인간 중심의 기본정신이었고, 이의 확대와 심화가 특수정신인 기독교 정신과의 상호 연계 속에 드러난다고 보았다.[5] 기진오는 김현승의 시가 가을에서 겨울을 지나 봄에 이르는 시간 의식 구조를 바탕으로 한 것이 많음과 그것은 또한 저녁에서 밤을 지나 새 아침에 도달하는 상징성에 바탕을 둔 기독교적 현실인식(고난-부활)이 시화된 경우가 많음을 주목하고, 삶의 문제들에 대해 시로써 해답을 제시하려고 하였다는 점과 기법적 세련성에다 정열적 참여 정신도 조화시켜간 점을 평가하였다.[6] 이러한 연구들은 초기의 인상적 비평에서 많이 벗어나 김현승의 문학적 정수를 올바로 파악해내는 데 커다랗게 기여하였다.

이어서 박귀례는 김현승의 시적 변모를 연대기적으로 따라가며 그의 시가 기독교 정신과 모더니즘의 상관성 속에서 전개되었다는 것을 논증하였다. 그의 논의에 의하면 김현승은 우리 시사에서 사상성의 깊이와 형이상시의 가능성을 보여주었으며, 인간주의 문학의 한 방편으로서 고독을 형상화하였고, 서술적 이미지와 문화어를 많이 썼고, 사물과 언어의 결합을 절묘하게 이룬 점이 높이 평가된다.[7] 또 윤여탁은 1950년대에 발표되었던 김현승의 시를 중심으로 그의 시세계의 중심을 이루고 있는 것이 신이나 신앙 그 자체가 아니라, 신앙인 또는 양심

5　조태일, 「김현승 시정신 연구」, 경희대 박사논문, 1991.
6　기진오, 「김현승의 시의식 연구」, 『전농어문연구』 6집, 1994.
7　박귀례, 「다형 김현승 시 연구」, 성신여대 박사논문, 1995.

적인 지식인, 성실한 시인으로서의 자기 사색과 자기 반성이라고 평가
하였다. 그는 김현승이 일방적으로 신에 기대는 종교시의 세계가 아니
라 뒤돌아봄의 깊이를 가지고 반성과 다짐을 주조로 삼는 독자적인 시
세계를 이루었다고 보았다.[8] 이러한 연구들은 김현승의 시정신이 특
정한 신앙 안에서만 축조된 것이 아니라 그 너머의 진실을 가지고 있
다는 것을 밝힘으로써 한 단계 더 나아간 것들이라고 할 수 있다.

다음의 연구 방향은, 이것이 가장 보편적인 김현승의 상(像)을 규정
하고 있는 강력한 인력이라고 할 수 있는데, 특정 종교 곧 기독교와의
갈등 또는 친화라는 범주로 그의 시세계를 연구한 경우이다. 매우 이
른 시기에 김현승의 시를 연구한 장백일은 김현승이 시종일관 신을 전
제로 하여 인간의 원죄를 끌고 가면서 신의 구원을 추구하고 있다고
보고, 신을 추구하다가 회의 속에서 신을 증오하다가 또다시 신의 사
랑을 추구하는 변증법적 태도를 보이고 있다고 평가하면서 그의 시와
기독교와의 관계를 문제 삼았다. 그는 이 논문에서 김현승의 작품을
그의 종교적 삶과 철저히 결부시키면서 그의 작품 세계를 일러 신을
전제로 해서 신의 구원을 바라는 의지가 내적 고뇌로 이어지면서 발전
해가는 세계로 보았다.[9] 또 최하림은 김현승의 경험과 사고 속에 이룩
되는 시정신의 인식 방향을 '나와 너', '우리와 신'으로 구성되어진 수직
적인 세계라는 사고방식에서, 신과 마주 서 있는 신앙의 세계가 기독
교적 인식의 시화에 성공한 반면, 인간의 종교인 기독교의 수평적인

---

8   윤여탁, 「신이 될 수 없는 인간의 고독」, 『한양어문연구』 13집, 1995.
9   장백일, 「원죄를 끌고 가는 고독」, 『현대문학』, 1969.5.

문제들을 내포할 수 없게 한 모순을 지니고 있으나, 절대 존재에 대한 집요하고 완곡한 관심을 표명함으로써 한국 시의 귀중한 광맥을 선지자적 자세로 예비해 놓았다고 평가하였다.[10] 그리고 조재훈은 고독을 종교적 차원에서 논하면서 생명의 가치 추구에서 필연적으로 도달한 궁극의 경지가 고독의 세계이며, 따라서 그 고독은 종교의 다른 얼굴에 지나지 않는다고 하며 김현승 시의 종교적 성격을 분명히 하였다.[11] 이러한 연구들은 시각의 정합성에서는 타당성을 확보하고 있지만 김현승 시의 방법적 원리 파악에는 미흡하다고 할 수 있다.

한편 이인복은 김현승의 종교관과 죽음에 초점을 두고, 부활은 죽음을 초극하는 것으로서 기독교가 표방하는 최고 최대의 구원의 상징인데, 다형은 부활을 신앙으로 믿지는 않았다고 그의 시를 통해 분석하였다.[12] 또 오규원은 김현승의 시세계를 이해하는 데 고독을 중요한 명제로 파악하고 있다. 김현승에게 고독은 자의식인 자기 무장으로 이 고독은 그로 하여금 필연적으로 매우 폐쇄적인 시의 세계를 형성하게 하였다고 보고, 이것이 그의 비극적 종교의식이라고 평가하였다.[13] 그리고 김종철은 김현승의 초기 시가 신앙 고백적 태도를 보이는 것이 사실이고, 후기에 와서 고독에 침잠하는 것 모두가 기독교적 세계관을 바탕으로 그 동질성 위에서 구축되고 있음을 말하며 김현승 시의 종교성을 논하였다.[14] 이와 같은 연구들은 김현승 시에 내재하는 종교성을

---

10 최하림, 「수직적인 세계」, 『창작과 비평』, 1975 여름.
11 조재훈, 「다형문학론」, 『숭전어문학』 5집, 1976.
12 이인복, 「현대시에 나타난 죽음」, 『한국문학에 나타난 죽음의식의 사적 연구』, 열화당, 1976.
13 오규원, 「비극적 종교의식과 고독」, 『현실과 극기』, 문학과지성사, 1976.
14 김종철, 「견고한 것들의 의미」, 『시와 역사적 상상력』, 문학과지성사, 1978.

좀 더 확대된 시야로 검증해 내어 인식의 지평을 넓혀준 결과라고 할
수 있다.

또 김희보는 김현승이 기독교적인 유일신을 탐구하는 데 일관하였
다고 보고, 그의 시가 기독교적 신앙과 사상을 형상화한 것으로, 그가
고독한 실존을 읊은 작가들과는 다르게 기독교적 자의식이 강한 시를
썼다고 보았다.[15] 그리고 박정례는 김현승의 시적 변모 과정을 통하여
다형의 시에 신과 고독의 문제가 어떻게 형상화되어 있으며 그것이 어
떻게 변모되어갔는가를 탐구하였다. 주요 시어를 그 빈도수와 관련 양
상에 따라 분석한 후, 그는 김현승의 종교적 구도시들을 중심으로 하여
종교의식의 변모가 그의 시에 어떻게 반영되어 있으며, 그것이 어떤 과
정을 거쳐 절대 신앙으로 귀착되게 되었는가를 따라가고 있다. 그는 김
현승의 시를 신앙의 건강성 내지 종교적 경건성을 획득하는 데서 한국
현대시의 미래적 지평이 열릴 수 있는 가능성을 보여 준 문학적 전범으
로 평가한 것이다.[16] 한편 권영진은 김현승 시세계의 원천이라고 할 수
있는 기독교 사상이 시로 형상화되는 과정을 살피고, 시어와 이미지가
창출해내는 그의 역사의식, 자연관, 인생관, 시관 등을 두루 천착하였
다. 그가 말하는 김현승의 의식 세계는 첫째, 조국의 광복을 열망하는
민족의식과 현실의 불의나 부조리함을 비판하는 역사의식으로 나타나
고, 둘째 유한성과 소멸성이 영원한 본질적 세계와 대응을 이루는 이원
적 세계관을 보여주며, 셋째 인간 존재는 그 자연성의 소멸에도 불구하
고 영혼을 가진 인격성으로 해서 절대자의 주관성을 창조적 행위로 암

---

15 김희보, 「김현승 시와 기독교적인 실존」, 『한국문학과 기독교』, 현대사상사, 1979.
16 박정례, 「김현승 시 연구」, 인하대 박사논문, 1990.

시할 수 있는 존재이고 마지막으로 그가 형이상시의 가능성과 시의 사상적 깊이를 보여주었다고 높이 평가하였다.[17] 이와 같은 연구들은 김현승의 종교성에 대해 다시 한 번 주지시키면서 다양한 방법론적 성찰을 가능케 했다는 점에서 긍정적인 몫을 띠었다고 생각된다.

반면 김현승의 시를 반기독교적 안목으로 정리한 독특한 논의들도 있다. 김윤식은 김현승에 이르러 한국 시는 기독교적 신앙과 그것이 인간과 맺는 변증법적 사유가 유발되는 문턱에 이르렀다고 평가한다. 그러나 기독교적 인식의 문제는 죄의 인식에 대한 변증법에 놓여 있고, 신과 인간의 변증법이 아니라 죄와 신앙의 변증법에 속하는 과제로 파악되는 것이라고 전제한 뒤, 김현승의 시가 말하는 '신앙을 떠난 고독'은 이런 의미에서 변증법적 관계 설정이 처음부터 차단된 상태라고 보고 있다. 모든 인간적 사변으로부터 분리된 그의 '고독'은 그 출발이 기독교적 사유에서 발단되었다고 하더라도 결정적으로 기독교적인 것일 수 없으며 '고독' 그 자체의 의미로 강조되어야 한다고 보는 것이다. 따라서 애초부터 변증법적 사유를 차단하고 출발한 이 시인이 가닿은 궁극의 지점이 영원의 사물화(「절대고독」)인 것은 당연하다고 보고 있다.[18] 문덕수는 김윤식과 동궤의 논지를 펴는데, 김현승의 시세계가 신에 맞서고 인간관계와 시간도 차단하여 반기독교적, 반인간주의적, 반역사적 성격을 띠게 되었음을 논증하였다.[19]

---

17 권영진, 「시와 종교적 상상력(1)」, 『숭실어문』 2집, 1985.
18 김윤식, 「신앙과 고독의 분리 문제」, 『한국현대시론비판』, 일지사, 1986.
19 문덕수, 「김현승 시 연구」, 『시문학』, 1984.10.

마지막으로 작품의 형상적 특질에 관한 연구들을 들 수 있는데, 주제론적 탐구보다 양적으로는 빈약하지만 김현승 시의 특성을 대부분 적실하게 밝혀내는 데 적지 않게 기여하고 있다. 가장 초기에 김현승 시의 특성을 연구한 김종길은 그의 시의 특징을 한자어가 많고, 말소리가 딱딱한 ㅊ, ㅌ 음이 많으며, 관념어가 많아 말의 뜻이 딱딱하고, 단단한 문체를 가리키는 말이 많다고 밝혀내었다. 그는 다형에게 관념이나 심적 상태를 '사물'로 비유하는 릴케적 수법이 현저하다고 말하면서 이것을 '견고에의 집념'이라고 명명하였다. 다형 시의 관심사를 관념적 · 철학적 경향의 추상시라고 전제한 후, 시어와 이미저리의 복합에서 경도(硬度) 내지는 견고에의 집념을 끊임없이 보여주고 있으며 관념의 물체화 경향을 드러내고 있다고 평가하였다.[20] 그리고 곽광수는 자신의 긴 논문에서 김현승 시의 상상력과 이미지를 분석하고 있는데, 그에 의하면 김현승 시에 보이는 마련된 통일적인 움직임은 지상적인 것의 사라짐과 그럼으로써 지니게 되는 천상적인 것으로서의 미래 지향의 긍정적 가치이다. 그리고 그는 김현승 시의 상징 체계가 견고성, 근원회귀, 상승 · 공간적 무한으로 환기되는 사라짐과 영원성에의 지향을 반복하고 있다고 보았다.[21]

이운룡은 유일하고 가장 본격적인 김현승의 평전을 써냈는데, 그는 이 저서에서 김현승의 시를 주제와 소재에 따라 모두 아홉 가지의 양식으로 나누어 그 의미를 밝히고 있으며, 나아가 이미지 분석과 언어의 의미 구조까지 밝히는 종합적 분석을 하고 있다. 그에 의하면 김현

---

20 김종길, 「견고에의 집념―김현승 시의 스타일을 중심으로」, 『창작과 비평』, 1968 여름.
21 곽광수, 「사라짐과 영원성」, 『김현승―한국현대시문학대계 17』, 지식산업사, 1982.

승은 기독교 정신과 고독의식 그리고 사회 정의에 대한 관심과 시어의 건강성 등을 통하여 독자적인 내면 세계를 이루었고, 매우 투명하고 발랄한 이미지를 구사하였으며, 관념의 세계를 구체적인 사물로 또는 물체를 관념으로 표현하거나 감각적 이미지로 구상화함으로써 지적이며 상상력이 탁월한 시를 쓴 시인이었다.[22] 그리고 김인섭은 방대한 양의 논문을 통해 김현승 시에 나타난 '밝음'과 '어둠'의 원형상징을 중심으로 시의 상징 체계를 분석하였다. 그럼으로써 김현승 시의식의 지향점을 밝히고 있는데, 그에 의하면, 김현승 시의 상징적 이미지들은 '주요상징'을 형성하고 있는 기본심상들과 그것의 변형심상, 그리고 이들의 상징적 의미를 수용, 종합하는 '통합적 상징'의 심상구조로 이원적 체계를 이루고 있음을 볼 수 있다. '주요상징'의 함축적인 의미는 '통합적 상징'의 체계에 수렴·종합되며, '통합적 상징'의 주요 이미지들은 시인의 의식세계가 궁극적으로 지향하고 있는 바가 무엇인지를 암시하고 있다. '주요상징'을 '밝음'과 '어둠'의 변증법으로, '통합적 상징'을 '열매' '나무' '보석' '까마귀' 등의 상징물로 읽어내고 그것들이 시인의 초월의식을 나타내주며, 그 초월의식이 지향하는 지점은 시인 스스로도 언어화할 수 없는, 인간의 의식을 넘어서는 영원한 세계 곧 종교적 경지로 보았다.[23]

이상과 같은 논의의 꾸준한 축적은 김현승의 시사적 무게와 질감을 그대로 웅변해준다고 할 수 있다. 실증주의, 분석비평, 정신사적 방법,

---

22 이운룡, 『김현승—한국현대시인연구 10』, 문학세계사, 1993.
23 김인섭, 「김현승 시의 상징 체계 연구」, 숭실대 박사논문, 1994.

원형비평, 비교문학적 방법 등 다양한 방법으로 이루어진 그에 관한 논의들에서 공통적으로 나타나고 있는 내용과 거기서 귀납되어지는 문제점들은 다음과 같다.

첫째, 그가 '기독교'라는 특정한 역사적, 철학적, 종교적 이념의 자장 안에서 평생토록 흔들리며 갈등하고 살았고, 그러한 생애의 흔적은 고스란히 그의 시에 변용, 착색되어 있다는 것이다. 따라서 그의 시와 그의 성장 배경인 '기독교'와의 관계는 우리가 밝혀야 할 그 무엇보다도 중요한 매개 고리이다.

둘째, 그의 시는 현실 지향의 리얼리즘 미학과 대척점에 있는 이른바 '관념'의 추구에 그 근간이 놓여진다. 그렇다고 그가 현실 도피적 순수시 계열이나 현실 전복적인 언어 실험에 탐닉한 것은 더욱 아니다. 그는 고집스럽게 자신의 내부에서 솟구치며 소용돌이치는 '관념'의 상을 찾아 그것을 언어화하는 데 매진한 시인이다. 따라서 그에게 역사적 현실인식을 시적 정수로 파악하여 그 시대적 정합성을 추출, 평가하기는 어렵다.

셋째, 그의 시는 '관념'의 사물화에 능숙한 솜씨를 보였고, 그것은 이미지즘의 시적 기법에 많이 빚지고 있다. 이것은 당대의 사조적 움직임과 밀접한 관련성이 있으며, 그의 기질적 측면과도 무관하지 않다. 따라서 우리로서는 그의 시에 나타나 있는 이미지들을 분석하여 그의 시가 지향하는 내용적 핵심을 알아낼 수 있다.

넷째, 그의 시는 서정시가 본래적으로 지향하고 있는 정서 표현 구조로 되어 있지 않고, 다분히 지적·사색적이며 철학적·사상적 집념으로 가득하다. 즉 그의 시는 사상이나 관념보다 어쩌면 부차적이다. 따라서 이와 같은 그의 삶과 시가 가지는 비중의 비교우위는 그의 시를 파악하는 데 꼭 참조 사항이 되어야 한다.

다섯째, 그의 풍모와 시의 정조는 동양적이지 않고 서구적이다. 발상의 방법은 물론 형상화 방법이라든가 주제적 집념에서도 그것은 일관된다. 따라서 그가 서구적 전범들을 어떻게 변용시키고 착근시키는지 그 메커니즘을 살펴야 한다.

여섯째, 그의 시는 시의 형이상성(形而上性)을 지향한다. 따라서 그의 시가 가지고 있는 고유한 자질들을 정당하게 평가하여 우리 시사에서 드문 풍경인 형이상시의 하나의 모델로 상정할 수 있는가 하는 가능성에 대한 탐구가 요청된다. 여기서는 이와 같은 내용들을 근간으로 하여 낱낱의 시편들에 대한 해석과 그것들이 이루는 의미에 대한 연구가 이루어질 것이다. 그리고 그 과정은 다음과 같은 관점에서 행해질 것이다.

김현승의 시적 본령을 검토하고 귀납하는 데 우리가 가장 유용한 방법론이라고 믿고 있는 것은 역시 '정신사적' 방법이다. 짧지 않은 시적 생애에서 그가 보여 준 '시'에 대한 인식과 인간 및 현실 또는 우주, 역사에 대한 인식의 유니크한 양상을 드러내는 일이 그의 시에 나타난 형식미학적 가치라든가, 시적 조사(措辭) 또는 이미지 분석보다 중요할 것이라는 믿음이 있기 때문이다. 그러나 시인의 정체성은 시정신의 정수라든가 그것의 고결함으로 얻어지는 것이 아니라, 필연적으로 시적 형상의 문제로 환원될 수밖에 없는 운명을 가진다. 그것은 그의 시작품 안에 숨쉬고 있는 해석 가능한 의미 자질들을 문맥에 맞게 복원하여 깔끔하고 자세하게 읽어 내는 일을 통해 얻어지는 독시(讀詩)의 결과이다.

한 편 한 편의 시편들을 세심하게 읽어 내는 일은 우리가 꼭 신비평적 '자세히 읽기(close reading)' 개념을 빌지 않더라도 이 시대에 절실히 요청되는 문화적 실천이라고 생각된다. 그것은 그동안 커다란 이념에서 연역되는 해석 체계를 시적 메시지가 주는 표면적 전언(傳言)에 의탁(依託)하여 평가해 왔던 관행을 이제는 조심스럽게 깨뜨리고 고전적 가치가 있는 하나의 세계를 꼼꼼히 재해석하고 그것을 향유하는 일이 긴요한 실천적 과제라고 판단되기 때문이다. 따라서 이 글에서는 김현승이 남긴 적지 않은 작품 중 그의 시적 본령을 전유(專有)하고 있다고 판단되는 작품들을 폭넓게 선택하여, 그것을 하나하나 읽어 나가는 방식을 취할 것이다. 따라서 통시적 시인론과 작품의 분석 비평이 혼용되는 방식이 적용될 것이다. 그 방식의 세부적 절차는 다음과 같다.

먼저 우리는 김현승의 시적 편력이 가능했던 그의 사상적, 방법적, 환경적 조건을 세 가지 범주로 나누어 살필 것이다. 이와 같은 작업은 전기적 비평이 비교적 자세하게 행하는 생애의 세목을 밝히는 일[24]과는 차원이 다르다고 할 수 있는데, 시인의 생애를 연대기적으로 따라가는 것이 아니라 그중에서 그의 시가 가장 빛지고 있다고 판단되는

---

24 사실 김현승의 생애에 대하여 그 구체적 세부까지 밝히는 일은 어느 정도 연구사가 축적되어 유다른 자료를 얻기 힘들다. 따라서 본 연구에서는 그의 생애를 재정리하는 항목은 피하기로 한다. 그의 생애에 관하여 꼼꼼하고 성실하게 연구해 놓은 자료로는 김용성, 『한국현대문학사탐방』(현암사, 1984)과 이운룡의 『김현승—한국현대시인연구 10』(문학세계사, 1993)이 참고가 될 수 있다.

우선적인 문제들을 범주화한 후 그것들의 영향적 의미를 찾아가는 형식을 취한다. 여기서는 그것을 '기독교적 자장'과 '모더니즘의 영향' 그리고 '시대적 상황' 등으로 설정하였다. 앞의 것은 그의 사상적 배경이 될 것이고, 두 번째 것은 그의 방법적 특질을 해명하는 데 자료가 될 것이고, 마지막 것은 그의 시가 변해 온 과정을 설명하는 데 보탬이 될 것이다. 그리고 그가 남긴 '시에 관한 생각'들을 그의 산문들을 통하여 정리해볼 것이다. 아직도 연구의 사각지대로 남아 있는 김현승의 시론(詩論)들은 당대적인 가치는 물론 문학 원론적 입장에서도 일정한 수준과 가치를 함유하고 있다고 우리는 판단한다.

다음으로 우리는 김현승의 시세계의 흐름을 따라 그것들이 나타내고 있는 '인식 구조'와 '형상화 방법'을 검토할 예정이다. 작품 안에 숨쉬고 있는 서정적 주체의 사유 양상과 주객 관계의 양상을 우선적으로 탐구하고, 단선적인 주제 비평을 벗어나 시적 언술이 가지고 있는 갈래적 특수성에 유의하여 김현승의 의식 세계가 어떻게 구현되어 있는가를 따져볼 것이다. 그럴 경우 서정적 주체의 세계관이나 시세계의 구조가 자연스럽게 밝혀질 것이고, 정신사적 자장 곧 김현승이 순례했던 실존주의나 기독교 또는 모더니즘과의 관련 양상까지 포괄되어 해명될 것이다. 또 그것은 그의 시적 변모를 따라가는 작업과 같이 진행될 것이다.

김현승은 62년 동안 지상에 머물면서 모두 290여 편의 시[25]와 여러

---

²⁵ 그간의 김현승에 대한 연구나 평전에서는 그의 작품수를 대개 270여 편으로 소개하고 있으나, 최근에 그의 미발표작이나 유고작들이 발굴되고 있어서 작품수를 확정하는 것은 현재로서는 어렵다고 할 수 있다. 최근에 발굴된 그의 새로운 작품은『다형 김현승 연구』(숭실어문학회 편, 보고사, 1996)에 모두 실려 있다. 이 책에 새로 등재된 작품수가 모두 19편이니,

권의 논저를 냈다. 그는 프로테스탄트 가정에서 태어나 기독교 신앙에 충실한 삶을 줄곧 살았으며, 그 신앙에 회의하여 신으로부터 떠나 인간적 고독에 휩싸이기도 했다. 그것은 종종 내면적이고 윤리적인 지사의식과 결부되어 나타났는데, 그 고독의 내면에서 다시 적나라한 인간의 형상으로 시세계를 확산하려 하였으나, 마침내 신에 절대귀의하는 회귀를 보이면서 생을 마감한다.[26]

이와 같은 줄기를 가지는 김현승의 시적 생애는 모두 4기로 구획 가능하다. 제1기는 그의 전집에 『새벽교실』이라는 시집 제목으로 묶인 시들의 세계이다. 일제강점기라는 불행한 시대를 민족적 감상주의로 노래했던 시기이다. 다시 말하면 숭실전문 재학 때 교지에 투고하려 했던 「쓸쓸한 겨울 저녁이 올 때 당신들은」 등이 양주동(梁柱東)의 인정을 받고 『동아일보』에 발표됨으로써 문단에 발을 들여놓은 1934년부터 민족이 해방될 때까지의 시기이다(1934~1945). 제2기는 시집 『김현승시초』(1957)와 『옹호자의 노래』(1963)를 중심으로 한 인간의 존재론적 성찰을 위주로 한 시와 사회 정의에 대한 지사적 양심을 표백한 시들의 세계이다. 자연의 사물에서 얻은 감각과 인상의 표백, 내부적 기질의 숨김없는 토로, 가을에 관한 사색, 그리고 현실적으로 처해 있는 문명, 사회, 민족 등에 대한 신념 등의 다양성을 보이는 시기이다(1946~1963). 제3기는 『견고한 고독』(1968), 『절대고독』(1970) 등으로 표상되는 '고독'의 시적 천착 단계이다. 이때 그의 시세계의 초점은 신을 떠난 인간적 실존의 세계로 옮겨진다. 이 무렵 그의 시는 기독교 그것도 특히

이것만 합하여도 김현승의 시는 290편을 넘어서게 된다.

26　조태일, 「김현승의 시세계」, 『가을의 기도—한국대표시인100인선집』, 미래사, 1991, 141면.

청교도적인 신앙과 사상에 입각한 내부적 생명의 세계로 파고들어 절대자와 고독한 인간의 관계, 문명적인 시대 상황, 그리고 사랑, 신앙, 고독 등의 인간 조건에 대한 투철한 추구를 계속 했으며, 그것을 견고한 비유로 형상화하였다. 이때는 그를 기독교적 주지주의 시인으로 각인시킨 시기라고 할 수 있다(1964~1970). 마지막 제4기는 유고시집인 『마지막 지상에서』(1975)에 묶인 시들의 세계로서, 부정하고 회의했던 대상인 신에게 감사와 찬미를 드리는 편력의 마감 단계이다. 그의 생애를 통해 볼 때 극히 짧은 시기였지만 그의 필생의 단계라고 할 수 있는 신에 귀의하는 시기이다(1971~1975).

이러한 그의 시적 편력을 정리해보면 그의 시는 프로테스탄트의 자기 각성 과정[27]으로 설명 가능하다. 그리고 그의 시세계는 이념적으로는 서구적 모더니즘의 세계관을 수락하지 않고 이미지즘의 세계만 방법적으로 선택하고 있으며, 시적 주제는 '고독'과 '신앙'이라는 이율배반의 지평으로 흔들리며 집중되고 있다. 특히 그는 '보석(寶石)'으로 대표되는 견고한 것들의 이미지를 통하여 인간의 관념 속에 갈등적으로 내재하는 신념과 회의 그리고 의지와 신앙을 노래한 시인이다. 이와 같이 그는 우리 시사에서 김광섭(金珖燮)과 함께 '관념' 그 자체의 구체적 역동성을 형상화한 시인으로 평가받고 있는데, 그를 일러 주지적 시인이라고 부르는 이유의 일단이 여기에 있다.

"고독 속에 파묻히는 것은 감상(感傷)이나 위축(萎縮)이 아니다. 고독을 추구하는 것은 허무의식(虛無意識)과도 그 색채가 다르다. 고독을 표현하는 것은 나에게는 가장 즐거운 시예술의 활동이며, 윤리적 차원에

---

[27] 김윤식·김현, 『한국문학사』, 민음사, 1973, 279면.

서는 참되고 굳세고자 함이 된다. 고독 속에서 나의 참된 본질을 알게 되고, 나를 거쳐 인간 일반을 알게 되고, 그럼으로써 나의 대사회적 임무까지도 깨달아 알게"[28] 된다고 고백하였던 김현승 시세계의 필생의 테마인 '고독'은 그로 하여금 형이상적 정열을 형상화한 보기 드문 시인으로 기억하게 하고 있는데, 그의 경우 고독 속에서 시를 쓰는 일은 지상의 삶이 가져다주는 온갖 번쇄한 일들로부터 빚어지는 슬픔들을 응결시켜 별처럼 단단하고 견고한, 그러면서도 동시에 빛나는 보석을 빚는 일이 된 셈이다. 그리고 그 결정성(結晶性)은 속악한 사회로부터 자신의 양심을 지켜 내는 항체(抗體) 역할을 하기도 하였다.

따라서 그의 시는 심미적인 목적을 위주로 하는 순수시적 경향이나 사회 변혁에 복무하는 참여적 궤적과 다르다. 그는 '현실 지향'의 시와 '관념 지향'의 시로 대별되어 나타나는 우리 근현대시사의 자장 안에서 늘 '관념'쪽으로 경사되었던 시인이었고, 그 가파른 경사만큼이나 그 분야에서 최고의 경지를 이룬 시인으로 평가되고 있다. 여기서는 낱낱의 시편들의 세계가 구축하고 구조와 의미, 그리고 작품 이면에 존재하고 있는 잠재적 전언까지 세심하게 읽어나가는 방식을 택한다. 또 작품과 작품이 서로 중첩되고 포섭되면서 형성하는 '관념'의 공통성에 대해서도 생각할 것이다. 마지막으로 우리는 그가 차지하고 있는 고독하고도 독창적인 시적 가치 곧 그만의 몫과 한계를 현대시사의 토양위에서 변별하고 규정할 것이다. 그것은 네 가지 범주로 이루어질 것인데 그것은 시의 형이상성의 문제, 시정신의 문제, 형상적인 문제, 종교적 상상력과의 관계 등이다.

---

28 김현승, 「자서」, 『절대고독』, 성문각, 1970.

제2장

김현승 문학의 기저와 시론

1. 김현승 문학의 기저(基底)

1) 기독교적 자장 – '종교적 상상력'의 의미

우리가 문학 작품에 나타나는 주제적 양상을 추출하여 그것을 하나의 종교 사상적 흔적으로 의미 지울 때, 특히 그것이 특정 종교와 밀접한 관련성을 가질 때 우리는 그 작품들을 통칭하여 '종교 문학'이라 부른다. 이를테면 신라의 향가 문학이나 근대의 한용운, 조지훈, 신석초 등의 시에 나타나는 불교적 성격이나, 김만중 소설 『구운몽』에서 역력하게 감지되는 유불선적 성격, 또는 김동리의 『사반의 십자가』나 「목공 요셉」, 김은국의 『순교자』, 이문열의 『사람의 아들』 등에서 보이는 기독교적 성격 등 이른바 종교적 소재에 바탕을 두거나 종교적 이념의 형상화에 집중적으로 착목한 작품은 모두 그러한 '종교 문학'의 범주에 귀속될 수 있을 것이다.

　이와 같이 문학의 하위 범주로서의 '종교 문학'이라는 범칭(汎稱)이 가능하다는 것은 우리 문학이 끊임없이 종교적 흐름과 교섭해왔다는 하나의 예증이 될 수 있을 것이다. 이 가운데 기독교는 우리 고대, 중세사와는 별 인연이 없었으나 근대사 이후 폭넓은 자장을 형성하면서 커다란 정신사적 영향을 끼쳤다고 할 수 있다. 선교사들의 포교 활동 이후 이 땅에 기독교가 이념적, 사상적, 제의적(祭儀的) 뿌리를 내린 데에는 수많은 투쟁과 견인의 역사가 있었고, 그 투쟁의 행간에 '전통과 보수' 그리고 '서구와 진보'라는 이분법적 도식이 거대한 그늘을 드리우고 있었음 또한 부정할 수 없다. 기독교라는 서양 종교의 유입과 착근의 역사를 통해 우리의 정신사는 그만큼 초유의 생산적 갈등과 변증법적 진보의 토양을 준비한 셈이 된다. 따라서 자생적인 것이 아닌 서구의 근대적 합리성을 토대로 이룩되기 시작한 우리 근대사에서 이 종교의 영향력은 매우 커다란 것이었다고 할 수 있다. 또 초기의 기독교는 한글로 표기 양식을 삼는다든가 그리고 민중 계몽을 위한 교리나 설교적인 형식으로 나타난다든가 하는 형태로 한국 근대 문화 전반에 영향을 끼치기도 하였다.

　'종교 문학'의 하나인 '기독교 문학'은 기독교라는 역사적, 이념적, 윤리적 기반과 문학이라는 감각적, 체험적, 형상적 양식이 하나의 작품으로 결합되어 나타난 것을 지칭하는 개념이다. 마찬가지로 '불교 문학'이라든가 '이슬람 문학', '샤머니즘 문학'이라는 종교 문학의 하위 범주의 설정은 얼마든지 가능하다. 그러나 이러한 개념들은 딱히 과학적이고 확연한 변별력을 가지는 것이라기보다는 하나의 종교적 이념이나 사상이 우성적으로 작품 속에 나타날 경우 그것들을 편의적으로 부르는 개념일 뿐이다. 따라서 폭넓은 기독교적 전통을 모태로 태어난 서구 문학의 경우 그것들은 말할 것도 없이 거의 기독교 문학으로 편입될 가능성이 높다(물론 강력한 종교적 구심력이 완연히 와해된 서구의 현대문학은 예외이지만). 반면에 우리 문학에서는 짧은 역사로 말미암아 기독교 문학의 무게는 서구의 그것에 비해 일천하고 질량 양면에서 빈곤하기 짝이 없다고 할 수밖에 없다. 그만큼 우리 문학사에 '기독교 문학'이라는 범주에 실질적으로 해당하는 작가 또는 작품의 실례가 영성할 것은 어쩌면 필연적이다. 그러면 '기독교 문학'을 말할 때 그것의 필요조건인 '기독교'라는 말이 가지는 실제적인 내포는 무엇인가?

기독교에서 낙원의 창조와 상실 그리고 그리스도를 통한 그의 복원은 하나의 일직선상의 사관(史觀)을 낳는다. 그것은 「창세기」로부터 「계시록」에 이르는 성경의 편집 사관과도 일치한다. 이러한 기독교적 사관에서 배태되는 인간관, 우주관, 가치 중심, 이념 등이 '기독교 문학'이라는 수사에 응집되어 있다고 할 수 있다. 그리고 그것은 '실존적인 자기 각성'이라는 메커니즘과 '윤리적 자기 완성'이라는 또 다른 목적을 가지게 되는데, 따라서 기독교 문학에서는 '심미성'이 뒤로 빠지고 종교가 지향하는 관념의 형상이 우세하게 나타나게 된다. '사랑', '소명의식', '희생 정신', '부끄러움', '죄의식', '구원', '소망', '종말론', '실존의식' 등이 이른바 종교적 상상력에서 배태될 수 있는 정서적 세목들이라고 할 수 있는데, 예의 '기독교 문학'이란 그러한 여러 성격이 담겨 있는 문학을 통칭하는 것이다. 그러나 호교성(護敎性) 선전물이나 신앙 미담 및 간증류 또는 종교적 소재가 작품의 표면에 등장하는 것들을 모두 '기독교 문학'이라고 단정 지을 수는 없다. 오히려 그것이 높은 형상적 성취와 이념적 내재화를 이룬 경우 우리는 그것을 기독교 문학이라 불러야 할 것이다. 우리가 '기독교 시'라고 할 경우 그것 역시 문학의 구조적 차이에서 정립된 장르적 개념이 아닌, 시인의 상상력, 가치관, 통찰력 등에서 기독교적 요소를 지니는 내포적 개념[1]이라고 할 수 있다. 따라서 일종의 문학외적 요소가 중시되거나 문학을 선교 활동의 매질로 보는 도구적 개념은 우리의 입론에 해당되지 않음을 명시할 필요가 있다고 본다.

원래 인간은 신성하고 동시에 세속적이고, 본체적인 동시에 현상적이라는 이중적 본성을 지니고 있다. 또한 이러한 인간의 이중적 본성 때문에, 세계는 모순되고 역설적인 것으로 보인다. 또한 이러한 인간의 이중적 본성 때문에, 세계에서, 세속적 성격에서, 인간의 비참함에서 보면 신은 부재하지만, 인간의 위대함과 의미, 정의, 진리에 대한 인간의 요구라는 면에서 볼 때면 그렇게 부재하는 신은 또 영원히 전체적으로 현존한다.[2] 이렇듯 '부재하며 동시에 현존하는' 신의 속성이 인간에게 이른바 '비극적 세계관'을 배태시킨다. 그러나 비극적 세계관이 이른바 '비관주의(悲觀主義)'로 곧바로 치환되지는 않는다는 데 삶의 비의(秘義)가 숨겨져 있는 것이다. 오히려 이러한 역동적인 '비극적 세계관'을 견지하고 있는 서정적 주체들이 기독교의 또 하나의 속성인 '희망'의 세계관을 가지고 갈등하며 고뇌하고 나아가서 그것들을 통합

---

1 권영진, 「기독교와 현대시」, 『기독교와 한국문학』, 대한기독교서회, 1990, 139면.
2 Lucien Goldmann, 송기형 외역, 『숨은 신』, 연구사, 1986, 86면.

하여 살아 움직이는 형상으로 창조하려는 열정을 우리로서는 자랑스럽게 간직하고 있고, 우리는 그것들을 일러 현대시의 '영적 체험'이라고 부를 수 있을 것이다.

그러므로 현대시의 영적 체험은 두 가지의 모순된 얼굴을 하고 있고 스스로 자기 분열되어 있다. 그 두 얼굴은 '절대자'에 대해서 자기 자신을 결정지으면서, 또 한편으로는 거부하는 열정의 표정을 짓는가 하면, 다른 한편에서는 수락하는 열정의 표정을 짓기도 한다.[3] 따라서 그것은 궁극적으로 자신의 모순을 통합하고 질서화하는 능력을 요구하는데 이때 '종교적 상상력'은 위대한 질서의 원리로서 종교적 제재들을 분별하고 질서화하고 분리하고 통합할 수 있게 하는 능력[4]으로 시적 창조의 근원적 바탕이 될 수 있다. 그것은 분열되어 있는 자아와 세계의 통합이고, 자기동일성의 상상적 구축 작업이기도 하다.

그런데 시인이 의식적으로 자아와 세계의 동일성을 추구하는 데는 두 가지 방법이 있다. '동화(assimilation)'와 '투사(projection)'가 그것인데, '동화'란 시인이 세계를 자신의 내부로 끌어들여서 그것을 내적으로 인격화하는 이른바 세계의 자아화이고, '투사'는 자신을 상상적으로 세계에 투사하는 것 곧 감정 이입에 의해서 자아와 세계가 일체감을 이루도록 하는 것이다.[5] 앞서 암시했듯이 '종교적 상상력'은 그러한 '동화'와 '투사'의 변증법적 전개에서 분출하는 것이다.

우리 연구의 대상이 되는 김현승은 기독교적 토대가 굳건했던 가정

---

3   Jacques Martain, 김태관 역, 『시와 미와 창조적 직관』, 성바오로출판사, 1985, 198면.
4   이승훈, 『시론』, 고려원, 1988, 56면.
5   김준오, 『시론』, 문장사, 1984, 28면.

과 학교들, 그리고 죽음 때까지 자신을 그 범주 안에 살게 했던 신앙적 분위기로 하여 정신의 발생론이 비교적 투명하고 명징한 시인이다. 그에게는 생득적으로 '종교적 상상력'을 모태로 한 작품 활동을 할 수 있는 근본 토양이 있었던 셈이고, 그와 같은 조건은 그로 하여금 신앙의 원근법(遠近法) 안에서 자기를 인식하고 현실적 고통을 초극할 수 있는 적극적 참여의 의지를 주기도 하고, 궁극적으로는 신앙적 유토피아를 열망하는 파토스를 분출할 수 있게 만들기도 한다. 그의 시에 나타나는 종교성 또는 '종교적 상상력'이 일정 정도 낭만주의적 성향에 빚질 수밖에 없는 이유는 바로 여기에 있다.

세계 문예사조에 나타난 낭만주의의 정신적 기조가 '동경(憧憬)'이고, 낭만주의 문학을 일러 '동경의 문학'이라고 극단적으로 말하기도 하는데,[6] 그와 같은 동경의 철학적 배경에는 '극성(極性)의 원리' 곧 생의 이념을 양극적인 대립에서 완성을 기하는 운동, 대립을 고차원적인 제삼자로 극복하는 운동이 깔려 있고, 따라서 모든 것을 포괄할 수 있는 통일을 추구하는 것이 낭만주의의 중심 사상이 된다.[7] 그러므로 이와 같이 유토피아적 열망을 토대로 통일을 지향하는 낭만주의적 상상력이 '종교적 상상력'의 근원이 되고, 여기서 우러나오는 진실한 시적 파토스가 그들 시에 나타나는 '관념적 진실'이 된다고 할 수 있다. 이 '관념적 진실'이야말로 기독교적 토대에서 작품 활동을 했던 이 시인의 삶 자체가 작품 세계와 견실하게 결합할 수 있는 개연성을 제공해 준다고 할 수 있다.

---

6   지명렬, 『독일낭만주의연구』, 일지사, 1988, 14면.
7   지명렬, 「낭만주의와 동경의 문제」, 김용직 외편, 『문예사조』, 문학과지성사, 1983, 61면.

위에서 우리는 기독교가 우리 근대사에서 차지하는 역할과 '문학'으로서의 가능성에 대해 이야기하였다. 또 현대시의 분열된 영적 체험에 대해서도 이야기하였다. 그 영적 체험의 분열상은 우리로 하여금 '비극적 세계관'을 잉태시켰고, 우리는 신을 떠나려는 원심력과 신에게 투항하려는 구심력을 동시에 지니게 되었다고 이야기하였다. 동시에 그것은 낭만주의적 동경을 기조로 함도 생각해 보았다. 따라서 김현승을 우리가 논할 때 반드시 말해야 하는 것은 기독교로부터의 '일방적 영향'이 아니라 그와 같이 분열되고 흔들리는 비극적 세계관에 토대를 둔 '영적 체험의 분열'이다. 그리고 그것의 종교 문학적 가능성 여부가 아니라 그 형상화의 의미와 가치이다. 그런 면에서 헤브라이즘 문화가 척박하고 그 뿌리가 견고하지 못한 우리의 역사, 사회적 현상 속에 기독교의 이념을 맹목적으로 한 시인의 시세계에 대입시키는 무매개적 연구는 중대한 결함을 노정할 수밖에 없는 것이다. 엘리엇이 "종교는 문학적 상상력을 제한한다기보다는 무한한 상상력과 고결한 정서를 고양하도록 하는 활력소와 같은 존재"라고 할 때 그것은 일방적이고 수세적인 영향론을 말한 것이 아니라 서로의 교섭과 길항을 통한 창조적 굴절을 의미했음은 물론이다.[8]

김현승은 1913년 4월 4일 평양에서 출생하였다. 그는 독실한 기독교 가정에서 출생하였는데 그의 아버지(김창국)는 전북 익산 출신으로 평양신학교를 나온 인텔리 목사였다. 어머니(양응도) 역시 독실한 기독교 신자였다. 그가 아버지의 유학 장소인 평양에서 태어난 것은 그의 사

---

8   T. S. Eliot, 최종수 역, 「종교와 문학」, 『문예비평론』, 박영사, 1976, 97~117면.

상적, 종교적 운명을 미리 확정해버리는 결정적인 매듭이 된다. 아버지의 부임지를 따라 평양에서 제주읍으로 제주읍에서 광주로 옮겨 다닌 김현승은 실질적인 고향이자 정서적 모태인 광주에서 유·소년 시절을 보낸다. 태생적으로 기독교 집안에서 태어나 미션계인 평양의 5년제 숭실중학교를 나오고 다시금 숭실전문대학 문과에 입학한다. 재직하던 숭실대학교 채플 시간에 기도중 졸도하여 타계한 그의 상징적인 임종을 염두에 둘 때 그의 일생은 일생 동안 종교적 분위기(순응적이었든 회의적이었든)에서 한 치도 벗어나지 못했음을 방증하고 있다. 문학 사상과 환경의 문제는 '친화(親和)'와 '배리(背理)'라는 두 가지 가능성을 온존시키면서 창작 주체에게 다가선다. 따라서 "다형 시의 이해를 위하여 그의 기독교 신앙을 전제로 한다는 것은 너무나도 당연한 일일지는 모른다. 그러나 기독교 신앙에 한정시킬 때 이 시인의 다양한 관심과 심오한 사상은 좁아지며 또한 획일화될 위험성이 뒤따른다"[9]고 우려하는 시각은 전적으로 타당하다.

이제 우리는 그의 시적 생애를 살피는 데 역사적, 교리적, 객관적 기독교는 물론 그의 체험적, 관념적, 주관적 기독교라는 또 하나의 범주를 의식하고 그의 시를 보아야 한다. 그의 생애를 지상적 질서(인간의 이성)와 천상적 질서(신적 계시 또는 신앙)의 이원적 공존과 갈등이라는 안목으로 보는 것이 유효하다고 할 때, 그것은 '갈등'이라는 양상에 더 무게중심을 두는 행위일 것이다.

그는 신과 인간이라는 '수직적 일원성' 곧 귀의나 투항이라는 단순성보다는 신앙과 회의라는 복합성의 모순된 장력 안에서 자기를 긴장시

---

9 조재훈, 「다형문학론」, 『숭전어문학』 5집, 1976, 181면.

키고 지적 가열성을 매개로 하는 시인적 성실성을 보인 데서 한국 '기독교 시'의 외연과 내포를 넓혀 준 시인이다. 이제 그의 생애를 통해 종교라는 체험적 외피는 그의 기질과 문화적 토양 그리고 주어진 천부의 분석적 능력으로 와해되고 재구성됨을 우리는 따라가 볼 것이다. 그럼으로써 우리는 인간 존재의 근원적인 문제에 착목한 한 시인이 단순한 도그마에 충실하지 않는 일종의 저항성을 가지게 되는 치열한 자기 탐구의 과정을 볼 수 있게 될 것이다.

2) 당대적 모더니즘의 영향 – '이미지즘적 방법'의 의미

그가 등단한 1930년대의 문학사에서 무엇보다 특기할 일은 서정시에 대한 언어미학적 자각과 미적 자율성에 대한 인식이 대두한 것일 터이다. 그것은 순수시 계열의 운동(김영랑, 박용철)이나 모더니즘(김기림, 정지용, 김광균, 이상) 또는 새로운 정조의 서정시적 탐구(이용악, 백석, 오장환, 서정주, 유치환) 등으로 풍요롭게 이루어지게 된다. 김현승은 등단시는 물론 전 시기를 관류하여 모더니즘의 한 양상인 이미지즘적 창작 방법에 일정 정도 영향을 입는다.

우리 근대문학사에서 '1930년대'라는 시기가 가지는 중요성에 대해서는 거의 대부분의 연구자가 공감하고 있는 것 같다. 10년 단위의 세대론적 분법이 필연적으로 지닐 수밖에 없는 비과학성 및 비효율성을 십분 감안하더라도 이 시기는 그 전후의 기간과 확연히 변별되는 문학사적 특수성을 강하게 구현하고 있던 우리 근대문학의 성숙기라고 할 수 있다. 다종다양한 양상으로 출몰한 문학사조 및 창작 방법들, 그리고 전대의 수준에 비해 볼 때 실질적으로 엄청나게 증가한 매체, 작가군 등의 현상적 변화만 보더라도 이 시기의 역동성은 다른 시기보다 훨씬 독자적 영역을 확보하고 있는 셈이다.

그러한 문학사적 현상 판단을 시문학에 한정하여 적용해 볼 때도 이 시기의 의의는 전혀 감소되지 않는다. 왜냐하면 이 시기에 이르러 우리 시문학은 시 장르 본연의 몫을 인식하고 역사와 시, 그리고 민족적 삶과 시의 형상적 결합을 비로소 성취하게 되기 때문이다. 따라서 이 시기는 우리 현대시의 본격적인 난숙기라고 할 만하다.[10] 이 시기에 하나의 뚜렷한 문학적 운동으로 각인되고 있는 모더니즘 시운동도 이러한 객관적 정세의 악화와 시 인식의 변이 그리고 시적 주체들의 미적 인식의 획기적인 변화 등의 맥락에서 도출된 것이라고 할 수 있다.

주지하듯이 모더니즘 문학 운동은 세계사적으로 볼 때 근대 자본주의 사회의 성립에 따른 미학적 반응의 소산이었다. 그것은 기본적으로 '도시'라는 익명의 생활공간으로 상징되는 근대화의 체험을 반영하는 사유 및 표현 체계의 한 양식이다. 따라서 농촌공동체를 바탕으로 한 민족적 결속감을 노래했던 전통적 서정시의 개념은 모더니즘이라는 서구 충격의 획시기적 여과를 거쳐 새로운 외연과 내포를 띠게 된다. 이와 같은 서정시 개념의 확장은 우리 현대시의 발전에 기름진 자양을 부여했을 뿐더러 서정시가 비로소 '미적 실체'임을 자각하게 해주었다. 그러한 변화는 시의 내용 및 형식에 커다란 변화를 가져오게 되는데

---

10 1930년대의 시문학사적 의의에 대해서는 한계전, 「1930년대 시문학의 일반적 경향」, 이선영 편, 『1930년대 민족문학의 인식』, 한길사, 1990을 참조할 것.

그 양상의 구체적 현현 중의 하나가 1930년대 모더니즘시인 것이다.

사실 이러한 문학적 움직임은 서구에서는 '아방가르드'나 '입체파 운동' 또는 '다다이즘', '초현실주의' 등의 전위적(前衛的) 운동으로 나타나게 된다. 하나의 미학적 공통성으로 포괄할 수 없을 정도로 다양한 진폭의 움직임을 보인 것이 모더니즘 운동이었던 셈이다. 그러나 1930년대의 우리 시사에 나타난 역사적 모더니즘의 실질적 내포는 이른바 '이미지즘(Imagism)'이나 '주지주의' 등으로 한정될 수밖에 없다. 왜냐하면 시인들이 의식적 자각을 가지고 창작 및 비평에 임했던 준거는 창작 방법적 의미의 모더니즘이었지 세계관의 전체적 변혁 및 전위 미학의 형태로 그것을 받아들였던 것은 아니기 때문이다.[11] 더구나 실질적으로 우리 시사의 맥락에는 다다나 미래파, 입체파 또는 쉬르리얼리즘 등의 전위적 실험이 문학사의 한 뿌리로 형성된 예는 찾아보기 힘들기 때문이다.[12]

기본적으로 모더니즘 문학이 가지는 일반적 특성은 자기 인식의 강화, 그리고 내면적 총체성, 기법에 대한 의존 등이다. 이러한 형식적 특성은 자본주의 현실이 가져다주는 현실의 사물화와 파편화, 그리고 그로 인한 주체의 소외 등 이른바 '근대화'의 체험에서 기인된 것이다.[13] 그러나 서구 모더니즘을 배태시킨 유럽 도시들과는 달리 식민 세력에

---

11 물론 이상(李箱)이나 『삼사문학(三四文學)』 동인들이 펼친 초현실주의 운동이나 김기림의 치열한 근대주의 인식 등이 그 예외적 전범이 될 수 있겠지만, 대부분의 시인들 이를테면 정지용, 김광균, 김기림의 초기 시, 그리고 장만영이나 장서언 등의 시에 나타나는 모더니즘의 양상은 창작방법상의 형상화 원리에만 한정될 뿐 이념적 의미의 모더니즘에 대한 인식은 미비했다고 말할 수 있다.
12 김용직, 「30년대 모더니즘의 전개」, 김용직 외편, 『문예사조』, 문학과지성사, 1983, 458면.
13 나병철, 「모더니즘과 미적 근대성」, 『근대성과 근대문학』, 문예출판사, 1995, 188면.

의한 일방적이고 타율적인 도시화의 양상을 겪은 1930년대 '경성'이라는 공간에서의 근대성 체험이란 기실 세계관의 변이를 겪을 만큼 그리 전면적이지 않다. 근대화가 가져온 현란한 외피만을 감각적으로 경험하기가 일쑤였고, 모더니즘이 고유하게 가지는 미적 근대성이라든가 미학적 비판의 기능이 자생적으로 육화되기에는 미적 주체들의 인식이 빠른 사회 변화를 따라가지 못했기 때문이다. 따라서 1930년대 모더니즘시는 영미 모더니즘 이론의 도입과 더불어 경성에서 작가들이 겪는 체험 내용에 합당한 형식상의 새로운 감각을 결합하려는 시도 정도로 나타날 수밖에 없었다.[14]

이러한 인식의 한계에도 불구하고 1930년대 모더니즘 시운동은 전대의 낭만주의시가 구현했던 자연발생적 시관에 대한 반명제로 출발하게 된다. 엄청나게 가속도가 붙은 채로 변화하는 경성의 외양으로 상징되는 현대 문명의 여러 조건에 대해 미적, 방법적으로 응전해 보려는 예술정신의 갈등 속에서 모더니즘은 방법적으로 수용되는 것이다. 현실의 비극적 양상을 자각하고 방법적 긴장을 시적 언어에 부여하여 감정 일변도의 서정시 개념을 확장시키려 했던 것이 그들의 시라고 할 수 있는데, 미적 인식의 변화에 대한 집착이 이와 같은 운동의 전개를 한결같이 견인했다고 볼 수 있다. 그러므로 1930년대 모더니즘시에 이르러 우리는 현대의 복잡한 내면의식은 물론 감정의 무절제한 방출을 통어하는 언어적 절제력을 새롭게 인식하였다는 사실[15]은 여전히 강조되어야 할 덕목인 것이다.

---

14 최혜실, 「모더니즘의 의미와 한계」, 『한국 현대시사의 쟁점』, 시와시학사, 1991, 310면.
15 최동호, 「형성기의 현대시」, 『현대시의 정신사』, 열음사, 1985, 29면.

1920년대 우리 근대시의 역사가 지녀온 병폐, 곧 경향시의 편내용주의와 낭만주의시의 감상적 퇴폐성을 방법적으로 극복한 1930년대 모더니즘 운동의 실천적 성과는 김기림(金起林), 정지용(鄭芝溶), 김광균(金光均) 등과 더불어 고평 받고 있는 것이 저간의 문학사 서술이 보여 준 대체적인 모습이기 때문이다. 더불어 장만영(張萬榮)이나 장서언(張瑞彦), 박재륜(朴載崙) 등으로 이어지는 한국적 이미지즘의 시 경향에 선구적인 길목을 트며 영향을 끼쳤다는 점에서도 사적으로 주목을 받고 있는 형편이다.

1933년 위장병 때문에 잠시 광주에 와 머물러 있던 김현승은 다시 복교하여 2학년 겨울방학 때 낙향하지 않고 손수 두 편의 장시(長詩)를 탈고한다. 그 작품이 그의 공식적인 등단작인 「쓸쓸한 겨울 저녁이 올 때 당신들은」과 「어린 새벽은 우리를 찾아온다 합니다」이다. 이 두 편의 시를 교지에 투고했는데 당시 문과 교수였던 양주동이 읽고 그를 불러 교지에 발표하기 아까우니 중앙지에 발표하라고 권면한 것이 직접적인 동기가 된다. 그러면서 양 교수가 직접 소개서를 써주고 투고한 결과 『동아일보』 3월 25일 자에 실리니 뜻밖의 등단이었다.

그의 시는 곧바로 『조선중앙일보』 학예부의 이태준(李泰俊)의 눈에 들었고, 당시 선배 시인인 김기림의 마음에도 들게 된다. 김현승은 개인적으로 동시대에 정열적으로 시를 썼던 선배 시인인 김기림이나 김광균 등의 모더니즘시를 좋아했고, 그들의 시를 사숙하였다. 그 당시 김기림은 철저한 근대인으로서의 입지 아래 '시학의 과학화'에 매진하고 있었던 일급의 시론가였다. T. S. 엘리엇이나 I. A. 리처즈의 강력한 영향 아래 '이미지즘적 창작 방법'과 '문명 비판적 시정신' 그리고 '객관적 상관물'이 상징하듯 '관념의 등가물로'서 사물의 이미지를 빌려오는 것 등이 그가 내세운 모더니즘적 창작 방법이었다. 이러한 경향은 '문명비판'이라는 다분히 이념적이고 내용적인 부분만 제외한다면 그대로 김현승의 형상화 방법과 맥이 닿는다고 할 수 있다.

김현승이 시창작을 시작한 1930년대 중반은 일본 제국주의 파시즘에 의한 공고한 지배 체제가 전면화되던 때이다. 더불어 도시로 대표되는 타율적 근대화가 진행되던 시대의 복판이기도 하다. 근대화의 경험이 식민 세력에 의해 강제적, 타율적으로 이식되던 당시 도시의 황량한 변모를 배경으로 등장한 이념적, 방법적 기제가 당시의 모더니즘 시운동이었음은 앞서 말한 바 있다. 물론 김현승은 구인회 등으로 표상되는 당대 모더니즘 시운동에 본격 가담했다거나 특정 시인과 구체적으로 어울리는 등의 흔적을 찾을 수 없다. 그러나 그의 등단작부터 줄곧 모더니즘시의 일반적 주조(主潮), 곧 '정서의 객관적 조형성'이 강하게 추출되는 것은 당대의 모더니즘 운동의 폭넓은 자장 안에서 영향을 받은 것으로 추론할 수 있다.

이러한 특성을 좀 더 세부화시켜 개념 정의한다면 모더니즘의 역사적 전개 중에서도 '이미지즘'적 성격이라고 할 수 있는데, 기실 당대의 모더니즘은 이미지즘이라는 역사적 성격을 강하게 띤 것이 사실이다.[16] 당대의 모더니즘은 다른 사조나 예술 방법에 비하여 창작 방법

---

16 유럽의 정신사에서 도출되는 모더니즘의 자장, 예컨대 아방가르드 운동이나 입체파, 다다, 쉬르 등의 전위적 운동 형태 등은 우리 시사에서는 역사적 뿌리로 착근된 사례가 없다는 것이 이미지즘을 당대 모더니즘의 대표적 방법으로 이야기할 수 있는 근거가 된다.

적, 세계관적 동질성을 비교적 확연히 가지고 있었는데, 김현승의 경우 세계관으로서의 근대주의의 세례 흔적은 별로 찾기 어렵고 순전한 의미에서 언어 운용 방식에 한하여 이미지즘의 색채를 강하게 띠었다고 볼 수 있다. 이러한 그의 방법적 이미지즘은 당대에는 풍성한 작품 성과를 못 얻었지만 이후 그의 시세계를 추동하는 근본 방법이라고 할 수 있는 관념의 사물화 또는 사상의 언어적 조형화에 깊이 연루되어 그의 시적 방법의 뼈대를 이루게 된다.

따라서 우리로서는 그를 '관념의 시인'이라고 할 경우 그가 관념을 어떻게 이미지화하는지 그 형상화 방법의 일단의 배경을 그가 등단한 시대의 모더니즘 운동의 자장 안에서 찾을 수 있을 것이다. 이러한 방법적 배경이 그의 시세계의 형성에 중요한 몫을 했음은 두 말할 나위가 없다.

3) 시대적 상황 – '시적 상상력'의 의미

원래 '시인론'은 한 시인의 작품 세계가 가지는 전모를 보이고 그의 주조가 될 만한 요소들 —주제, 세계관, 기법 등—을 핵심적으로 추출하여 가치 평가를 한 후 당대의 여타 시인들과의 관계 속에서 시사를 기술케 하는 단위자의 역할로서 의의가 있는 것이다. 그때 중요하게 거론됨직한 것이 바로 '텍스트(text)'와 '콘텍스트(context)'의 관계 문제이다. 그러나 텍스트의 의미에 콘텍스트의 양상을 고스란히 대입하여 문제를 풀어버리는 환원주의적 방정식으로는 해답을 찾기 어려운 시인이 김현승이다. 물론 김현승이 살아 온 세월은 근현대기를 지나온 많은 시인 및 작가들이 항용 그러하듯 민족사적 고난과 개인적 신산(辛酸, 가난이라든가 질병 또는 가족의 문제 등)을 동시에 겪었고, 그리고 이념과 이념이 부딪치는 갈등의 장에서 자기 정체성을 찾기 어려운 소용돌이의 세월이었다.

그러나 그 구체적 사실(史實)들, 이를테면 일제 식민지 경험이라든가, 해방, 6·25, 4·19, 5·16, 유신 등의 정치사적 사건은 그의 시의 내용으로 나타나지 않는다. 다만 초기 시에서 민족사적 울분이 알레고리의 형식을 분출된 적이 있거나, 4·19 어간에 짙은 지사적 목소리를 보이는 예외도 있지만, 그럴 경우도 김현승이 중요하게 여기고 있는 것은 '자신의 태도'이지 시적 리얼리즘에 바탕을 둔 현실의 핍진성은 아니었다.

따라서 김현승에게 끼친 시대의 힘은 '역사'라는 거대하고 구체적인 실체가 아니라 '세월' 또는 '시간'이라는 비구체적이고 담론화되기 어려운 것이다. '상실', '가치 파괴', '감수성의 분열', '정서적 파산', '현대라는 가속도적 변화의 분위기' 등의 주조가 그의 시에 어김없이 나타나고는 있지만, 그러한 변화를 추동시키는 힘은 '역사'가 아니라 '세월'이고 '시간'이다.

철학적 사색과 주지성에 바탕을 둔 실존적 사유, 자기 자신에 대한 준열한 탐구, 여기서 그의 시적 특성이 발원된다면 그가 생각했던 시간의 흐름에 대한 감각의 일단, 곧 '현대성'에 대한 인식은 눈여겨 볼만 하다.

오늘의 시는 벌써 음유(吟遊)의 대상이 아니고 연애감정의 만족을 위한 것도 아니며, 음악의 일부도 아니고 또는 음악의 상태를 동경하지도 않는다. 오늘날 흔히 말하는 시란 다른 말로 표현하면 철학의 상태를 말하는 것이 될 것이다. 철학자가 현상에 구애되지 않고 사물의 본질을 파악하기에 그의 총명을 집중하려 한다면 시인의 임무와 태도도 이와 다를 것이 무엇일까? 그리하여 개개의 본질을 파악함으로써 인간과 자연의 전체 운명에 도달하고 그러한 가설 위에다 현대적 위기의 탈출구를 열어 보려고 하는 것이 사색하는 오늘의 지성이라면 시인의 지성감 또한 오늘에 처하여 이와 다를 것이 무엇인가?[17]

철학의 상태를 지향하는 주지성, 그것이 현대성의 구현이라면 아무래도 그것은 '이념'보다는 '방법'에 경사된 인식이다. 따라서 김현승에게서는 서정적 주체의 내부에서 사회와 자아 또는 자아와 또 다른 자아 사이의 갈등과 투쟁을 따라가보는 일이 당대의 역사적 의미를 굴착하는 것보다 훨씬 더 유용하다는 것을 알 수 있다.

사회학자 피터 버거에 의하면 인간과 사회 또는 주체와 외계의 변증법적 과정은 외재화, 객체화, 내재화라는 세 가지 단계로 이루어져 있는데, '외재화'는 인간이 육체적-정신적 활동으로 세계 속에서 자기 자신의 존재를 쏟아 넣는 과정이고, '객체화'는 이러한 인간 활동의 산물이 그 본래의 행위자에 외재하여, 그들 자신과는 전혀 다른 하나의 사실로서 그와 맞서는 실재성을 획득하는 것을 말한다. 반면 '내재화'는 인간이 바로 이 실재를 다시 흡수해서 객체적 세계의 구조로부터 주관적 의식의 구조로 변형시키는 과정이다. 사회가 인간의 산물이라는 것은 이러한 외재화 과정 때문이고, 사회가 객체화 과정을 통해서 그 자체로서 독립적인 실재가 되는 것이며, 인간이 사회의 산물인 것은 내

---

17 김현승, 「철학자와 시인과 역사가」, 『고독과 시』, 지식산업사, 1977.

재화 과정 때문이다.[18] 김현승의 시적 전개는 이러한 변증법적 과정을 거치지 않고 곧바로 내재화 과정에 이르는 부단한 자기 탐구의 시학을 보여 준다.

물론 한 시인의 시정신을 집약하고 있는 것은 작품 안에 살아 있는 언어 그 자체이다. 크리스토퍼 코드웰이 '시'와 '꿈'을 유사한 구조로 파악하여 명시적인 내용과 잠재적인 내용으로 구분한 것[19]도 이러한 맥락에서 정당하다고 할 수 있다. 그러나 시대와의 대응을 통해 그가 자신의 내부에서 변화시켜 갔던 관념의 질과 상상력의 변이에 대해 생각해 보는 일도 중요한 일임에 틀림없다. 그런 면에서 김현승의 시적 상상력을 문제 삼을 때 그의 시적 언어와 시대와의 대응이라는 문맥을 같이 조감하는 일 역시 일방적으로 폐기될 수는 없는 것이다. 아무튼 김현승의 시적 상상력은 시대와의 응전이 아니라 존재와의 고투였으며, 자기 자신의 존재 생성의 내면적인 힘으로 나타난다.

시적 상상력의 작용이나 역할을 존재 생성의 내면적인 힘으로 본 이는 프랑스의 문예학자 바슐라르(G. Bachelard)이다. 그는 인간의 내부에 있는 존재 생성의 힘을 '상상력'이라 규정하고, 덧붙여 상상한다는 것은 현실을 떠나는 것이며, 새로운 사람을 향해 돌진하는 것으로 봄[20]으로써 상상력의 역동적 가능성을 밝혀내었다. 반면 시적 상상력을 인간의 총체적 정신 속에서 인식론적 측면[21]으로 보는 시각도 있지만, 김현

---

18   Peter L. Berger, 이양구 역, 『종교와 사회』, 종로서적, 1992, 15~16면.

19   Christopher Caudwell, 최유찬 역, 「시와 꿈의 작업」, 『리얼리즘과 문학』, 지문사, 1985, 248
      ~271면.

20   곽광수 · 김현, 『바슐라르 연구』, 민음사, 1976, 30~35면.

21   박이문, 『예술철학』, 문학과지성사, 1983, 30~34면.

승에게는 이러한 인식론적 측면의 인지적 특성은 약화되어 있고, 내부로부터 자신을 형성해 나가는 존재 생성의 힘이 우세하게 나타난다고 할 수 있다. 따라서 우리로서는 이 시인의 변모 과정을 살피는 데 그가 독자적으로 추구해 나갔던 '관념'의 변이 양상에 초점을 맞추고, 역사적 변화는 보조적 자료로 활용해야 할 것이다.

2. 김현승의 시론(詩論)

흔히 '시론(詩論)'이라고 하면 시라는 문학 장르에 대한 미학적, 역사적 인식의 체계를 뜻한다. 일목요연한 논리적 '체계'를 반드시 필요조건으로 하는 것은 아니지만, 시론에는 그것을 쓴 이의 미학적 관점이나 시를 바라보는 인식이 고스란히 반영될 수밖에 없다. 더구나 그것은 하나의 산문적 형식으로 진술됨에 따라 비교적 뜻이 명징하고 분명한 경계선을 긋는 경우가 많다. 우리는 시라는 장르가 숙명적으로 안고 있는 뜻겹침[曖昧性] 내지는 함축성 너머에 뚜렷이 존재하는 논리적이고 원론적인 속성을 각양각색의 시론을 통해 알아볼 수 있는 것이다.

시론은 논자에 따라 실로 다양한 양상의 담론을 형성한다. 그것은 시를 쓰는 이의 체험적 인식을 다루는 이른바 '창작시론(創作詩論)'으로 나타날 수도 있고, 또 시에 대한 원론적 탐구 곧 '이론비평'의 형식으로 나타나기도 하고, 또는 작가 및 작품 또는 시사에 대한 '실제비평'의 형식을 취하기도 한다. 특히 시를 직접 쓰는 시인이 스스로 시론을 남긴 경우, 그것은 자신의 시창작 경험과 두루 연관되는 체험적 인식의 소산일 경우가 많은데, 그때 시인들은 시론을 통해 자신이 형상적으로 이룩해 놓은 시적 세계관 및 방법에 대해 산문적 명징성으로 말하는 것이다. 따라서 시인들의 시론에는 자신이 평소에 생각해 왔던 시에 관한 이러 저러한 생각과 느낌 및 상념이 메타적으로 남겨져 있기 마련이고, 우리 들은 그러한 글을 통해 시인 자신이 인식하고 있었던 시의 범주 또는 기능을 이해할 수 있다. 나아가 그가 남긴 실제 작품과 그가 인식하고 있는 시라는 장르에 대한 생각의 상호 관계를 추출할 수도 있다.

물론 유기적 형상으로 제시되는 언표의 형식인 실제 작품과 논리적 인식의 산물인 시론의 양상은 그 근본 성격에서 일대일대응의 상동성 을 이루지는 않는다. 다만 유추적 의미에서 어느 정도의 정서적 친화 력을 띨 뿐이다. 그 까닭은 시인 스스로 창작시론을 가졌을 경우라도 그것이 자신의 시세계를 귀납하여 정리한 글이 아닐 수도 있고, 나아 가 자신이 해 나가는 창작의 방향이 시론에서 구현하고 있는 논리의 시적 번안이 아닐 수도 있는 것이다. 원론적 의미의 시론을 가졌다고 하더라도 시인 스스로 처해 있는 조건이나 능력, 당대적 관심 등에 따 라 시창작의 궤적은 굴절 또는 변용되기 마련이다. 따라서 우리가 한 사람의 시인을 연구하는 데 시론 연구를 하는 근본적 이유는 시세계와 시론이 가지는 의미론적 상동성을 추적하여 그가 이론과 실제가 부합 하는 시인임을 논증하는 데 있는 것이 아니라, 그 둘 사이의 창조적 긴 장이 빚어내는 굴절의 각도를 엿보기 위해서이다. 그리고 그것은 그가 실제 시를 쓰는 사람이라는 사실을 의식적으로 배제한 채, 시론 자체

의 정당성 및 논리적 타당성을 평가하기 위한 것이라는 두 번째 목적
도 아울러 지닌다. 그런 의미에서 시인의 시론 연구는 그와 같은 두 가
지 의식을 염두에 둔 이중적 해석 행위인 것이다.

　이 글의 초점이 되고 있는 다형 김현승은 앞서 말했듯이 우리 시사
에서 '관념' 그 자체를 시적 주제로 삼아 줄기차게 노래한 드문 시인으
로 고평 받아왔다. 그리고 그는 박두진(朴斗鎭), 서정주(徐廷柱), 김춘수
(金春洙) 등과 함께 시인이면서 동시에 정치한 시 분석을 행하기도 한
시 이론가 및 감식가이기도 하였다. 그러나 이에 대한 총체적인 분석
과 시창작과의 관련에 대한 면밀한 해석은 아직 이루어지지 않고 있
다. 따라서 이 장에서는 시인 김현승이 남긴 여러 편의 시론을 통하여
그가 보여 준 창작시론, 그리고 그가 견지하였던 시적 언어에 대한 생
각, 그리고 그가 우리 시의 역사적 전개를 바라보는 사적 안목 등을 점
검하려고 한다.

1) 창작시론의 양상 – 문학적 자전(自傳)의 의미

　'창작'과 '비평'은 밀접한 관계를 맺고 있을 뿐만 아니라, 이 두 개의
정신적 활동은 감수성의 두 방향과 같은 것이어서 상호 보완적 기능을
가지고 있다.[22] 김현승의 경우 창작과 시론의 연관성은 긴장과 중첩의
이미지를 그리며 서로가 서로의 그늘과 자양이 되어주는 양상을 두루
보인다고 할 수 있다. 따라서 우리로서는 그 두 부분이 무의식적으로

22　T. S. Eliot, 이창배 역, 『엘리어트 선집』, 을유문화사, 1960, 387면.

친연성을 띤다고 전제하고, 다형 김현승이라는 시인을 연구하는 하위 자료로서 창작시론의 양상을 검토하여 그 논리적 의미를 준별할 필요를 느끼게 된다.

김현승은 모두 40여 년에 걸친 시작 생활을 통해 매우 독자적인 시세계를 구축해 왔다. 주지하듯 그의 시는 현실 지향의 역사적, 이념적 언어와는 언제나 일정 거리를 유지한 채 인간의 '관념' 속에서 역동적으로 내재하는 갈등 양상을 주목해왔다. 그러나 그는 그와 같은 창작 역량에 못지 않은 괄목할 만한 시론을 남긴 시론가로도 평가받을 수 있다. 아닌 게 아니라 그는 해박한 문학적 지식을 토대로 우리 시의 역사적 전개를 개괄하고, 또 시 한 편 한 편을 미시적으로 꼼꼼하게 분석해낸 감식가이기도 하다.[23] 그를 뛰어난 시론가로 의미 지으려고 하는 논리적 소여가 바로 여기에 있다. 그중에서 그가 시를 직접 쓰는 시인으로서의 체험과 그 과정에서 얻은 경륜을 밝히는 창작시론의 경우, 그것은 김현승의 시적 궤적을 밝히는 데 매우 유용한 자료가 될 수 있을 것이다.

그의 대표적인 창작시론이라고 할 수 있는 「쓴다는 것의 의의(意義)」에서 김현승은 작가들이 창작 행위를 하는 것 곧 예술 행위의 근원을 '자기 표현 본능설'에서 찾는다. '발생학적 기원설'은 지나치게 문학이나 예술의 기원론을 과학화하고 공식화한 느낌을 준다는 것을 피력하면서 그는 '자기 표현'으로서의 시를 가장 중요한 서정적 충동의 원류로 보고 있다. 보편타당한 시대사적 과제나 사회의 문제를 언제나 당

---

23 김현승은 그의 저서 『한국현대시해설』(관동출판사, 1974)에서 우리 근현대시의 미시적 분석을 선구적으로 해낸 바 있다. 이 책은 꼼꼼하고 설득력 있는 시 해석을 보여주어, 근자에 많이 출간되고 있는 많은 시 해설집의 원류가 되고 있다.

연하게 우위에 놓는 태도에 이의를 제기한 후, 다형은 "쓴다는 것의 의의 —그것은 첫째 자기에 대한 충실이다"라고 말한다.

여기서 다형이 주장하는 시의 기원론은 시인 스스로의 내적 필요에 따라, 다시 말하면 시인 자신의 내부에서 솟구치는 서정적 충동에 따라 필봉이 움직이는 것이 올바른 시적 자세라고 보는 안목에 근본적으로 토대를 둔다. 그것은 시의 창작심리 곧 '예술 충동(art impulse)'을 중심 인자로 놓는 견해인데, 여기서 그는 시란 무슨 유다른 목적을 위해 존재하는 것이 아니라 스스로 존재한다는 자족적인 순수시론으로 경도할 가능성을 엇비친다. 그러나 그와 같은 예단이 섣부르다는 것을 우리는 금방 알 수 있다. 왜냐하면 여기서 무게중심이 놓이는 곳은 '자기 탐구'라는 서정시 본래의 언어적 측면이기 때문이다. 그는 서정시란 궁극적으로 '자기 탐구'라는 믿음을 가지고 있었다. 그렇다면 자기 탐구란 무엇인가.

시인들은 왜 시를 쓰느냐? 자기가 가치 있다고 생각하는 절실한 것을 표현하려고, 이것을 강렬하게 나타냄으로써 자기 자신을 표현하려고 시를 쓴다. 이 말 가운데는 시란 자기 자신을 떠나서는 존재하지 않는다는 깊은 뜻이 포함되어 있다. 시인들 자신은 그러므로 자기가 가장 가치 있다고 생각한 바를 거리낌 없이 신념을 가지고 표현해야 한다.[24]

사르트르가 그의 유명한 논문 「문학이란 무엇인가」에서 문학의 사

---

[24] 김현승, 「쓴다는 것의 의의」, 『고독과 시』, 지식산업사, 1977, 315면(이하 『고독과 시』 인용은 글명, 인용면수로만 표기).

회 참여(앙가주망)를 주장한 것과는 대극의 위치에 서 있는 견해라고 할
수 있다. 그러나 '참여'의 대극에는 두 가지 방향이 있다. 하나는 언어
의 자족성을 근본적인 토대로 삼는 이른바 순수시의 경우이고, 또 하
나는 계몽의 대상(청자)을 따로 설정하지 않고 시인이 스스로 시 안으
로 기투(企投)하여 서정적 자기 탐구를 하는 경우이다. 자기 탐구로서
의 서정시 다시 말하면 시인 스스로에게 삶의 '거울'이 되고 '등불'이 되
는 그런 언어적 양식이 시라는 것이다. 다형의 창작 방향이 후자로 집
중됨은 그의 시론에서 구가되고 있는 자기 탐구의 몫이 어떤 것인가를
보여 준다고 할 수 있다. 이때 자기 탐구에서의 '자기'라는 내포에 그가
대타적으로 의식했던 신의 존재가 언제나 암묵적으로 전제되었다는
것은 잘 알려진 사실이다.

> 나는 인간의 삶 자체를 자연의 유로(流露)라고는 생각지 않는다. 그것은 오히
> 려 비평이라고 생각한다. 나는 자연을 있는 대로 받아들이지 않고, 자연에다 어
> 떤 주관적인 해석을 가하고 주관에 의하여 변형시키기를 요구한다. 이런 점에
> 서는 나는 동양적이 아니고 서구적이다. 그리고 그것은 곧 기독교적이다. 그리
> 고 그것은 성선설(性善說)에 입각한 생활이 아니고 원죄설(原罪說)에 뿌리박은
> 생활임을 나 자신이 언제나 인식하고 있다.[25]

그의 생애는 하나의 '편력' 그리고 그것의 극적 종결로 상징화할 수
있을 것이다. 마치 신약성서에 나오는 '탕자의 비유'처럼 그의 생애는
신과의 끊임없는 길항 그 자체였고, 하나의 드라마틱한 여정이었다고

---

25 「나의 고독과 나의 시」, 201면.

할 수 있는 성서적 이미지로서의 순례자 상을 가지고 있다. 따라서 '서구적 감각'이라고 스스로 고백하고 있는 그의 정신사적 자양은 철저히 기독교적이었던 것이었는데 그것의 방향은 첫째 자연의 인격화 또는 이미지화이고, 둘째는 자기 자신에 대한 가혹한 질책이 될 수 있는 원죄 의식을 밑바탕에 깐 것이었다. 이와 같이 기독교라는 자기 인식의 원형과 방법적 의미에서의 이미지즘은 그의 시적 방법론의 두 기둥이었다고 할 수 있다.

그가 절대 타자인 신과 어떤 길항적 관계에 있었는지는 그가 스스로 밝힌 글 속에 잘 점묘되어 있다. 여러 편의 글에서 뽑아 본 그의 편력의 흔적이다.

① 내 시풍(詩風)은 수월찮이 낭만조와 감상조에 기울어지고 있었다. 그 소재는 주로 자연이 대상이었으나 나는 소박한 자연을 단조롭게 노래하는 데 만족치 않고 즐겨 해학과 기지를 삽입시켜 인사(人事)와 결부시켜 보려고 노력해 본 것만은 사실이다. 그러한 예로서는 나의 초기작품 가운데 아마 「새벽교실」과 같은 시편을 들 수 있을 것이다.[26]

② 중기까지의 나의 시는 이러한 청교도적 입장에서 썼다. 원죄 의식을 바탕으로 하여 우러나는 반성과 참회, 또는 정서와 의지를 노래하였다. 때로는 신앙과 순수와 정의에 입각한 사회적 관심을 표명하기도 하였다. 포괄적으로 말하면 신앙과 이상에 대한 긍정적 입장에서 초기와 중기까지의 시를 썼다.[27]

③ 시 「제목」을 계기로 하여 나의 시세계에는 적지 않은 변화가 일어났다. 나

---

26 「시인으로서의 '나'에 대하여」, 218~219면.
27 「나의 고독과 나의 시」, 205면.

는 중기까지 유지하여 오던 단순한 서정의 세계를 떠나, 신과 신앙에 대한 변혁을 내용으로 한 관념의 세계에 발을 들여놓았다.[28]

④ 그러나 나의 나이 50대에 이르러, 나의 이러한 긍정적인 청교도 사상에는 큰 변혁이 일어났다. 간단히 말하여 무조건 부모에게 전습(傳襲)한 신앙에 대하여 나는 50을 넘어서야 회의를 일으키게 되고, 점점 부정적인 데로 기울어져갔다.[29]

⑤ 이 나의 신앙적 배반을 오래 참고 보시다 못하여 나를 주관하시는 하나님 아버지께서 나를 치셨던 것이다. 나를 치셔서 영영 쓰러뜨리셨더라면 나는 그 때부터 지금까지 지옥의 불덩이 속에서 후회 막급하여 구원을 부르짖고 있었을 것이다. 그러나 하나님 아버지께서는 나를 다시 깨어나게 하시어 나의 과거를 회개할 기회를 주시고, 그리하여 나는 고혈압 증세를 앓기 전보다 신앙을 회복하고 나 자신의 죄과를 깨닫고 신앙에 전진하려고 지금은 노력하고 있다.[30]

①→⑤로 변모해 온 과정이 그가 언제나 자신의 삶 속에서 신과 자연 그리고 그 안에서 숨쉬고 갈등하는 자기 탐구에 열중했는가를 통시적으로 보여주고 있다. 그것은 언제나 시적 대상과 시적 자아 사이에서 무한히 파동치는 '관념적 진실'을 쫓다가 이룩한 과정인 셈인데, 우리로서는 그 표면적 변모 행간에 관류(貫流)하고 있는 그의 일관된 태도, 곧 어떤 의미에서건 절대 타자를 의식하고 있는 그의 태도의 일이관지하는 성격을 볼 수 있다.

다형은 이와 같이 궁극적으로 자기 자신을 탐구하기 위해 시를 쓴다

---

28 위의 글, 208~209면.
29 위의 글, 206면.
30 「하느님께 감사를 보내며」, 162~163면.

는 지론을 가지고 있었다. 자기가 가장 가치 있다고 생각하는 것을 쓰는 것이 시라는 것이다. 따라서 시의 독자는 우선적으로 자기 자신이 되어야 한다. 그는 "요즘 시인 가운데는 시는 독자를 위하여 써야 한다고 주장하는 이들이 있다. 그러한 시인들의 시일수록 안이하고 그 가치가 공리적이다. 그리하여 독자를 시의 가치, 즉 자신의 수준으로 끌어올리는 것이 아니라, 독자의 수준으로 그 자신이 내려간다. 이것은 결코 시의 순수한 정도는 아니다"[31]라며 문학의 공리성을 비판하면서 한결같이 시에서의 '본질적인 가치'를 강조한다. 여기서 김현승이 공리적 가치를 부정하고 시의 순수한 '본질적 가치'를 중요시하고 있음은 그의 문학관을 살피는 데 중요한 시사점이 된다. 마치 말씀을 통해서 '카오스(혼돈)'의 시대에서 '코스모스(질서)'의 시대로 옮긴 것처럼 그에게 시는 개인적이고 특수한 영혼의 비의(秘意)를 담아내는 기능을 한다.

> 내가 지금까지 어느 정도 어느 수준의 시를 썼다면 그것은 나 자신의 재능도 아니고 나 자신의 자격도 아니다. 엘리오트는 개성으로부터의 도피를 강조하였거니와 나는 이 나의 개성과 이별을 고하는 곳에서부터 내 만년의 시는 출발하지 않으면 아니 된다고 깊이깊이 깨닫고 있다. 이 깨달음은 나의 속에서 절로 일어나는 것이 아니고 초월자이신 그 분이 나의 속에다 기름 붓듯 불어넣으시는 줄 알아야 한다.[32]

윗글은 그가 편력을 끝내는 시점인 마지막 시기의 고백이다. 이 시

---

31 「시의 난해성에 대하여」, 289면.
32 「겨울의 예지」, 9~10면.

기 그가 고백하고 있는 시를 쓰는 일의 의미는 초월자인 신으로부터의 영매(靈媒) 역할이다. 결국 그가 안착한 곳은 신의 품인 셈이고 사제적 (司祭的)인 시의식인 셈이다. 시인 자신이 결국은 사물의 본질을 적극적으로 수용하는 이른바 '단독자(單獨者)'[33]의 위치에 설 필요가 있다는 고백이다.

> 이러한 시(김광섭의 「아내」 - 인용자)에서 우리는 서정시의 본질의 아름다움은 사회적이고 외면적인 것보다 개인적이고 내면적인 것에 있음을 다시 경험할 수 있다. 우리의 시가 그동안 많이 변하여 사회적이고 외면적인 것에 매력을 느끼고 있기는 하지만, 이러한 때이기에 또는 이러한 때일수록 이러한 시를 읽으면서 **서정시의 미질은 사회성보다도 개인적인 특수성과 독자성에 있음**을 다시 한 번 명백히 확인할 수 있다.[34] (고딕 - 인용자)

다음 글에서도 그의 시에 관한 입장은 분명하다. 그것은 내면적이고 필연적인 요구에서 우러나오는 개인적이고 특수한 진실이다. 그것은 개인적인 삶 속에서 얻어진 뜻에서의 '개체성'의 강조에 본뜻이 있는 것이 아니라, 한 사람의 영혼 속에 각인되고 솟구치고 있는 개인적 정서 또는 사상을 드러낸다는 뜻의 '진실성'을 강조하는 것이다. 그러기에 김현승의 시관(詩觀)은 형이상적 열정을 추구할 개연성이 높아진다. 형이상시는 고도의 문명 상태에서 사고와 감각의 분열을 일으킨 인간

---

33 '단독자(單獨者)' 개념은 실존주의 철학자 키에르케고르의 개념으로서, 그는 삶의 진리란 그것에 대해서 소극적인 고립자(孤立者, der Isolierte)에 의해서가 아니라 적극적인 단독자(der Einzelne)에 의해서만 전달되고 수용된다고 보았다.
34 김현승, 「시의 비평적 감상」, 『창작과 비평』, 1972 가을, 550면.

존재에 대한 근원적 물음과 함께, 바른 의미에서의 자기 성찰을 기도한 점에 역사적 의의가 있기 때문이다.

따라서 김현승이 자신의 창작 과정에서 엇비친 '창작시론'의 경우 그것은 자신의 의식상의 변모를 시관에 덧입혀 진술한 것으로 요약할 수 있다. 그는 공리적 사회 참여에 반대하고 시인 스스로의 내적 필요에 따라 솟구치는 언어를 표백하는 것이 시라고 믿었으며, 그것은 사회로부터의 고립을 자초하는 순수시론으로 경도된 것이 아니라, 개인의 특수한 경험에서 조직되는 '관념'과 정신의 '진실성'이 가장 중요한 서정시적 매질(媒質)이라고 본 것이다. 결국 그의 창작시론은 기독교라는 정신적 자장 속에서 이미지즘이라는 시적 방법론을 고수하면서 표현론적 시각을 보여 준 것으로 정리할 수 있겠다.

2) 시와 언어에 대한 인식

1950년대는 우리 시사에서 꽤 다양한 역동적 가능성이 숨쉬고 있던 시기이다. 특히 이 시기는 그동안 일제 강점기에 미처 꽃피지 못했던 모국어에 대한 시적 가능성에 대한 탐구가 본격화되었다. 그것은 먼저 모국어를 마음대로 쓸 수 있다는 정치적 자유와는 정반대로 그동안 모국어가 질식되었었다는 인식 때문이고, 또 하나는 당시 외래성 짙은 박래품(舶來品)으로 들어온 서구 추수적인 모더니즘 운동이 등장했기 때문에 그 대척점으로서 그와 같은 모국어에 대한 관심이 고조된 것이기도 하다. 이때 김현승 역시 시적 언어에 대한 그 나름의 통찰을 피력하는데, 1950년대에 발표한 논문은 모두 세 편이다.

그의 대표적인 시론격인 「인생파와 모던이즘」[35]은 당대에 산술적으로 가장 우세를 점했던 한국적 모더니즘에 대한 강한 비판을 담고 있다. 그는 시의 새로움이란 '소재'에 있는 것이 아니라 이것을 처리하는 '시정신'에 있는데 모더니스트의 시정신이란 서정주(徐廷柱), 유치환(柳致環) 같은 인생파에 비해서 새로운 것이 없고 현실인식에서도 전위적인 것이 없다고 비판한다.

> 앞으로의 시는 현대의 불안과 고민을 한갓 반영함에 만족하는 시가 되지 말고, 그러한 창백한 주지성이나 환각성을 벗어나 주의적인 적극성과 인격적인 창의성을 발휘하여 **현대의 절망과 위기를 해결하여 나가는 내면적 건강성을 견지**하여야 하리라고 믿는다.[36] (고딕―인용자)

"현대의 불안과 고민을" 시 안에다 착색시키는 모더니즘의 몰역사성과 시정신의 결여를 지적하고, 현대시의 나아갈 길이 "주의적(主意的)인 적극성과 인격적인 창의성"이라고 본 후, 현대의 위기를 이겨나가야 한다는 비판과 독려를 한 것은 당대의 신진 비평가였던 유종호(柳宗鎬)의 관습화된 모더니즘에 대한 비판(「불모의 도식」, 『문학예술』, 1957.7) 또는 최일수의 모더니즘이 중요한 것이 아니라 모더니티를 획득하는 것이 중요한 것이라는 생각(「우리 문학의 현대적 방향」, 『자유문학』, 1956.12) 등과 더불어 당대의 모더니즘에 대한 강력한 비판이자 올바른 시의 방

---

35 김현승, 「인생파와 모던이즘」, 『현대문학』, 1956.2.
36 위의 글, 156면.

법에 대한 성찰을 보여주었다는 의미에서 중요한 지적이 되고 있다.

일반적으로 문예사조에서 모더니즘은 이미지즘, 주지주의, 쉬르리얼리즘, 신심리주의, 야수파 등 문학뿐만 아니라 예술 전반에 걸쳐 전개된 현대적인 다양한 기법 등을 총칭한다. 그것은 제1차 세계대전을 기점으로 20세기 현대 예술에 나타난 전위적이고 실험적인 문학의 제 경향을 지칭하는 것으로, 사실주의와 자연주의에 깊이 뿌리박힌 유물론적 세계관에 의한 합리주의적 낙관론에 철저히 반발하는 문명 비판적 세계관을 근본으로 한다.[37] 상투화된 기존의 언어 의식과 언어 표현에 대한 파괴와 재양식화를 꿈꾼 것이 모더니즘 시학이라면, 김현승이 문제제기하고 있는 부분은 한국적 모더니즘은 그러한 이념적 근간에 철저하지도 못했을 뿐만 아니라, 우리말의 올바른 방향에도 기여하지 못했다고 보는 것이다. 이러한 논의는 당대 무분별하게 유입된 실존주의에 대한 급격한 경사와 앞 시대가 가졌던 서구적 편향을 비판하면서, 전통의 새로운 인식과 자각을 강조하는 논의[38]와도 연결되어, 개인과 민족을 둘러싼 구체적 현실에 대응할 수 있는 주체를 확립하자는 주장으로 귀결되기도 한다.

그 다음 논문인 「우리말의 특질과 현대시의 과제」[39]는 김현승의 시 인식을 보여주는 좋은 보조 자료가 된다. 먼저 그는 이 글에서 현대시의 언어로서 우리말이 지닌 결함이 '문화어(文化語)의 빈곤'임을 실제 작품들을 분석하면서 보여 준다.

---

37 Eugene Lunn, 김병익 역, 『마르크시즘과 모더니즘』, 문학과지성사, 1989, 80면.

38 최일수, 「실존주의 문학의 총화적 비판」, 『경향신문』, 1955.4.3~15; 최일수, 「우리 문학에 있어 신인의 위치」, 『문학예술』, 1956.2 참조.

39 김현승, 「우리말의 특질과 현대시의 과제」, 『현대문학』, 1956.11.

문화어는 기본적인 생활에 쓰이는 감각어와 달라, 그것은 문화적인 성장에 수반되는 언어들이다. 그러므로 그 문화의 진전에 따라 오늘 발생하고 내일에 또한 새로이 발생될 수 있는 말들이다. 그런데 우리의 문화어는 진정한 언문일치가 실현된 연조로 보나 서구문화의 수입이란 것을 중심하여 생각할 때 그 가장 오래인 것이 반세기의 전통밖에 갖지 못하였다는 이론이 성립될 수 있다. 그리고 정상적인 상태에서는 정신적 진전의 내적 수요에 따라, 그에 공급된 외면적인 언어가 언제나 동일한 템포로 발달되어 나감이 문화 성장의 이상적인 조건일 텐데 우리 문화의 이러한 후진적 특수성은 전체의 언어가 개인의 사상에 뒤떨어지는 현상을 면하지 못하고 있다. 뿐만 아니라 이러한 상태의 문화어조차 주로 외래어 — 그중에도 그 대부분이 한자어로 되어 있다. 한자어란 그 표의문자의 성질상 학문상의 용어나 문명사상을 함축 있게 표명하는 실용적인 용어로서는 간편하고 적합할지 모르나, 미학적 가치에 있어서는 그 불필요한 면적과 둔중성 때문에, 우리의 감각어가 가지는 것과 같은 그러한 친밀감을 도저히 줄 수 없는 예술적 동화성이 희박한 언어이다. 그리하여 이와 같은 우리의 문화어의 빈곤성 때문에 가장 많은 고통을 받아야 하는 사람들은 누구보다도 현대의 주지적인 시인들이다.[40]

우리의 문화어적 전통이라는 것이 워낙 일천한 데다 우리 문화가 또한 후진성을 면치 못하고 있기 때문에 그의 반영인 언어에도 그 불균형 양상("전체의 언어가 개인의 사상에 뒤떨어지는 현상")이 나타난다고 본다. 곧 우리말은 감각어가 잘 발달되어 있어서 시인들에게 천혜의 자원이 되지만 문화어의 대부분이 한자어로 되어 있어서 현대 문화를 표현하는 데

---

[40] 위의 글, 24~25면.

어려움을 겪는다는 것이다. 문화어가 일상 용어로서 정착하지 못했을 뿐만 아니라 미적으로도 표의문자인 한자의 특성상 많은 면적을 차지하고 둔중하여 예술적 동화성을 적게 가진다는 것이다. 그런데 김현승이 마지막에 지적한 '문화어의 빈곤성'이란 좀 더 정확히 말하자면 빈곤성이라기보다는 심미적 작용의 상대적인 열등성[41]이라고 할 수 있다. 따라서 그는 우리의 현대시에서 '문화어'가 빈곤하고 당대 모더니즘시의 시어인 이 문화어가 아직 우리에게 생경하기 때문에 문화어의 창조적 계발이야말로 중요한 현대시의 과제라고 본다. 같은 시기에 유종호도 그의 논문 「토착어의 인간상」(『현대문학』, 1959.12)에서 현대시의 관념어는 서구어를 일인들이 번역한 일상 한자어로서 비개성적이고 생경한 언어라고 비판했는데, 김현승의 논의와 그대로 맥이 닿는 논지이다. 김현승의 이 논문은 1950년대 비평사에서 우리 모국어에 대한 자각을 심화시키는 데 일조를 한다. 그만큼 유종호, 송욱(宋稢) 등과 더불어 김현승은 시와 언어에 대한 관심을 많이 기울인 논자였다고 할 수 있다.

그는 이어서 "우리의 현대시가 주지적 방향을 취하게 된 사실은 이십세기의 시대적 사명으로 보나, 우리 문학 자체의 성장단계로 보아 당연한 과정이다. 또한 철학을 문학에 도입시키는 노력이나 문명사상을 비판 검토하여 시의 소재로 소화시키는 것과 같은 주지적 태도는 단순한 감각이나 서정의 자연발생적인 발로에 의하여 얻는 심미적 가치보다도 시의 가치를 인간생활의 보다 근본적인 철학적 진실에까지 접근시켜 구하는 점에 있어서 보다 높은 단계에 속하는 노력이라고 아니 할 수 없다"[42]고 하면서 우리 시사를 개관하는데 소월(素月)로 대표

41　한수영, 「1950년대 한국 문예비평론 연구」, 연세대 박사논문, 1995, 195면.

되는 '서정(抒情)'적 흐름과 지용(芝溶)으로 대표되는 '감각(感覺)'적 흐름을 지적한 뒤 지금의 시적 과제가 이들을 지양, 통합한 '주지(主知)'적 흐름으로 이어져야 한다는 변증적 사유를 보여 준다.

결국 그가 강조하고 있는 것은 여전히 문화어의 시적 언어로의 활용을 통한 주지적 태도의 확립이다. 다시 말하여 "우리가 결론으로 느끼는 것은 현단계의 생경한 우리의 문화어를 어떻게 하면 친절력을 가지는 우리의 시어로서 개척할 수 있을까 하는 문제"이고 그것은 "주지적인 시인들"이 해 내야 한다는 것이다. 그는 이처럼 시의 현대성과 시어의 난맥상과의 관계를 천착하였다.

그 다음 글로 우리는 「현대시의 재음미─한국적인 주류를 위하여」[43]를 들 수 있다. 그는 이 글에서 한국 특유의 것과 민족적 현실 속에서 이른바 '현대성'을 찾자고 주장한다. 그와 같은 인식은 앞의 논문 「인생파와 모던이즘」의 연장선상에 있다.

우리가 흔히 서구현대시의 공통적인 특징으로서 지적하는 것은 기성의 전통과 이상과 또는 합리에 반항하는 시정신, 따라서 감상과 낙천을 아울러 지양하는 주지적인 태도 그로부터 파생하는 시형식의 회화적인 양상 또는 유연하고 소박한 자연환경으로부터 우울한 인간의 내부와 그와 밀접한 관계에 있는 복잡다단한 도회문명으로 변환을 단행한 소재의 혁신 등이다.[44]

---

42 김현승, 「우리말의 특질과 현대시의 과제」, 『현대문학』, 1956.11, 26면.
43 김현승, 「현대시의 재음미─한국적인 주류를 위하여」, 『현대문학』, 1959.2.
44 위의 글, 220면.

이 글에서 다형은 '세계적 동시성 또는 보편성'과 '민족적 특수성'을 소박한 형태로나마 토대론에 입각하여 진술하고 있다. 그는 "한국의 현대성이란 것을 분석하여 볼 때, 우리는 시간적으로는 현대에 살고 있지만, 공간적으로는 아직도 현대에 살고 있지 못하다"는 인식을 가지고 우리 시의 과제를 "우리들 자신의 자각도, 현대성이라는 저편에만 치우치지 말고, 민족적 현실이라는 이편에도 기울여져야 할 것이다"라고 주장한다.

다형은 여기서 우리가 서구 현대시로부터 배워야 할 덕목을 정당하게 지적하고 있음에도 불구하고 서구와 한국의 정체성을 지나치게 대타적으로 인식하는 모습을 보인다. 그런 과도한 수세적 염결성은 자연스럽게 그로 하여금 신라로 귀의한 미당(未堂)의 시세계에서 가장 한국적인 모습의 맹아를 찾게 한다. 물론 미당이 거둔 당대의 눈부신 시적 성취를 십분 감안하더라도 서구의 전형적 대립항으로서 그를 떠올리고 그에게 한국의 서정시가 나아갈 길을 대표 단수화하여 짐지운다는 것은 그의 서구 인식이 지나치게 협애했던 게 아닌가 하는 의구심을 가지게 한다. 모더니티의 보편성을 한국적 특수성에서 찾아야 한다는 그의 입론의 정당성은 평가될 수 있지만 그의 실천적 각론은 협애한 실례와 대안으로 말미암아 설득력을 떨어뜨리는 결과를 가져왔다고 볼 수 있다.

결국 그의 시어에 대한 인식은 문화어의 창조적 계발과 그것의 시정신과의 결합 그리고 한국적 특수성의 시적 인식 등으로 모아진다. 이와 같은 논의는 이후 쓰게 되는 1960년대의 시인론들에서도 이어진다.

단순한 감각적인 시에서는 가장 우수하고 가장 발달한 우리말의 감각어로써만 그 표현의 목적을 다할 수 있다. 그 좋은 실례가 정지용의 시와 같은 것이다. 지용은 아직까지는 우리말의 극치에 도달한 시인이다. 그러나 우리는 지용의 언어는 감각을 표현하기에만 만족한 언어라는 점에 착안하지 않으면 아니 된다. 지용의 그러한 언어로써 어떤 사상이나 관념을 나타낼 수는 결코 없다. (…중략…) 또 단순한 자연 대상의 시라면 40년대에 있어 청록파 시인들이 쓰던 순수한 우리말이나 소월의 언어로써 표현의 완벽을 어느 정도는 달성할 수 있을 것이다. 뿐만 아니라, 사상성을 갖되 소박하고 회고적인 것이라면 서정주의 독특하고 세련된 언어로써 표현의 목적을 얼마간은 달성할 수 있을지 모른다. 그러나 현대적 의미의 사상성이나 관념을 나타내는 데는 아무런 전형도 아직까지는 우리에게 없다. 뿐만 아니라, 우리말의 관념어란 우리말의 감각어와는 달라 그 대부분이 외래어, 그중에도 그 대부분이 한자어로 되어 있다. 현대적 의미의 복잡한 사상성을 표현해야 할 새로운 우리말의 시인들이 첫 번째로 부닥쳐야 했던 난관은 다름이 아니라, 우리말의 관념어의 빈약 내지 불충분이었다.[45]

관념어의 빈곤과 감각어의 발달이 한국어의 특성임을 전제하고 문화어를 발달시켜야 한다는 인식은 우리말의 특성을 올바로 통찰한 실제적 대안이었다고 본다. 감각어는 1930년대의 뛰어난 이미지스트인 정지용의 시에서 그 극대화된 가능성을 우리는 경험한 바 있다. 그러나 김현승은 그의 시를 현대적 감수성으로 보아 최고봉에 놓지는 않는다. 다시 말하여 현대 문명의 복잡다단한 사상성을 표현할 수 있는 관념어를 더욱 시적 언어로 적극적으로 편입시켜야 한다는 견해를 보인

---

45 김현승, 「김광섭론」, 『창작과 비평』, 1969 봄, 137~138면.

다. 그것은 소월이나 청록파를 지나 그것들(감각의 시와 자연의 시)을 지양한 관념어로의 발양을 추구해야 한다고 본다. 역시 미당의 시세계에서 부족하나마 그 편린을 엿보고 있는 그는 이와 같은 사상성[46]의 심화가 우리 시의 과제라고 보고 있는 것이다.

> 그들(보수주의적 시인들―인용자)이 시에서 줄기차게 주장하는 한국적인 언어란 실상 분석하여 보면 재래종에 속하는 토속적인 언어이다. 그것이 한국어임에는 틀림없다. 그러나 오늘의 한국어는 지식인을 중심으로 하여 사용되는 문화어로 점차 바뀌고 있다는 사실에 그들은 착안하지 못하고 있다. 한국 사회의 과학화와 지적 성장에 따라 오늘의 한국적인 언어는 관념어와 기술어가 뒤섞인 문화어로 바뀌어, 이러한 언어가 일상 용어의 상당한 비중을 차지하고 있다. 시의 언어란 국민들이 쓴 일상 용어에서 가져오는 것이라면 오늘의 한국시에 문화어가 상당한 비중으로 등장하게 되는 것은 개연의 추세이다.[47]

토속적인 언어와 문화어에 대한 분절적 인식을 토대로 김현승은 그 대안을 김수영(金洙暎)의 시적 실천에서 찾는다. 김수영에게 언어적 사용 방식이 사상성을 담는 문화어 지향의 싹이 보이기 때문이다. 여기서 우리는 김현승이 토착어에서 현대시로서의 언어적 한계를 느끼고 더욱 확대된 언어 의식만이 우리 시의 지성적 심화를 이룰 수 있다고 주장하는 면모를 볼 수 있다.

---

46 김현승의 인식 구도 속에서 시의 진화 단계는 '감각 → 자연 → 사상(관념)'으로 설정되어진다. 이것은 그 정당성은 차치하더라도 그의 시세계의 진화와 상동성을 이룬다.
47 김현승, 「김수영의 시사적 위치와 업적」, 『창작과 비평』, 1968 가을, 444~445면.

3) 시와 종교의 관련성

김현승은 시를 통해 자신의 체험 속에서 누적되어 왔던 '관념'의 우수한 질을 형상화하였고, 원론적으로도 서정과 감각이 변증적으로 지양된 주지(사상)의 시를 가장 차원 높은 시로 생각하였다. 더불어 그는 타락한 현실에 맞설 수 있는 시적 방법론을 지사적 '양심(良心)'이라고 생각했는데, 그는 그것을 신 또는 종교적 가치로 이월시켜 통합해 낸다. 그와 같은 인식의 근저에는 기독교 가정이라는 김현승의 태생적 조건이 결정적인 '발생학'이 된다.

한국의 기독교는 원래 반봉건, 근대 지향, 자주독립, 항일민족운동에 직접적 혹은 간접적으로 영향을 끼친 한국 민족사의 한 부분이었다. 그러나 갈수록 권선징악적 도식을 뛰어넘지 못하고 지적 성찰이 결여된 감성적 종교로 받아들여졌다. 그러나 천상과 지상이라는 이원적 세계 속에서 정신적 형극의 생애를 살았고, 신의 시선을 끝까지 의식한 (끝내는 합일할 수 없는) 가운데 고독[48]에 이르고 그러고 나서 신에 귀의하기까지 그가 보여 준 행보는 기독교의 지성화 작업이었다고 할 수 있다. 기독교적 자장 안에서 뿌리를 내리고 동요하고 또 다시 재착근할 때까지 기독교적 지성과 사색은 그를 움직이는 근본 힘이었다.

그러는 중에 그가 천착해 마지않던 '고독'에 이른다. 고독은 믿음의 대상이었던 절대 타자 하나님과 시인의 내면 세계가 조용히 교류하는 과정에서 발생하는 추상적인 상황이다. 그리고 고독이란 기존의 최고 가치가 소멸되어지는 이른바 '무(無)'의 세계와도 연결되는 것이다. 따

48　김용성, 『한국현대문학사탐방』, 현암사, 1984, 365면.

라서 신을 떠난 것처럼 외연적 의미를 띠는 '고독'은 그 내포에 절대자를 갈구하는 영혼의 역동하는 모습이 역설적으로 함의되어 있다. 왜냐하면 신앙이란 부조리를 포용함으로써만 획득될 수 있는 것인데, 그는 시적 영감 속에 불가항력적 대상인 신을 외부로 끊임없이 밀어버리려고 했기 때문이다. 결국 신은 바깥으로 일시적으로 밀렸다가 용수철처럼 다시 다가온 셈이다. 따라서 부정적인 가치를 떨쳐버리려는 시인의 절망적인 노력[49]으로 그의 고독을 읽는 방법 또한 의미 있다고 본다.

그에게 직간접으로 영향을 끼친 국내외의 시인은 정지용, 김기림, 엘리엇, 발레리, 릴케, 엘뤼아르 등이다. 그러나 그보다도 그는 기본적으로 기독교의 성경 그중에서도 특히 예수의 언행이 담겨 있는 사복음서를 좋아하였다.[50] 그러나 성서는 비유 체계의 인유적(引喩的) 원천이라든가 사상적 연원으로 작용하였고 기법이나 시적 정조의 면에서는 릴케의 영향이 뚜렷하다고 할 수 있다. 릴케는 김현승의 시 안에서 종교적 정조를 짙게 착색시키는 영향 관계를 형성한 시인이었다.

그가 타계하기 전 약 4년간의 시작 활동은 신에 귀의한 행적으로 가득하다. 그러나 다시 한 번 강조하지만, 그 전에 그가 고독을 추구하던 시기, 신에 대한 회의와 갈등 속에서 신을 잃고 인간적인 고독을 시적 대상으로 삼았던 시기에도 그의 관념 안에는 여전히 신이 내재해 있었다.

나는 지금껏 인간 중심의 문학을 하면서 썩어질 그 문학 때문에 하마터면 영원한 생명의 믿음을 저버릴 뻔하였던 것이다. 오늘도 하나님께서는 이 새로운

---

49 곽광수, 「사라짐과 영원성」, 『김현승―한국현대시문학대계 17』, 지식산업사, 1982, 243면.
50 「시였던 예수의 언행」, 195~199면.

생명과 믿음과 자각을 내게 주시고 아직도 나의 실낱 같은 생명을 지켜주신다. 이 실낱 같은 나의 생명을 주님이 거두시는 날까지 나는 무엇을 할 것인가? 나는 그때까지 믿음의 시를 쓰다가 고요히 눈을 감고 싶다. 이 이상의 하나님의 축복은 지금의 나에게는 있을 수도 바랄 수도 없다.[51]

인간과 신의 의미론적 영역의 철저한 분화, 마지막 시기의 다형의 문학관을 잘 설명해주는 도식이다. 이와 같은 극적이고 대단원적인 그의 귀의는 시적 긴장이나 인간에 대한 복합적 투시라는 면에서 볼 때 오히려 퇴행하였고 또 지나치게 단순화되고 교조화될 위험을 안고 있지만, 우리가 보기에는, 그의 끊임없는 신 의식이 결국 가닿은 궁극의 영역(이성이나 합리성이 거세된 신앙의 영역)이라고 할 수 있다.

이 시의 기저에는 기독교 정신이 깔려 있다. 이 시는 내가 그렇게도 아끼던 나의 어린 아들을 잃고 나서 애통해 하던 중 어느 날 문득 얻어진 시다. 나는 내 가슴의 상처를 믿음으로 달래려 하였었고, 그러한 심정으로 이 시를 썼다. "인간이 신 앞에 드릴 것이 있다면 그 무엇이겠는가. 그것은 변하기 쉬운 웃음이 아니다. 이 지상에 오직 썩지 않은 것이 있다면 그것은 신 앞에서 흘리는 눈물뿐일 것이다"라는 것이 이 시의 주제라고 할 수 있을 것이다. 그리고 이 시는 눈물을 좋아하는 나의 타고난 기질에도 잘 맞는다.[52]

자신의 대표작인 「눈물」을 설명하면서 그것을 기독교 정신과 연결

---

51 「종교와 문학」, 140~141면.
52 「굽이쳐가는 물굽이같이―나의 시, 그 변모의 과정」, 236~237면.

시키는 글이다. 기질적으로 벗어날 수 없었던 종교적 감성과 모든 사물을 역설적으로 받아들일 수 있는 영혼의 마음밭은 그의 기독교적 사색과 교양의 힘에 기인된 바 크다. 자아 존재 속에 일어나는 상황이 본질적으로 보상을 허락하지 않을 경우 우리가 맛보는 것이 자기소원(self-estrangement)[53]인데, 그의 '고독'이 매우 형이상학적이고 종교적인 문제로부터 시작되고 있다는 점[54]은 그를 소원(疎遠)과 충일(充溢)의 극단에서 진자 운동을 하게끔 움직이고 있다.

그만큼 시는 그에게 자신의 교양과 인식 그리고 기질과 인생 체험을 표백하는 언어적 매질이었고, 따라서 그가 기독교라는 특정 종교에 의지했건 아니면 그것을 떠나려 했건 역설적으로 그에 연루되고 긴박된 그의 생애는 그로 하여금 시와 종교에 대한 통합적 인식을 가져다주었다고 볼 수 있다.

4) 시정신에 대한 인식 – 시적 건강성의 문제

김현승의 뛰어난 능력 가운데 하나는 세계 문학사조를 그 나름의 체계로 정리해 낸 안목에 있다. 그가 남긴 저서 『세계문예사조사』(1974)에서도 알 수 있듯이 그는 현대 문학사조에 대한 폭넓은 독서와 일이관지하는 안목으로 그 일관된 흐름과 변화상, 그리고 그 역사적 의미를 꼼꼼하게 따져 하나의 문학사로 기술하고 있다. 그것을 통해 그가

53　정문길, 『소외론 연구』, 문학과지성사, 1985, 224~225면.
54　오규원, 「비극적 종교의식과 고독」, 『현실과 극기』, 문학과지성사, 1976, 111면.

시를 통해서 가장 옹호한 시정신의 정수를 우리는 우회적으로 알아볼 수 있다.

김현승은 「한국 현대시의 서구적 경향」이라는 논문에서 한국 현대시의 전개에 영향을 끼친 서구시의 양상을 세 가지 조류로 정리하고 있다. 하나는 프랑스 중심의 쉬르리얼리즘적 경향이고, 또 하나는 영미 중심의 모더니즘적 경향, 그리고 마지막으로 릴케를 대표로 하는 독일의 관념적 경향을 든다. 그러면서 그 영향을 직접적으로 받은 시인들을 이상(쉬르리얼리즘), 김기림 · 김광균(모더니즘), 김춘수(릴케)라고 일별하면서 그들의 시적 공과(功過)를 분석하고 있다. 김현승의 관점에서 볼 때 쉬르리얼리즘적 경향은 1930년대에 이상(李箱)이라는 예외적 개인에 의해서 실험적으로 펼쳐졌다가 1940~50년대의 잠복기를 거쳐 1960년대에 현대시의 요구에 의해서 다시 맹렬하게 개화하고 있다고 판단된다. 반면 김기림 등의 모더니즘은 1950년대에 김경린(金璟麟), 박인환(朴寅煥) 등의 '후반기'로 계승되나 그들이 "애초부터 지니고 있던 비주체성과 비현실성이 지적되면서, 그 세력은 점차로 감퇴되어 갔다. 그리고 그것은 당연한 역사적 귀추라고 말할 수 있다"고 본다. 특히 그들의 활동은 "진정한 문화의 창조자로서 자임하여야 할 시와 시인과는 동떨어지게 거리가 멀고, 우연적 가치를 버리고, 본질적 가치를 추구하는 시와 시인의 본연한 태도와도 배치되는 시작 행위이었다"고 판단된다. 반면 김춘수로 대표되는 슈르적 경향은 "쾌적한 연상의 배가운동"을 통해 "슈르적 특징의 하나인 의식의 대조적 결합과 과거와 현재의 동시성과 같은 독특한 수법을 충분히 엿볼 수 있다"고 본다. 그러나 이렇게 긍정적으로 보였던 슈르적 경향의 시들도 근자에 들어서는 시적 건강성을 상실하고 있다고 그는 지적한다. 결국 시정신의 변혁을 목표로 내걸었던 이들이 시적 언어의 운용에서만 방법적으로 달리했을 뿐 그 이념의 면에서나 시정신의 면에서는 오히려 철저히 답보 내지는 뒷걸음질을 하고 있다는 것이 그의 진단이다.

그러나 이 시인들 역시 한국적인 독자성을 타개하지 못한 채 서구적인 방법론을 그대로 답습하는 감이 농후하고 현저하다. 앞에서 본 송욱의 「얼림얼림아가씨」나 김춘수의 「타령조」의 표현수법의 어디에서 한국적인 독자성을 찾을 수 있는가? 그것은 프랑스 중심의 슈르적 방법을 그대로 답습한 것에 지나지 않는다. 뿐만 아니라, 프랑스의 그것보다도 더욱 기교를 위한 기교에 치우쳐 시의 체력과 건강미를 상실하고 있음을 볼 수 있다.[55]

이어서 그는 엘뤼아르의 시적 성취와 비교하면서 김춘수의 시에 대해 "이러한 시(「타령조4」 – 인용자)는 성(性)을 대상으로 하면서도 지나치게 무위(無爲)한 기교로 타락한 감을 금할 수가 없다. 같은 작자의 「꽃을 위한 서시(序詩)」의 건강미와는 격세의 감이 있을 만큼 기교와 허약에 빠진 시이다"고 지적한다.

그렇다면 김현승이 추구해 마지않는 '시적 건강성 또는 건강미'란 무엇인가? 그것은 그의 논의를 귀납해 보면 어느 정도 자명해지는데, 그 뜻은 그가 건강미를 상실했다고 보는 시를 역추적하면 명료해진다. 형식 위주로 탐닉된 주제의 천박성, 그리고 외래 사조의 모방과 답습에 급급한 한국적 정체성의 몰각 등이 그것이다. 따라서 시적 건강성이란

---

55 「한국 현대시의 서구적 경향」, 275~276면.

인생을 적극적으로 해석하고 나아가 정신적 좌표를 제시하되 그것이 한국적 뿌리를 가질 것으로 요약된다고 할 수 있다.

또 시인론으로는 그는 김광섭, 박두진, 김수영의 것을 남기고 있는데, 이들에 관한 글에서 김현승이 시종 초점을 맞추고 있는 것은 시정신이다. 시정신이란 시인이 대상이나 상황에 대하여 지적, 정서적으로 인식, 반응하는 창조적, 상상적 능력이라고 할 수 있다. 그 스스로는 몰튼의 견해를 인용하여 "상상이 풍부하고 주관적인 이상이나 이념에 기우는 시정신에 비하여, 산문정신은 논리의 경향을 띠고 객관적 사실의 묘사에 치중한다"[56]라고 산문정신과의 차별성을 강조한다. 따라서 그것은 시인들이 창조적 공간인 시적 방법론의 총화라고 할 수 있다.

사상성을 강조하지 않을 수 없는 현대시에 있어서 한 시인의 시가 어떤 관념을 시의 대상으로 삼는 것은 오히려 바람직한 일이다. 그러나 관념의 시가 관념적인 표현이 되어서는 아니 된다. 그것은 **시 표현의 본질적 특징인 구체성**을 드러낼 수가 없기 때문이다.[57](고딕―인용자)

관념을 관념적으로 드러내지 않고 형상의 옷을 입혀 구체화시키는 일, 그것이 그가 말하는 사상과 형상의 결합으로서의 시적 지성이다. 따라서 그가 '고독'이라는 관념의 세계를 형상적으로 천착할 수 있는 바탕이 마련된다. 이어서 김현승은 시에 대한 사상성의 도입을 김수영의 시사적 업적으로 보는데, 곧 "한국의 유능한 시인들이 언어의 예술

---

56 「시의 난해성에 대하여」, 280면.
57 김현승, 「김광섭론」, 『창작과 비평』, 1969 봄, 131면.

성에만 사로잡혀 있을 때 김수영의 현명한 눈은 그의 시에 건전한 사상성을 도입함으로써 한국 현대시의 메커니즘을 깨우쳐 주었다"[58]고 본다. 이러한 견해는 김수영의 시에서 나타나는 궤적을 일별할 때 매우 타당한 결론이라고 할 수 있다.

또 김현승은 「철학자와 시인과 역사가」라는 글에서 현대시에 대한 경향을 예사롭지 않게 내다보고 있다. "오늘의 시는 벌써 음유(吟遊)의 대상도 아니고, 연애 감정의 만족을 위한 것도 아니며, 음악의 일부도 아니고, 또는 음악의 상태를 동경하지도 않는다. 오늘날 흔히 말하는 생각하는 시란 다른 말로 표현하면 철학의 상태를 말하는 것이"[59]라는 것이 그의 견해다. 그는 이러한 현대시의 성격에 기초하여 시에 필요한 지성의 의미에 대해 일침을 가한다. 시가 철학의 상태를 지향하면서도 철학과 궁극적으로 다른 것을 그는 "철학의 사상은 필연적으로 추상화되지 않을 수 없으며, 시의 사상은 필연적으로 구상화되지 않을 수 없다"는 것이다. 곧 그에게 중요한 시적 지성의 몫은 상당 부분 "시적 구상 능력"에 있는 것이다. 따라서 지금의 시의 중요 과제는 "현대 정신으로써 시의 내용을 삼았는가 하는 그러한 주제의 문제와 병행하여, 아니 어떤 의미에서는 그보다도 더 중요하게 그러한 것들이 어떻게 구체적으로 표현되었는가 하는 형상 능력에 속하는 기술적인 문제가 비평의 대상으로서 클로즈업되어야 할 것이"라는 데 동의하고 있다. 결론적으로 그는 '시정신'과 '시적 구상 능력'이라는 것의 온전한 결합을 통해서만이 현대시의 지성의 문제를 제대로 해결할 수 있다고 본다.

---

58 김현승, 「김수영의 시사적 위치와 업적」, 『창작과 비평』, 1968 가을, 444면.
59 「철학자와 시인과 역사가」, 175면.

현대시에 있어 유달리 운위되는 지성의 문제를 시정신(詩精神) 면에만 치중하려고 하는 안이한 생각을 우리는 버려야 할 것이다. 그것을 형상 능력에까지 보급시켜 생각하고 노력하는 것은 오늘날 새로움을 자처하는 시인들의 중대하고도 필요한 역사적 임무이지 않을 수 없다.[60]

"현대시의 지성 = 시정신 + 형상 능력"이라고 보는 이 시인의 시각은 그대로 자신의 시에 구현된다. 시정신이 형식적 완결성이나 내용적 타당성에 머물지 않고 그것을 통합해 내는 '지성(知性)'의 힘을 요구하는 것이 바로 다형 스스로의 시세계였던 것이다. "시는 아무런 관념이나 정서도 추상적으로 표현하지 않고 구체적으로 표현해야 한다. '구상화(具象化)'란 이를 두고 하는 말이다. 말하자면 아무런 관념이나 정서도 머리나 가슴 속의 막연한 상태에서 건져내어 새로이 눈이나 귀로 느끼게 만들어야 한다. 눈으로 보게 하기 위하여는 그 관념이나 정서에 해당하는 이미지를 붙잡고 표현해야 하고, 귀로 듣게 하기 위하여는 그것에 해당하는 리듬, 즉 청각적인 이미지를 붙잡아야 한다"[61]는 견해는 바로 자신의 시에 대한 다짐이기도 한 셈이었다. 여기서 그가 강조하는 시의 구체성은 현대시의 가장 요긴한 덕목인데, 여기서는 '구상화'의 뜻으로 쓰였다. 다시 말하여 정서나 관념의 이미지화를 두고 하는 말이다. 이미지즘으로 불릴 수 있는 이와 같은 견해는 그의 시 전반을 꿰뚫으며 관류하는 방법적 전략이기도 하다.

---

60 위의 글, 179면.
61 「시의 난해성에 대하여」, 284면.

결국 시론과 해석 사이의 관계는 가장 탁월하게 상보적인 관계라는 것을 전제할 경우 김현승의 시론적 업적은 미시적이고도 꼼꼼한 시 분석을 토대로 획득한 사적 안목이라고 할 것이다. 실제로 존재하는 작품들에 대한 고찰이 밑받침하지 않는, 시론에 대한 이론적인 성찰이란 비생산적이고 쓰임새 없는 것이 되고 만다. 해석은 시론에 앞서며 동시에 그것을 뒤따른다. 시론의 개념들은 구체적인 분석이 필요로 하는 바에 따라 고안되며, 구체적인 분석은 또 그것대로 이론이 애써 고안해 놓은 도구들을 이용함으로써만 진척될 수 있는 것이다.[62] 그런 면에서 시를 직접 쓰면서도 시에 대한 여러 가지 촘촘한 분석과 제안 그리고 정치한 개념화를 시도하였던 그의 시론 작업은 귀중한 것이다.

다형 김현승이 남긴 시론은 결국 창작시론의 방향과 시적 언어에 대한 역사적, 비평적 인식, 그리고 종교와 시정신에 대한 강조로 이어져 왔다고 볼 수 있다. 그것은 온당한 사적 안목을 토대로 한 견해였고 또 어떤 의미에서는 자기 자신의 작품에 대한 논리화였다고 할 수 있다.

이제까지 우리는 '고독'과 '지성'의 시인으로 평가받아 왔던 그가 시에 관한 논리적 인식을 드러낸 시론들이 과연 동시대인들의 주목과 관심에 값할 수 있을 만한 가치가 있는 것인지를 검증해 보았다. 신과 인간적 진실 사이에서 실존적 고민을 집요하고 성실하게 감당해 낸 그가 "고독의 먼 끝"을 바라보며 그것을 논리적 인식 속에 담아 낸 시론의 가치는 당대적 의미에서건 '현대성'이 초미의 화두가 되어버린 이 시대에서건 재음미해 볼 만한 충분한 가치가 있다고 할 수 있다.

62　Tzvetan Todorov, 곽광수 역, 『구조시학』, 문학과지성사, 1985, 21~22면.

제3장

김현승 시의 세계

문학 작품이나 작가에 대한 연구의 근본 뜻은 '가치 있는 의미 체계'[1]
의 설정에 있다. 말하자면 그것은 문학 텍스트 안에 담겨 있는 창조적
가치와 의미를 찾아내고 발굴하여, 그것들을 오늘 우리의 삶에 알맞게
복원하여 우리 시대의 예지의 한 부분으로 받아들이는 일을 의미한다.

---

1   연구 대상이 되는 것이 하나의 시작품이든 한 시인의 전체 작품이든 그 안에 내재하고 있는
여러 상반된 요소들을 하나의 의미 체계로 통합시켜주는, 곧 그것들을 포괄할 수 있는 일관
성을 유지하고 있는 체계를 말한다. 골드만(Goldmann)은 부분에 대한 이해 없이 전체를 이
해할 수 없고 마찬가지로 전체에 대한 이해 없이는 부분들을 통합시킬 수 없다고 말한다. 이
러한 견해는 시인과 그가 속한 사회 간의 문제뿐만이 아니라 시의 해석상의 문제에서도 적
용될 수 있다. 따라서 '가치 있는 의미 체계'란 개개의 시편은 물론 한 시인의 전체 시세계를
관류하고 있는 인식 구조 또는 거기에서 창조되는 형상적, 사상적 정수의 의미로 사용된다.
Lucien Goldmann, 송기형 외역, 『숨은 신』, 연구사, 1986, 20면. 강창민, 「시인론 연구의 방법」,
『국제대학 논문집』 14집, 1986, 27면에서 재인용.

따라서 문학 작품에 관한 연구는 그 작품 또는 작품군(群)이 산출되기까지 축적되어 온 문학적 전통을 연구자가 끊임없이 의식하면서, 낱낱의 작품에서 우러나오는 의미와 가치를 능동적으로 이어받는 일에 그 목적이 있는 것이다. 그러나 문학 작품을 읽고 연구하는 것은 그 방법의 선택 여하에 따라 작품 안에서 많은 것을 찾아낼 수도 있고, 또 역으로 상당 부분을 일실할 가능성도 아울러 가진다. 텍스트의 성격과 독법 선택의 적실한 조응이 연구자에게 절실하게 요청되는 것은 바로 이 때문이다. 김현승이라는 시인과 그의 시를 앞에 놓고 우리가 고심하지 않을 수 없는 것은 이 시인과 작품에 걸맞은 '독법'의 설정 문제이다. 왜냐하면 그에 적절하게 어울리는 시읽기의 방법을 선택하는 것이 바로 '가치 있는 의미 체계'를 제대로 설정하는 길이 될 뿐만 아니라, 그의 시세계를 우리 시대의 고전적 자산으로 흡수할 수 있는 통로를 열어놓는 길이 되기도 하기 때문이다.

일찍이 우리는 이 시인의 배경이 되는 정신적, 방법적, 시대적 요소들에 관하여 살핀 바 있다. 그러나 그 영향론적 요소들이 곧바로 이 시인의 시세계에 무매개적으로 번안(飜案)되는 것은 아니다. 그러한 문학 사회학 방법론에 토대를 둔 환원주의적 시각은 한 시인의 전체적 이미지를 포착해 내는 데는 기동성을 얻을 수 되지만, 그 시인이 남긴 개개 시편들의 세계를 면밀히 해석하고 그것을 우리 삶의 지혜로 흡수하는 일에는 적합하지 않다고 생각된다. 어차피 시인은 '형상'으로 자신의 세계를 드러내는 법이고, 산문적으로 뜻을 새긴 전언(傳言)이 시의 본뜻은 아니기 때문이다. 따라서 한 시인의 시를 전체적으로 읽는 데 우리가 주의를 기울여야 할 것은 다름 아닌 시세계의 기조가 되는 서정적 주체의 '인식 구조'와 '형상화 방법'이라고 할 수 있다.

이제 우리로서는 김현승의 시세계에 어울리는 '독법'을 마련할 때, 효율성과 적합성 그리고 미학적 타당성을 필요조건으로 살펴야 한다. 그 필요조건을 설정하는 데 우선적으로 고려되어야 할 것이 바로 앞에서 말한 시인의 '인식 구조'와 '형상화 방법'이다. 이 글에서는 김현승이 사물을 읽는 '인식 구조'와 시를 쓰는 '형상화 방법'을 '대위구조적(對位構造的) 상상력'[2]으로 파악하고자 한다. 그것은 다름 아닌 이원적 사유에 바탕을 둔 이항대립(binary opposition)적 틀짓기의 상상적 힘을 일컫는 말인데, '이원적 사유에 바탕을 둔 이항대립적 틀짓기'란, 이를테면 '유(有) / 무(無)'라든가 '진(進) / 퇴(退)' '명(明) / 암(暗)' '생(生) / 멸(滅)' '온(溫) / 한(寒)' '희(喜) / 비(悲)' '선(善) / 악(惡)' '시(是) / 비(非)' '해방 / 억압' '자유 / 구속' '자연 / 문명' '희망 / 절망' '농촌 / 도시' '제국주의 / 식민지' '이성 / 감성' '신 / 인간' 같은 사회적, 추상적, 가치평가적인 의미론적 짝(semantic pair)이 이 세상의 사상(事象)의 본질을 규정하는 대립적 힘이고, 그들이 이루는 조화 또는 우열의 양상에 따라 인생의 감각과 정서, 정조가 결정적으로 좌우된다는 사유 방식을 일컫는다.[3] 그리고 그것에 바탕을 둔 상상적 힘은 결국 그것들(의미론적 짝)의 대립·융화의 원

---

2 원래 '대위(對位)'라는 단어가 가지고 있는 내포적 의미는 '대립적 위치'이다. 물론 음악 용어로서 사용되는 '대위법(對位法)'은 "각각 독립된 많은 선율을 동시에 결합시키는 기술로, 화음의 형태를 나타내는 각 성부의 횡적인 흐름을 중시하는 작법"을 일컫는 것이지만, 이 글에서는 어의(語義) 그대로 "대립 형질로서의 의미와 동등한 위상(位相)을 확보하고 있다는 뜻"의 통합적 의미로 쓰인다.

3 물론 김현승의 시에서 추출되는 이항대립은 '남 / 녀'와 같은 중간 단계가 부재하는 '모순 개념'보다는 '빛 / 어두움'처럼 그 중간 단계가 가능한 이른바 '반대 개념'이 단연 우세종으로 나타난다. 따라서 이원적 사유에 바탕을 둔 이항대립적 틀이라고 할 경우 그것의 의미 자질들은 대부분 이와 같은 '반대 개념'이라고 보아야 한다. 그리고 이러한 경우에만 이른바 두 대립항을 통합할 수 있는 상상력이 발아할 수 있기도 하다.

리로 시적 형상을 창조하는 상상력을 말한다.

이러한 '인식 구조' 및 '방법'이 김현승의 시세계를 읽어 내는 데 가장 적합하다고 상정했을 때, 우리로서는 그와 같은 양상이 이 시인에 와서 새롭게 고안되었다거나 또는 충격적일 정도로 독창적이라는 것을 이야기하고자 하는 것이 아니다. 다만 그의 시세계를 귀납적으로 검토했을 때, 이러한 '인식 구조'와 '형상화 방법'으로 그를 파악하는 것이 가장 유용하고 보편타당한 열쇠의 의미를 띤다고 보는 것이다. 김현승은 한결같이 이러한 두 대립항의 긴장과 이완 또는 겨룸과 화해의 역학이 사물들의 의미와 가치를 이루고 있다고 사유한 시인이다. 따라서 그의 시 안에 부조(浮彫)되어 있는 그 두 가지 대립항의 긴장과 길항(拮抗)이 가지는 패러다임의 일관성을 자세하게 추적하면, 그의 '인식 구조'는 물론 시 안에 구현되고 있는 미학적 본령을 온당하게 검토할 수 있을 것으로 판단된다. 이 글에서는 이러한 시각 곧 '인식 구조'와 '형상화 방법'의 일관성이라는 가설을 중심 근간에 놓고 낱낱의 시편이 구현하고 있는 의미와 가치를 소상하게 따라가볼 생각이다.

1. ‘새벽’ 지향의 이원적 알레고리 – 초기 시와 『새벽교실』[4]

김현승이 시인으로 문단에 첫 발을 내디딘 것은, 잘 알려져 있다시피, 그가 숭실전문학교에 재학하던 시절이었다. 그의 스승이었던 양주동(梁柱東)은 김현승의 시를 읽어 보고 나서 교지에 투고하기는 아까운 작품이니 한번 중앙지에 내보라면서 직접 매체까지 챙겨주는 꼼꼼함을 보이면서 그의 제자를 중앙 문단에 알리는 역할을 한다. 1933년 김현승은 겨울 방학을 맞고서도 고향인 광주로 내려가지 않고, 학교 기숙사에 남아서 두 편의 시를 완성하는데, 그 작품들은 「쓸쓸한 겨울 저녁이 올 때 당신들은」과 「어린 새벽은 우리를 찾아온다 합니다」라는 장시(長詩)였다. 이 작품들을 양주동이 보고 나서 『동아일보』에 실리게 도와주어, 청년 김현승의 시인적 출발점이 되게 하였다. 김현승으로서는 일종의 행운이었고, 이러한 시적 출발은 그에게 여러 가지 길을 열어주었다.

1) 이원적 알레고리의 시적 구성

김현승의 초기 시[5]에 나타난 형상적 자질은 단연 자연미[6]에 대한 상

---

4 『새벽교실』은 독립된 시집으로 간행된 일은 없고, 김현승이 생전에 스스로 전집을 펴낼 때 자신의 초기 시들을 묶어 제호(題號)로 한 것이다. 김현승, 『김현승시전집』, 관동출판사, 1974.

5 그의 초기 시는 사실상 1934년 5월부터 1936년 3월 사이에 씌어진 시들을 말한다. 1936년 3월 이후부터 해방을 맞을 때까지 사실상 그는 절필한다. 이운룡, 『김현승－한국현대시인연구 12』, 문학세계사, 1993, 312면 연보 참조.

6 ‘자연’ 심상은 당대 시인들이 가장 보편적으로 탐닉했던 ‘시적 상관물’로서의 의미를 가지는

찬(賞讚)을 근본적인 주조(主潮)로 삼는다. 그것은 '형상' 안에 자연 현상 또는 자연물 자체를 끊임없이 끌어들이는 것으로 특징지어지는데, 그것은 경건한 청년의 마음속에 하나의 '계시적(啓示的) 심상(心像)'을 이루는 것으로 나타난다. '계시적 심상'이란 자신이 믿고 사유하는 실재(實在) 또는 관념의 상이 자연 현상 또는 자연물 자체에 이입되어 그것이 하나의 시적 지향을 이루는 경우를 말한다. 대개 그것은 '의인화'라든가 '알레고리' 또는 '상징적 재문맥화(再文脈化)'를 통해 창조적인 시적 굴절을 겪게 된다.

김현승은 이렇듯 자연 현상에 대한 강한 관심에다 그의 기질적, 태생적 조건이었던 종교 의식을 결합시킨다. 그것은 하나의 '형이상적 정열'에 대한 강한 열망을 낳게 하는데, 그를 한 사람의 시인으로 만들어 준 다음 작품도 그러한 경우에 해당한다.

아침 해의 祝福과 사랑을 받지 못하는 크고 작은 琉璃窓들이

瞬間의 榮光답게 最後의 燦爛답게 빛이 어리었음은

저기 저 찬 하늘과 추운 地平線 위에 붉은 해가 피를 뿌리고 있습니다.

날이 저물어 그들의 恍惚한 심사가 멀리 바라보이는

데, 그 시사적 양상은 대개 세 가지로 나타난다. 하나는 자신이 나고 자란 '고향'의 이미지인데, 그것은 대개 이 시기에 서정적 주체가 일반적으로 공유하고 있던 '고향상실감(Heimatlosigkeit)'과 결부되어 나타난다. 정지용(鄭芝溶)의 「향수」나 「고향」, 그리고 백석(白石), 김광균(金光均), 장만영(張萬榮) 등의 시에 보편적으로 그려져 있는 형상이다. 두 번째는 관조적 대상으로서의 전원적 이미지이다. 이 경우 자연은 도시나 문명의 대척점으로서의 의미를 띤다. 신석정(辛夕汀)이나 김동명(金東鳴), 김상용(金尙鎔) 등의 시에 많이 나타나는 형상이다. 마지막은 서정적 주체의 세계관이나 이념을 자연물에 의탁하여 인격을 부여하는 것으로서의 의미이다. 이것은 이상화(李相和)나 이용악(李庸岳), 이육사(李陸史), 박두진(朴斗鎭) 등의 시에서 현출하는 이미지인데, 시인의 '관념'을 자연 속에 투사하여 알레고리화하거나 상징화하는 경우이다.

廣闊한 하늘과 大地와 더불어 黃昏의 默想을 모으는 곳에서

해는 날마다 그의 마지막 情熱만을 세상에 붓는다 합니다.

여보세요. 저렇게 붉은 情熱만은 아마 식을 날이 없겠지요.

아니 우랄山 골짜기에 쏟아뜨린 젊은 사내들의 피를 모으면 저만 할까?

…………

너무도 오랫동안 차고 어두운 이 땅,

울분의 덩어리가 數千 數百 强烈히 불타고 있었습니다그려!

마침내 悲戀의 感情을 발끝까지 찍어 버리고

金붕어 같은 삶의 기나긴 페이지 위에 검은 먹칠을 하고

하고서, 强하고 튼튼한 歷史를 또다시 쌓아 올리고

캄캄하던 東方山 마루에 빛나는 해를 불쑥 올리려고.

밤의 險路를 千里나 萬里를 달려 나갈 젊은 당신들 ——

情緖를 가진 이, 일만 사람이 쓸쓸하다는 겨울 저녁이 올 때

구슬픈 저녁을 더더 裝飾하는 가냘픈 旋律 끝에 매어 달린 曲調와

당신의 작은 깃을 찾는 가엾은 마음일랑 작은 산새에게 내어 주고

綠色[7] 등잔 아래 붉은 會話를 그렇게 할 이웃에게 맡기고

여보! 당신들은 猛烈한 바람이 부는 추운 거리로 나아가야 하지 않겠습니까?

소름찬 당신들의 일을 하여야 하지 않겠습니까?

—「쓸쓸한 겨울 저녁이 올 때 당신들은」 중에서

---

7 『김현승시전집』(관동출판사, 1974)에는 '線色'이라고 표기되어 있으나 '綠色'의 오기(誤記)
인 듯하다.

그의 나이 스물한 살인 1934년 5월, 『동아일보』 문화 난에 발표되었던 이 시는 김현승의 처녀작으로서 당시의 시대적 상황과 그것을 예민하게 읽고 있는 한 청년의 정서가 암유(暗喩)되어 있는 작품이다. 시 표면에 등장하는 '자연' 또는 '사물'은 앞서 말했듯이 모두 시인의 주관에 의해서 철저하게 인격화되어 있다. 따라서 그의 시 안에서 사물들은 비유적 기의(記意)를 덧입게 된다.

시를 지탱해 나가는 서정적 주체의 정서는 그 어조(語調)에서 비치듯이 다분히 '감상주의(感傷主義)'로 경사되고 있다. 감상주의는 '낭만주의'의 한 변형 형질로서 정서가 극단으로 치우치거나 양적으로 과잉될 때 나타나는 현상이다. 그 기본적인 정조는 감상(感傷)을 기조로 한 울분과 열정이라고 할 수 있는데, 이성적이고 합리적인 복합성의 정서보다는 한쪽으로 치닫는 강렬성(intensity)을 그 속성으로 한다. 따라서 이 시는 청년기의 열정이 고스란히 배어 있는 정조(情調)를 띤다고 할 수 있다.

이 작품의 소재 중 으뜸 역할을 하고 있는 '해'는 만물의 근원으로서의 속성을 제일의적으로 띤다. 이 작품에서 그것은 김현승 사유의 발원지이자 궁극적 지향이라고 할 수 있는 '절대자'와 거의 비슷한 상징적 함의를 띠고 있다. 이 작품에 대해 당시 카프의 맹장이었던 임화(林和)가 오독(誤讀)한 것은 참으로 흥미로운데, 그는 이 시 안에서 계급투쟁의 속뜻을 읽었다고 말했다 한다. 그것을 김현승은 철저한 오독이라고 웃어넘기고 자신은 "민족주의적인 입장에서 민족의 분기(奮起)를 은근히 의미"했다고 했지만,[8] 그러한 독법이 설사 철저한 오독이었을지라도 그렇게 읽어 낼

---

[8] 김현승, 「굽이쳐가는 물굽이같이」, 『고독과 시』, 지식산업사, 1977, 227~228면(이하 『고독과 시』 인용은 글명, 인용면수로만 표기).

수 있는 개연성은 이 시의 기법 내지는 장치에 이미 내포되어 있다고 볼 수 있다. 특히 마지막에 나오는 "당신들은 猛烈한 바람이 부는 추운 거리로 나아가야 하지 않겠습니까? / 소름찬 당신들의 일을 하여야 하지 않겠습니까?"의 구절은 임화의 '네거리' 시편이나 같은 카프 시인이었던 박팔양(朴八陽)의 「여명이전(黎明以前)」과 아주 유사한 정조와 분위기를 띠고 있다고 할 수 있다. 이와 같이 창작 의도가 엄연히 다른데도 그와 같은 오독을 가능하게 한 시적 방법론은 다름 아닌 '알레고리'이다.

'알레고리(allegory)'는 구체적인 심상의 전개와 동시에 추상적 의미의 층이 그 배후에 동반되는 것이 의식[9]되도록 상정된 하나의 문학적 양식이다. 따라서 거기에는 기표 이면(裏面)에 유비적(喻比的)으로 하나의 교훈적인 양식과 의미가 내포되는 것이 보통이다. 광의의 관점에서 볼 때 알레고리는 우화(parable), 상징(symbol), 심상(image), 기호(sign), 은유(metaphor), 경구(aphorism) 등의 개념을 가지는데,[10] 수사적 측면에서는 일반적으로 의인화로 나타난다. 그러나 현대 수사학에서는 상징과 알레고리를 포함 관계보다는 발전 단계로 보아 알레고리를 상징까지 나아가지 못한 양식으로 본다. '상징'이 현상과 개념이 결부되어 하나의 이미지를 만들어 그것이 시간적 무제한성을 띠고 유지되는 반면, '알레고리'는 현상과 개념이 하나의 이미지를 만들더라도 그것이 한시적 효용성만을 가진다.

"알레고리는 추상적 개념을 형상언어(picture-language)로 번역해 놓은 것일 뿐이며, 그 자체는 감각적 대상들로부터 뽑아낸 추상물에 불과하

---

9   이상섭, 『문학비평용어사전』, 민음사, 1992, 193면.
10   J. H. Miller, *Allegory, Myth & Symbol*, Harvard Univ. Press, 1981, p.356.

다. (…중략…) 반면에 상징은 개별적인 것 속에서 특별한 것이 비쳐 보이고, 특별한 것 속에서 보편적인 것이 비쳐 보이며, 무엇보다도 일시적인 것을 통해서 영원한 것이 비쳐 보인다는 것을 특징으로 한다. 그것은 항상 그것이 이해 가능하게 만드는 실재(reality)의 일부를 이룬다. 그리고 그것은 전체를 밝혀내면서도, 그 자체는 그것이 대표하고 있는 그 전체의 살아 있는 부분으로 남는다. 알레고리는 공상이 내용의 환영에 멋대로 결합시키는 공허한 메아리일 뿐이다”[11]라는 해석 역시 타당하다. 따라서 알레고리는 “세상의 모든 사물이 확정된 정신적 의미를 배후에 감추고 있다고 믿었던 시대”[12]에 즐겨 사용한 방법이다. 알레고리는 구체적 심상으로 제시되는 표면 구조와 그것에 대응되는 추상적인 의미의 층이 그 이면에 명백히 의식되도록 짜여진 비유이다.

이 시에 나타나는 근본적인 대위구조는 ‘밝음’과 ‘어두움’의 대립이다. ‘밝음(해, 빛)’과 ‘어두움(황혼, 밤, 검은 색, 캄캄함)’은 자연의 구성 및 순환의 원리를 의미하는 원초적 심상이며 모든 사상에 내재해 있는 근본 속성이기도 하다. 더불어 이와 같은 이항대립은 기독교적 사유에서도 익숙한 대립적 상징이고, 동양적 음양론의 양대 기둥이기도 하다. 따라서 알레고리를 이루는 가장 보편적인 대립적 심상인 것이다. 이 시에서 그것은 각각 ‘열(온)기’와 ‘한기’로 전이되고 있다. 이와 같은 선명한 대위구조는 김현승 시의 알레고리적 성격을 분명히 해주면서 시를 통해 민족적 열망을 투사하려는 서정적 주체의 이념적 욕구를 드러내주고 있다고 할 수 있다. 사실 ‘빛’과 ‘어두움’의 대립성은 기독교의 익

---

11 Coleridge, *The Statesman's manual*, 1816. 장도준, 『현대시론』, 태학사, 1995, 232면에서 재인용.
12 이상섭, 『문학비평용어사전』, 민음사, 1992, 130면.

숙한 알레고리적 기제이다.

신약성서 요한복음 12장 35절에 보면, "아직 잠시 동안 빛이 너희 중에 있으니 빛이 있을 동안에 다녀 어두움에 붙잡히지 않게 하라 어두움에 다니는 자는 그 가는 바를 알지 못하느니라"고 씌어 있고, 또 이것은 구약성서인 이사야 60장 1~3절에도 흔연히 나타나는 대립 형질이다. 예언자적 지성에게 '빛'은 생명과 희망을 상징하고 구원을 의미하며, 반면 '어두움'은 죽음과 절망, 멸절, 죄를 의미한다. 이와 같은 대립 형질들이 이원적 알레고리의 세계를 구성한다.

따라서 이 작품의 의미 내용은 어두움이 환기시켜주는 비극적 현실에서 밝음에 대한 열망을 투사한 것으로 읽을 수 있다. 문덕수가 이 작품을 "자연을 통해서 민족의 염원, 역사의 미래상을 형상화 한 것"으로 전제하고 자연의 이미지 곧 "밤의 이미지와 새벽·해라는 이미지가 역사적 관련을 맺고 선명한 대조를 보인다. '밤'은 현실(일제 암흑시대)이요, '새벽·해'는 미래의 역사를 암시한다"고 하며 "이 표현은 현실에서 상실한 '평화와 자유'를 자연에서 찾아 대상적 만족(substitute satisfaction)을 얻고 있는 것"[13]이라고 평가한 것은 지극히 타당해 보인다.

특히 이 시에 사용된 색채 이미지는 매우 선명한데 "숲붕어 같은 기나긴 삶의 페이지 위에 검은 먹칠을 하고"라는 부분은 폐쇄적 공간을 거부하고(소멸시키고) 새로운 세계를 열려는 서정적 주체의 열렬한 의지가 '붉은색 / 검은색'이라는 색채 대조를 통해 선명히 제시되고 있다.

결국 이 작품은 대개의 감상주의가 그렇듯이 사유의 피상성과 알레고리적 기법 그리고 이분법적 도식의 무매개성을 드러낸다. 당대에 기

---

13 문덕수, 「김현승 시 연구」, 『시문학』, 1984. 10, 90~91면.

세등등하게 등장했던 색다른 감각의 모더니즘—은유와 회화성, 언어적 기지 등—과는 일정 정도 기법적 차이를 드러내면서 이 시인에게 자연은 심미적 대상이 아니라 주체 스스로 의미와 가치를 투항시키는 이입의 형상으로만 존재한다. 따라서 모더니즘 특유의 지성적 통찰은 상당 부분 탈각되고 주정적 서정의 세계에 머무른 것이다.

한편 이 작품은 주체가 객체에게 말을 건네는 방식 곧 청자 지향적 작품이다. 반복되는 의문형 종지가 행동과 사고를 촉발시키려는 의도를 내재하고 있다.

> 나의 그 시절의 시풍은 나 자신이 생각할 때 민족적 로맨티시즘이 아니면 민족적 센티멘탈리즘이라고 할 수 있다. 식민지 상황에 놓여 있던 그 무렵 많은 우리의 시인들은 그러한 경향의 시를 쓰고 있었고 젊은 나이의 필자도 그러한 취향이 개인적 기질에 맞았기 때문이었을 것이다. (…중략…) 그러나 자연을 소재로 활용함에 있어 나는 그때—30년대에서도 다소 색다른 감각을 가지고 있었다. 자연의 미에다 기지와 풍자와 유우머 같은 것들을 직조하고 있었다. 이러한 경향의 수법을 그때는 모더니스틱하다고 하였고 이러한 수법은 그때의 내가 독자적으로 창안한 것은 아니었다. 김기림(金起林)이나 유창선(劉昌宣) 같은 선배 시인들이 외국 시풍으로부터 암시받은, 그러나 당시의 한국에서는 새로운 수법들이었다.[14]

이 고백에서 잘 나타나듯이 당시 김현승의 시정신과 작법에 가장 광범위한 영향을 끼친 것은 김기림류의 모더니즘 운동이었다.

---

14 「굽이쳐가는 물굽이같이」, 228~229면.

나의 이런 시가 당시의 선배 시인이며 시평으로써 한국 시단에 보알로적 존재로서 군림하던 김기림의 비위에 맞았던 것 같다. 그때 나는 평양의 촌뜨기로서 김기림과는 일면식도 없었는데, 그가 쓰는 시평에는 나의 이름도 종종 오르내리더니 한번은 간단한 엽서가 그분으로부터 날아왔다. 그것은 그때 시인 황석우(黃錫禹) 씨가 평양에 와서 낸 시지『조선시단(朝鮮詩壇)』제1집에 실렸던 나의 시「떠남」을 읽고 격려하고 충고하는 편지였다.[15]

이원적 대위구조가 한쪽을 배제하고 다른 한쪽으로 에너지를 결집시키려는 계몽적 열정과 추상적 도식을 가져온다고 하였을 때, 그가 지향하는 것은 '차가움→뜨거움', '어두움→밝음', '밤→새벽'으로의 가치 전이이다. 이러한 전이가 당시의 어두운 시대상황과 민족의 밝은 앞날에 대해 걱정하던 한 청년의 생각이 담긴 알레고리적 시적 세계임은 말할 것도 없다.

2) 새벽 지향의 인유적(引喩的) 상상력

'이원적 알레고리'의 세계는 그 양대축을 형성하고 있는 의미소 중 하나를 배제하고 하나를 견인하는 속성을 지닌다. 그것이 한 청년의 계몽적 열정을 우의적으로 투사하고 있음은 명백한 일로 보인다. 그럴 경우 민족적 특수성과 도덕적 자아에 대한 강한 집착을 보이던 이 경건한 시인에게 당연히 부정적 가치가 결국 무너지고, 새로운 긍정적

---

15 위의 글, 229～230면.

가치 이를테면 민족의 구원이라든가 개인의 구원을 환기하는 밝은 이미지가 작품 안에서 승하는 정조를 띠게 된다. 그것의 대표적 심상이 '밤'을 이기는 '새벽' 또는 '아침'의 이미지이다(앞서 보았던 작품에서는 '해'로 나타났다).

새까만 하늘을 암만 쳐다보아야 어딘지 모르게 푸르러터니

그러면 그렇지요, 그 우렁차고 光明한 아침의 先驅者인 어린 새벽이

벌써 희미한 초롱불을 들고 四方을 밝혀 가면서

거친 山과 낮은 들을 걸어오고 있었습니다그려!

아마 동리에 수탉이 밤의 寂寞을 가늘게 찢을 때

잠자던 어느 골짜기를 떠나 분주히 나섰겠죠.

……………

東편에선 언제나 가장 높은 체하는 험상궂은 山봉우리가

아직도 해를 가리우며 내어 놓지를 아니하는데

그 얌전성 없는 참새들은 못 기다리겠다고 반뜻한 줄을 흘으리고

그만 다들 날아가 버리겠지요.

그러나 그 차고 넘치는 햇발들이 四方으로 빠져 나오고 있지 않습니까?

그러기에 어제밤 당신을 보고 말하지 않았습니까?

밤을 뚫고 數千 數百里를 걸어 나가면 光明한 아침의 先驅者인 어린 새벽이

희미한 등불을 들고 또한 우리를 맞으려 온다고 말하지 않았습니까?

―「어린 새벽은 우리를 찾아온다 합니다」 중에서

이 시 역시 대위구조적 상상력에 의하여 철저하게 직조되어 있는 작품이다. "새까만 하늘 / 밤 / 잠"을 뚫고 이겨 내는 "광명(光明)한 아침 / 수탉 / 해 / 햇발 / 어린 새벽"의 이미지가 선명한 대립적 역학을 띠며 부조되어 있다. 닭의 울음소리는 이육사(李陸史)의 「광야(曠野)」에서 이미 그 익숙한 함의가 우리에게 소개된 바 있거니와, 여기서도 그것은 '새벽', '광명'의 이미지를 부르는 적극적인 매질로 쓰인다. 시에 등장하는 "동방산"은 신약성서의 마태복음에 나오는 동방의 별(예수)과 매우 가까운 상사성(相似性)을 띠는데, 그때 '빛'의 이미지는 구약성서 「창세기」 허두에 나오는 인상적인 성서적 이미지이기도 하다. "희미한 등불을 들고 우리를 맞으려 온다"는 것은 복음서에 나오는 '열 처녀 비유'의 인유(引喩)이기도 하다.

한 편의 시를 이해하는 데 작품이 내포하고 있는 인유의 요소를 감득하는 것은 극히 중요한 일이다. 선행 작품에 빚지고 있지 않은 작품이란 없다시피 하기 때문이다. 최근 상호텍스트성 또는 다가적(多價的) 언술이란 이름으로 변주 확대되어 토의되고 있는 것의 핵심은 이 인유의 문제이다. 인용부호 없이 인용되어 중첩된 울림을 가지는 인유는 그것이 간결하고 짤막할 때 쉽게 인지하기가 어렵다. 그러나 작자의 의식 여부와 관계 없이 인유는 선행 작품과의 대조를 통해서 밀도를 더해주고 고도의 암시성을 부여한다.[16] 김현승 초기 시에서 그와 같은 '인유'의 보고(寶庫)는 '성서'라고 할 수 있을 것이다.

이 작품의 본류에도 '밤 / 새벽'의 이원적 알레고리는 여전히 관철되고 있다. 따라서 이 작품은 그 이항대립의 한쪽에서 다른 한쪽으로 가

---

16 유종호, 「주체적 독자를 위하여」, 『시란 무엇인가』, 민음사, 1995, 24면.

치가 이월되는 전이, 그에 대한 열망이 빚은 미래 지향의 시다. '밝음'
에의 지향은 곧바로 '광명', '희망', '영광', '축복', '창조', '탄생' 등을 강렬
히 열망하는 것으로 나타난다.

위의 두 작품 「쓸쓸한 겨울 저녁이 올 때 당신들은」과 「어린 새벽은
우리를 찾아온다 합니다」에서 보듯이 김현승의 초기 시에 나타난 자
연 현상은 서정적 주체가 '자연'을 노래하되 주체가 자연 안에 몰입되
는 목가적 · 낭만적 세계가 아니라, 현실을 환기하는 알레고리의 차원
곧 대상화(代償化)의 매개체로 원용되고 있는 것이다. 따라서 김현승은
일상 생활에서 겪은 일, 자신의 내부에서 용솟음치는 감정, 그런 것들
의 빛깔에 힘을 주기 위해서 곧잘 '자연'으로 달려갔고, 그 '자연'에 자
신의 정서나 인식의 등가적인 몫을 부여해 간 시인으로 출발하였다.

이와 같은 '새벽 지향'의 열정은 이 청년 시인의 감수성에 일이관지
하는 가속도를 부여한다.

새벽은 푸른 바다에 던지는 그물과 같이 가볍고 希望이 가득찼습니다.

밤을 돌려 보낸 후 작은 별들과 작별한 슬기로운 바람이

지금 산기슭을 기어 나온 작은 안개를 몰고 검은 골짜기마다

귀여운 새들의 둥지를 찾아다니고 있습니다.

이제 佛敎를 믿는 저 山脈들이 새벽의 정숙한 默禱를 마친 후에 고 어여쁜 산

새들을 푸른 수풀 속에서 내어 놓으면

이윽고 저 하늘은 산딸기 열매처럼 붉어지겠지요?

....

그러면 여보, 아침과 저녁 하늘에 애닯고 燦爛한 詩를 쓰는 藝術至上主義者인
太陽이 우리들의 사랑하는 풀밭에 내려와 맑고 귀여운 이슬을 죄다 꾀여 가기
전에 당신은 새벽이 부르는 저 푸른 들에 나가지 않으렵니까?

—「새벽은 당신을 부르고 있습니다」 중에서

'슬기로운 바람'이 상징하는 의미는 기독교의 '성령(聖靈)'과의 관계
를 생각해 보면, 어느 정도 유추할 수 있다. 기독교에서 말하는 '성령
(Holy Spirit)'의 어원은 원래 '바람'을 의미하는데, 새벽의 도래와 함께 임
하는 '바람'은 기독교의 오랜 관습적 숙원이기도 한 '메시아 사상'과 관
련되어 있기도 하다. 이러한 비유적 해석이 가능한 것은 이 시에 나타
나는 심상의 대위구조가 불러일으키는 알레고리적 의미 때문인데, 역
시 기본적으로 '새벽 / 밤'이 환기하는 대위성 곧, "밤 / 안개"를 극복하
고 이겨 내는 "새벽 / 희망 / 아침 / 태양"의 이미지는 이미 하나의 추상
적 의미를 고정적으로 재생산해 내고 있는 예표적 상황적 알레고리
(prophetic situational allegory)로 쓰이고 있다.

彈丸과 같이 태양은 멀리 밤을 깨뜨립니다.

아아 여보세요. 새 날의 승리를 안고 ——

亞細亞 또 地球의 들을 용맹스럽게 달릴 광명의 젊은 피터스여

어둡고 쓸쓸한 당신의 投宿 —— 세기의 창을 열고

새 날의 경륜과 구가로 우렁차게 돌파하는 새벽을 바라보지 않으렵니까?

아아 얼마나 아름답고 씩씩한 당신들의 새벽입니까?

—「새벽敎室」 중에서

새벽

세상이 쓴지 괴로운지 멋도 모르는 새벽

종달새와 노래하고

참새와 지껄이고

시냇물과 속삭이고

참으로 너는 철 모르는 계집애다.

꽃밭에서 이슬을 굴리고

어린 양을 풀밭에 내어 놓고

숲속에 종을 울리는

참으로 너는 부지런한 계집애다.

詩人은 항상 너를 찍으려고 작은 카메라를

가지고 다니더라.

내일은 아직도 세상의 苦惱를 모른다.

그렇다면 새벽 너는 금방 우리 앞에 온 내일이 아니냐?

나는 너를 보고 내일을 믿는다.

더 힘있게 내일을 사랑한다.

그리하여 힘있게 오늘과 싸운다.

— 「새벽」 전문

이 줄기찬 '새벽 지향'의 감수성은 다분히 미숙한 도식성과 미래에 대한 근거 없는 낙관주의(樂觀主義)를 서정적 주체에게 부여한다. 두 작품 모두 앞서 살펴본 작품들과 같이 "밤 / 어두움"을 이기고 떠오르는

"태양 / 새벽"을 열망하는 파토스로 가득하다. 특히 뒤의 작품에서 보이는 "새벽 = 내일 = 사랑 = 싸움"의 의미론적 전이(轉移)는 이 시인이 처하고 있는 정황과 지향점을 암시하고 있다고 보인다.

이 시를 가득 메우고 있는 기지, 유머, 풍자 등은 당대의 모더니즘의 영향이라고 볼 수 있는데, 이 시인에게 모더니즘의 영향이란 강렬한 언어 실험적인 의식에 있지 않고 오히려 세기말적 현실에 바탕을 둔 지적인 정신 발현과 이미지즘에 있었다고 할 수 있다. 그 안에는 감상이 아니고 이성적으로 직조해 내는 이성주의가 깊이 내재해 있는 것 또한 사실이다.

3) 1930년대적 이미지즘[17] 의 징후

새벽의 도래와 여명을 열망하고, 자연을 통해 시대적 상황을 통찰하고, 그에 대한 서정적 주체의 예지를 발휘하는 등 김현승의 초기 시는 당대의 기층 정서를 우의적으로 형상화하였다고 평가할 수 있다. 그리

---

17 원래 '이미지즘(Imagism)'은 서구 문예사조에서 T. E. 흄이 주도한 한 모임을 중심으로 모습을 나타내는데, 그들은 낭만주의에 대한 원론적 반대에 의의를 두고 있었다. 이미지스트들은 시의 방법을 근본적으로 개혁하고자 하는 취지에서 운동을 발족시켰다고 할 수 있는데, 그 목표는 '견고하고 건조한 이미지 제시에 의한 사물시의 창작'이었다. 그리고 그 세부적인 원칙은 다음과 같이 정하였다. 첫째 일상적인 언어를 쓰되 반드시 정확한 언어를 쓸 것, 둘째 새로운 감정의 표현으로서 새로운 리듬을 창조할 것, 셋째 제재의 선택에 절대자유를 허용할 것, 넷째 하나의 이미지를 표현할 것, 다섯째 시는 견실하고 분명해야지 흐릿하거나 불분명해서는 안 된다는 것, 여섯째 모든 집중이 시의 근본이라는 것이다. 이러한 원칙 밑에서 명징한 사물적 이미지를 추구한 것이 이미지즘 운동이었다. 다형의 시세계를 줄곧 관류하는 이미지즘으로서의 특성은 5, 6항으로 모아진다. 최유찬, 『문예사조의 이해』, 실천문학사, 1995, 377면 참조.

고 형상화 방법에서는 줄곧 '이미지즘'과의 친화력이 원동력으로 자리하고 있는데, 이때 '이미지즘'은 심상의 뚜렷한 제시 이외에는 어떤 주제의 전개에 대하여도 무관심했던 것, 어떤 소재라도 그 심상만 제시하면 시로 간주한 것, 사물의 표면이 곧 의미라고 본 것 등으로 비판을 받은 것 또한 사실이다.[18]

> 그 당시 자연을 사랑한다는 것을 흉악한 인간 — 日人들과 같은 인간의 때가 묻지 않은, 깨끗하고 아름다운 세계를 지향하는 의미가 포함되어 있었고 지상에서 빼앗긴 자유를 광대무변한 천상에서 찾는다는 의미도 함축되어 있었다. 또 검열에 걸릴 위험도 별로 없었다. 이런 까닭으로 하여 20대의 청순한 기질과 순수한 민족적 정기를 표현하는 데 자연미는 가장 알맞은 소재로 취급되고 있었다.[19]

그가 시적 전략으로서의 '이미지즘'을 생각했던 것은 각별하게 기억되어야 한다. 원래 이미지는 그 자체가 어떤 내용을 가지는 것이 아니라 무엇인가를 전달하는 그릇이라는 사실은, 이미지즘의 비조(鼻祖)라고 불리우는 에즈라 파운드의 정의에서도 잘 드러난다. 그에 의하면 이미지는 "한 순간에 지적, 정서적 복합체를 제시하는 어떤 것"[20]이기 때문이다. 따라서 김현승은 이미지를 새롭게 창안해 내는 것에 힘을 쏟지 않고, 관념에 걸맞은 도구적 이미지를 만드는 데 심혈을 기울였다고 보아야 한다. 김현승에게 이미지즘은 방법적인 면에 한정되는 것이다.

---

18 이상섭, 『문학비평용어사전』, 민음사, 1992, 232면.
19 「굽이쳐가는 물굽이같이」, 229면.
20 David Perkins, *A History of Modern Poetry*, Harvard Univ. Press, 1976, p.333.

나는 자연을 있는 대로 받아들이지 않고, 자연에다 어떤 주관적인 해석을 가하고 주관에 의하여 변형시키기를 요구한다. 이런 점에서 나는 동양적이 아니고 서구적이다. 그리고 그것은 기독교적이다. 그리고 그것은 성선설에 입각한 생활이 아니고 원죄설에 뿌리박은 생활임을 나 자신이 언제나 인식하고 있다.[21]

시 속에 표현된 자연의 형상은 그 자체로 존재하는 것이 아니라 거기에는 시인이 자연이라는 객체를 인간화하려 한 흔적이 나타나 있으며, 시인의 감정과 관념이 착색되어 있는 것이다. 또한 그것은 시인의 삶의 국면과 긴밀한 관련성을 가지는 것이기도 하다.[22] 자연에 대한 동양의 사상은 자연과 인간의 조화를 가장 이상적인 것으로 보았으며, 자연이 절대적 존재이므로 자연에 순응할 때 행복과 평화를 누릴 수 있다고 보았다. 더 선언적으로 말하면 '인간 / 자연'을 가르는 계선이 애초에 존재하지 않는다. 그러나 서양은 자연을 극복하고 개척하고 이용함으로써 오늘날과 같은 물질적 진보를 이룩한 것에서 시사하듯이 '인간 / 자연'의 경계선은 물론, 인간(주체)이 자연(객체)을 사유의 대상으로 삼을 수 있었다. 김현승의 자연이 서구적이라는 것은 그 형상 안에 인간의 이념과 역사 또는 지향이 착색되는 사유의 관성을 가지고 있었기 때문이었을 것이다. '조화의 자연'-'통일적 낙원'-'인간과 자연의 대립'-'질서 잃음'-'인간의 의지(에덴의 회복을 꿈꿈)'의 험로를 그의 인식이 밟아가는 것은 기독교적 영향과 더불어 자연스런 일이었다. 이제 그는 에덴적 형상의 복원을 꿈꾼다.

---

21 「나의 고독과 나의 시」, 201면.
22 이숭원, 「한국 근대시의 자연표상 연구」, 서울대 박사논문, 1986, 13면.

海岸의 黃昏은 姙娠婦의 고요함과 근심스러움 같습니다.

언덕 위의 프레젠트 —— 바다의 眞珠와 珊瑚와 新鮮한 生鮮을

내어 버리고 피곤한 太陽은 바다의 푸른 寢室로 들어갔습니다.

紫色에 불든 안개는 黃昏의 貞操

晚鐘의 머리맡에 浦口의 돛대가 默禱를 올립니다.

無人 孤島에 探險갔던 작은 물새가 돌아왔건만

밀려 오고 스치는, 스치고 떠나가는 물결의 외로움.

멀리 水平線 우으로 感傷이 群集할 때,

구름은 쓸쓸히 黃昏의 宿泊所를 찾고 있습니다.

黃昏을 보고 싶다 하여 海岸을 찾아온 당신은 어찌하여 말이 없습니까?

곱고 아름다운 듯하나 가슴을 쪼개는 黃昏이기에 말입니가?

—「黃昏」 전문

해학과 기지를 토대로 한 시사적(示唆的) 은유, 이것은 당대의 모더니
스트 김광균의 감각적 시풍을 연상케 한다. 이 작품은 그와 같은 특성
에 기초하여 불행한 현실에 대한 위안으로서의 자연을 그리고 있다.
이때 자연은 훼손되기 이전의 원형인데, 그것을 일러 우리는 '에덴적
형상'이라고 할 수 있다. 에덴의 동쪽으로 아담과 하와가 쫓겨 가기 이
전의 순수하고 무구한 신적 질서와 인간적 질서가 조화로움 속에서 하
나로 통일되어 부산하게 그 활기와 명랑성을 띠고 있을 때, 그것의 잔

상(殘像)이기도 하다. →에덴스럽지 않다. 애수(哀愁)가 있다.

수탉의 울음소리 고요한 하늘에 오르고

집 위와, 空中과, 먼 山에 鮮明한 沈默이 안개와 같이 기어다닐 때

당신은 일찍이 아침을 아름다워하였습니까?

山봉우리에 피어 오르는 處女光과 함께 이슬을 몰고 날아가며,

서며, 혹은 놓여 있는

透明한 아침의 모든 족속들이.

—「아침과 黃昏을 데리고 갈 수 있다면」 중에서

아우야 얼마나 훌륭한 아침이냐.

우리들의 꿈보다는 더 아름다운 아침이 아니냐.

어서 바다를 向하여 기운찬 돌을 던져라.

우리들이 저 푸른 海岸으로 뛰어갈 아침이란다.

—「아침」 중에서

  '동경'을 정서의 기저로 한 모더니스트와 인생에 대해 골똘하게 생각하는 모럴리스트의 상이 중첩되어 있는 면모를 이 작품은 보여주고 있다. 그것이 감상의 희석화와 관념의 서정적 형상화로의 진행으로 그의 시세계를 이어간 내적 자질이다. 그것은 당대에 익숙한 정조였던 위안으로서의 자연, 또는 농경적 귀거래(歸去來)나 유년 회귀의 회귀 본능과는 층위가 다른 것이다.

나와 다형과의 매개가 된 것은 편석촌(片石村)이었다. 다형은 엘리어트적 모더니즘의 계보를 밟고 있는데 다형은 편석촌 김기림을 자기의 소중한 선배로 알고 있었다. 김기림은 나의 중학 은사이다. 나는 다시 대할 수 없는 이 은사의 이야기를 다형에게 길게 말씀드렸다. 내 이야기를 열심히 들어 주셨다. 다형은 편석촌의 지혜의 속삭임에 한때 매혹했다고 했다. 다형이 그를 해방 후 서울에서 만났지만 서로 정치 문제는 언급하지 않았다고 한다. 다형에 대한 나의 존경심에는 은사의 분신 같은 무의식이 깔려 있는지도 모른다.[23]

결국 김현승 초기 시는 알레고리와 이미지즘을 하나의 창작 기법으로 상정한 민족적 열정의 시였다고 평가할 수 있다. 기법은 "주제를 발견하고 탐구하여 발전시키는 한편, 그 의미를 전달"[24]하는 수단 또는 기제라고 할 때, 그에게 알레고리와 이미지즘은 매우 적절한 대응이었다고 할 수 있다. 그렇기 때문에 그의 시는 시적 상징의 차원에 이르지 못하고, 다만 이른바 원초적 상징[25]의 전단계까지만 갔다고 할 수 있다. '상징(象徵)'은 '알레고리(寓意)'와 반대의 성격을 띠는데, 알레고리가 하나의 개념으로부터 출발하여 하나의 형상에 이르는 데 반하여, 상징은 우선적으로, 그리고 본래적으로 형상적인 것이며, 다른 무엇보다도 그 자체 관념의 원천인 것이다.[26] 그런 면에서 김현승의 초기 시는 '관념(개념)'에서 먼저 출발하여 '이미지(형상)'를 찾은 순서를 밟아갔다고 할 수 있다. 그리고 결국 이와 같은 알레고리적 창작 방법은 그에게 이

---

23 조요한, 「다형편모」, 『숭전어문학』 5집, 1976.
24 마크 쇼러, 「발견으로서의 기법」, 『20세기 문학비평』, 까치, 1984, 131면.
25 Philip Wheelwright, 김태옥 역, 『은유와 실재』, 문학과지성사, 1988, 122~123면.
26 Gilbert Durand, 진형준 역, 『상징적 상상력』, 문학과지성사, 1990, 16면.

항대립에 토대를 둔 대위구조적 상상력에서 한 편을 긍정하고 한 편을 부정하는 이원적 사유를 가져왔던 것이다. 또 역으로 그와 같은 이원적 사유가 이항대립적 틀짓기에 토대를 둔 알레고리적 창작 방법을 수반했다고 볼 수도 있을 것이다.

2. 신성(神聖)과 역설(逆說)의 추구, 시적 명랑성과 지사적 개결성
―『김현승시초』,[27] 『옹호자의 노래』[28]

우리가 김현승의 시를 논할 때 반드시 의식해야 할 것은 이 시인이 가지고 있는 고유한 '이미지'와 시세계가 이루고 있는 '실체'의 관계이다. 사실 어느 시인이나 그만이 가지고 있는 고유하고 독특한 이미지가 있기 마련이다. 그것은 때로는 그 시인에 대한 적실성 있는 평가의

27　시집 『김현승시초』(1957, 문학사상사)는 1, 2부로 나누어 모두 27편의 시가 수록되었으며, 서정주(徐廷柱)의 발(跋)이 부가되어 있다. 제1부는 1934년 이후의 초기 작품에서 뽑은 것이며, 제2부는 1950년대를 전후한 작품들로 구성되어 있다. 미당(未堂)은 발에서 "그에게서 기독교 정신은 신약의 고행과 상대(上代) 이스라엘 광휘의 선묘(善妙)한 접선을 이루고 있다. 이것은 조선선 물론 세계 어느 기독교 시인에게 있어서도 내게 잘 뵈지 않는 그런 것이다. (…중략…) 그가 우리나라 시의 표현도에 기여해 온 점은 적지 않다. 특히 구도자의 언어를 연설태로서가 아니라 실제의 저성(低聲)으로서 수립해 내는 데 있어 그는 많이 독특한 노력을 해 오고 있다"고 평하였다.

28　시집 『옹호자의 노래』(선명문화사, 1963)는 모두 4부로 나누어 70편의 시를 수록하고 있다. 1950년부터 1960년대 초엽까지 쓴 작품을 골라 시집을 엮고 있는데, 자연 사물에서 얻은 감각과 인상(1부), 서정적 주체의 내면적 토로(2부), 이른바 '가을' 시편들(3부), 현대사회의 문명과 민족적 현실에 관한 태도(4부) 등으로 주제 구분을 하였다. '눈물', '그늘', '창', '보석(寶石)' 등 김현승을 대표적으로 연상시키는 사물적 이미지가 이 시집에 이르러 본격화된다고 할 수 있다.

준거가 되기도 하지만, 많은 경우 그 시인의 실체에 제대로 접근하는 것을 오히려 방해하는 선입견으로 작용하기도 한다. 이를테면 시인 윤동주(尹東柱)를 떠올릴 때, 우리는 그의 외양에서 보이는 감성적이고 여성적인 이미지 또는 그의 죽음이 환기하는 비극성에 대하여 짙은 애정과 연민을 가질 수 있다. 그러나 그러한 '이미지'를 일단 접어두고 그의 시가 함유하고 있는 객관적 '실체'에 접근해 보면, 의외로 견고하고 탄탄한 사상적 깊이와 작품 하나하나에 구현된 높은 형상적 성취도를 만날 수 있게 된다. 모든 시인은 이와 같이 두 가지 측면 곧 시인으로서의 '이미지'와 시세계의 '실체'를 가지고 있는 것이다.

그런 면에서 김현승 역시 우리에게 견고한 '이미지'로 각인되어 있는 시인이다. 따라서 그 이미지가 이 시인의 정체성과 얼마나 부합되고 또 괴리되는지 알아보는 것은 흥미로운 일이 아닐 수 없다. 가령 그를 '기독교적(또는 청교도적) 시인'이라고 한다거나, '가을의 시인' 또는 '고독의 시인'이라고 부른다고 할 때, 그것은 그의 시세계를 온당하게 검토한 뒤 내린 귀납적 평가일 가능성도 있지만, 그보다는 몇몇 대표시를 부분적으로 수렴했거나 아니면 그의 삶이 밟아간 관성이나 흔적 같은 것을 그대로 매개 없이 옮긴 인상적인 것밖에는 되지 못한다.

이와 같이 김현승을 우리에게 '기독교'(또는 기도, 명상)와 '가을'(또는 커피, 사색), '고독'의 시인으로 각인시킨 대표적인 근거는 해방 후에 그가 다시 시작을 재개한 후에 산출한 시편들이라고 할 수 있다. 말하자면 식민지 시대에 강렬하게 분출했던 민족적 울분과 청년적 감상은 그의 본령에서 소거되어버리고, 이 시기 이후의 편력으로 그를 인상지운 것이다. 그러나 해방 후에 그가 써 낸 시들을 통독해 보면, '기독교 / 가을 /

고독' 등이 주는 이미지는 우성적 소재나 배경은 될 수 있을지언정, 그의 시를 포괄할 수 있는 개념은 아니라는 것을 알 수 있다. 우리로서는 좀 더 역동적이고 다양한 개념들이 그의 시세계의 실체를 해명하는 데 동원되어야 함을 느끼게 되는 것이다. 이 절에서는 그가 해방 후부터 쓰기 시작한 시에서 1960년대 중반까지 창작한 시를 통해 그의 작품이 위에서 말한 단선적이고 명징한 '이미지'를 주는 세계가 아니라, 다양한 감수성과 형상화 방법에 토대를 둔 시적 발현이었음을 알아보려 한다.

1) '신성(神聖)'의 이미지 추구

김현승이 짧지 않은 절필 기간(1936~1945)을 거쳐 다시 필봉을 잡게 되는 해방 후는 우리 현대사에서 굴곡 많은 격동기였다. 해방과 분단 그리고 전쟁으로 이어지는 시대의 가속도와 충격은 당대를 살아간 서정적 주체들에게 궁벽하고 극단적인 시적 제재만을 허락한 채, 그들의 작품에서 이념적, 방법적 다양성의 출현을 차단해 왔다.

우리는 앞 장에서 김현승이 세상을 읽는 '인식 구조'와 그것의 '형상화 방법'의 원리로 '대위구조적 상상력'을 살펴본 바 있다. 김현승은 한결같이 이원적 대위를 이루는 개념을 통해 사물의 실상에 접근하였으며, 그것을 철저히 이미지화하는 시작 경향을 보였다. 그것이 초기 시에서는 '알레고리'라는 양식과 '인유'라는 방법론적 원용, 그리고 이미지를 중시하는 작법으로 나타났다. 그러나 그의 시세계는 그 방향을 조금씩 바꿔가기 시작한다.

그늘,

밝음을 너는 이렇게도 말하는구나.

나도 기쁠 때는 눈물에 젖는다.

그늘,

밝음에 너는 옷을 입혔구나,

우리도 일일이 형상을 들어

때로는 眞理를 이야기한다.

이 밝음, 이 빛은

채울 대로 가득히 채우고도 오히려 남음이 있구나.

그늘 —— 너에게서 ……

내 아버지의 집

풍성한 大地의 圓卓마다,

그늘,

五月의 새 술들 가득 부어라!

이깔나무 —— 네 이름 아래

나의 고단한 꿈을 한때나마 쉬어 가리니 …….

— 「五月의 歡喜」 전문

‘오월’이라는 계절을 통해 자연 현상에서 초자연적인 신성의 의미를 깨닫는 서정적 주체의 모습이 형상화된 작품이다. 우리로서는 이 작품에서 눈여겨 볼 대목이 하나 있는데, 그것은 다름 아닌 식민지 시대에 김현승이 형상화한 '자연'과 이 작품에 나타난 '자연'의 형상적인 차이이다. 이전에 알레고리적 양식을 위하여 수단화되었던 '자연'이 이제는 그 자체로 전면화되는 것이다. 그리고 서정적 주체의 이념을 그대로 투사하는 도식성에서 벗어나 자연 자체가 형성하는 역동적 긴장과 움직임을 보여주고 있다. 따라서 '자연' 스스로가 시인의 정서와 시적 주제를 환기시키는 직접적 주체가 되어 있다.

이 시의 대위구조는 '그늘 / 밝음(빛)' '기쁨 / 눈물에 젖음'(이상 1연) '형상 / 진리'(2연) '채움 / 남음'(3연) '고단함 / 쉼(환희)'(4~5연) 등으로 이루어져 있다. 이 시의 현상적 청자로 설정된 '너'는 문맥상으로 보아 '이깔나무'가 된다. 그러나 그것은 별 의미가 없다. 이 시의 수신자는 그냥 보편적인 자연 물상일 수도 있고, 역으로 시인의 내면일 수도 있기 때문이다. '이깔나무'는 다만 형식적이고 가상적인 청자일 뿐이다. '이깔나무'는 깊은 산에 사는 전나무과에 속하는 낙엽 침엽수로서, 이 시에서 등장하는 '그늘'의 이미지와 썩 잘 부합되는 기품을 가진 나무이다. 이 시에서 결국 '그늘 / 밝음(빛)'의 대위는 시인의 상상력 안에서 '그늘 = 밝음'으로, '기쁨 / 눈물에 젖음'은 '기쁨 = 눈물'로 '형상 / 진리.' '채움 / 남음'은 각각 '형상 = 진리' '채움 = 남음'으로 어느새 동질화되어 축제의 상상적 공간("풍성한 대지(大地)의 원탁(圓卓)"), 혼융의 이미지(새 술들 가득 부어라!) 등을 불러온다. 결국 '고단함 / 쉼'조차 '고단함 = 쉼(환희)'으로 화한다.

이와 같은 대위구조의 변화는 이 시인의 시세계의 변화의 길목에 많은 것을 시사한다. 예전에 대위항을 둘로 갈라 하나에 긍정적 의미를, 또 다른 하나에 부정적 의미를 덧씌워 결국 전자가 후자를 극복함으로써 하나의 세계를 이루었던 그의 시세계가 이제는 '신성(神聖)'이라는 환희의 공간에서 그 둘을 통합하고 둘 사이의 변별을 무너뜨리는 것이다. 이와 같이 하나의 사물 또는 진리를 표상하는 두 가지 대위항을 결국 하나로 통합해 내는 양식을 우리는 '역설(逆說)'이라 한다. 따라서 이 시기에 눈에 띄는 김현승의 변화는 '알레고리'에서 '역설'로의 진화라고 할 수 있다.

이 시에 모두 네 번 등장하는 '그늘[陰影]'이라는 어휘는 의미가 이중적인데, 그것은 그 안에 '그늘'과 '밝음'의 양면성을 동시에 내포하고 있는 것으로 드러난다. '그늘'은 결국 '밝음'을 역설적으로 드러내는 자연의 한 현상이다. 신록을 반짝이게 하는 '밝음(빛)'으로 인한 필연적인 부산물이 '그늘'이라고 할 수 있는데, 그것은 '내 아버지의 집'이라는 환희의 공간에서 이미 갈등과 대립을 넘어선 융화의 세계로 탈바꿈된다. 대립적 심상의 동시적 파악, 곧 대립이 아니라 상호 침투하는 대위항들, 이것이 김현승의 대위구조적 상상력의 변화상을 강력하게 시사한다는 것이다. 대립적 심상을 자신의 관념 안에서 선험적으로 설정하고 그것에 알맞은 자연 심상을 배치한 후 하나에는 긍정적 의미, 다른 하나에는 부정적 의미를 덧입혀 하나를 승인하고 다른 하나를 배제했던 알레고리적 세계관에서 벗어나, 그 두 대위항이 결국은 사물의 양면을 이루는 동시적 존재상이라고 볼 수 있는 안목의 열림, 그 변증적 안목이 김현승 시의 진화를 드러내주는 대목인 것이다.

따라서 이 작품 안에서 서정적 주체는 한 계절의 추이(推移)에서 자연과 동화되어 있는 자신을 발견하고, 자기 본연의 실존을 별다른 적대감이나 갈등 없이 수락하는 조화로운 시적 목소리를 보인다. 결국 사물들은 '형(形)'만 다르지 '본(本)'은 다르지 않다는 인식 안에서 '기쁨'과 '눈물'이 대립성을 띨 까닭이 없는 것이다.

김현승은 스스로 자작시 해설을 통해 "그늘은 밝음을 가리우는 것이 아니라 오히려 밝음을 더욱 드러내고 있다. 마치 기쁠 때 흘리는 눈물이 오히려 웃음보다 더 큰 기쁨을 보여주듯이. 우리는 진리를 더욱 뚜렷이 표현하기 위하여는 구체적인 형상을 준다. 그와 같이 오월의 짙은 그늘은 그의 옷 — 그의 형상으로 밝음을 더 잘 보게 하여 준다. 5월의 밝음과 빛은 이와 같이 그늘에 가득히 차고도 오히려 남음이 있어 독 속의 물과 같이 철철 넘친다. 이 풍성한 그늘을 두고 창조주의 집인 대지의 둥근 테이블에다 5월의 새 술을 가득히 부으라고 표현한다. 이 깔나무라고 듣기만 하여도 시원한 이름의 그늘 아래 고단한 삶의 여정을 멈추고 한때나마 쉬어 가겠다 한다"[29]고 말한 바 있는데, 이러한 진술을 굳이 참조하지 않더라도 이 시인의 상상력은 사물의 양면성이 곧 사물을 이루는 필연적이고도 원초적인 동력임을 믿게 되는 출발을 알리고 있다.

이와 같이 '신성(神聖)'과 결부된 '자연' 인식은 동양적인 자연관과는 그 성격을 달리한다.[30] 자연과 인간이 분화되지 않은 상태에서 자연과 인간이 일체가 되거나, 인간을 자연의 일부로 보는 것이 동양적 자연

---

29 김현승, 『한국현대시해설』, 관동출판사, 1974. 여기서는 『김현승전집』 3(시인사, 1986)의 153면에서 인용함.
30 조태일, 「김현승 시정신 연구」, 경희대 박사논문, 1991, 46면.

관이라면, 김현승에게 '자연'은 신의 은총이 현재화된 모습이며 '인간'과 다를 바 없는 창조된 세계인 것이다. 이런 점에서 '동반자'로서의 자연이 가능하며, 서정적 주체로서는 자연과의 교감을 통해 위안과 휴식을 얻을 수 있는 것이다.

훗날 김현승이 "그늘에 빚지지 않고 / 어느 햇볕에도 기대지 않는 / 단 하나의 손발"(「견고(堅固)한 고독」)이라고 하였을 때, 역시 그 '그늘'은 '빛(밝음)'의 대립상, 곧 어둡고 음습(陰濕)한 부정적 의미가 아니라, '빛'과 이미 하나로 합쳐져서 이 세상의 사물을 이루는 것이라는 인식을 보이는 것이다. 이와 같은 '대립성의 소멸'과 '새로운 대위구조의 창출'은 다음 작품들에서도 이어지면서 신성 추구의 원동력으로 자리한다.

사랑이 얼마나 중한 줄은 알지만

나무, 나는 아직 아름다운 그이를 모른다.

하늘 살결에 닿아 너와 같이 머리 고운 여인을 모른다.

내가 詩를 쓰는 五月이 오면

나무, 나는 너의 곁에서 잠잠하마,

이루펴지 못한 나의 展開의 이마아쥬를

너는 공중에 팔 벌려 그 모양을 떨쳐 보이는구나!

나의 입술은 메말라

이루지 못한 내 노래의 그늘들을

나무, 너는 땅 위에 그렇게도 가벼이 늘이는구나!

목마른 것들을 머금어 주는 은혜로운 오후가 오면

너는 네가 사랑하는 어느 물가에 어른거린다.

그러면 나는 물속에 잠겨 어렴풋한 네 모습을

잠시나마 고요히 너의 영혼이라고 불러본다.

나무, 어찌하여 神께선 너에게 영혼을 주시지 않았는지

나는 미루어 알 수도 없지만,

언제나 빈 곳을 향해 두르는 希望의 尺度 —— 너의 머리는

내 영혼이 못 박힌 발부리보다 아름답구나!

머지않아 가을이 오면

사람마다 돌아와 집을 세우는 가을이 오면,

나무, 너는 너의 收穫으로 前進된 어느 黃土길 위에 서서,

때를 맞춰 불빛보다 다스운 옷을 너의 몸에 갈아입을 테지,

그리고 겨울이 오면

너는 머리 숙여 기도를 올릴 테지,

부리 고운 가난한 새새끼들의 둥지를 품에 안고

아침 저녁 안개 속에 너는 寡婦의 머리를 숙일 테지,

그리고 때로는

굽이도는 어느 먼 길 위에서,

겨울의 긴 旅行에 호올로 나선 외로운 詩人들도 만날 테지 …….

—「나무와 먼 길」 전문

'나무'라는 자연 상징은 김현승 시에서 줄곧 나타나는 예사롭지 않은 소재이다. 그것은 그 자체가 신성성(神聖性)을 띤 존재로서의 의미를 가진다. 이러한 성격은 앞에서 살핀 작품 「오월(五月)의 환희(歡喜)」에도 그대로 나타나 있는 형질이다. 이 작품의 문맥은 참으로 자연스럽고 쉽게 읽히는데, 시의 현상적 청자는 앞 시와 마찬가지로 익명(匿名)의 '나무'이다. 그러나 역시 그것은 그리 중요하지 않다. '너'에 해당하는 실질적 사물을 '나무'라고 확정짓고, 거기서 어떤 의미를 읽어 내는 일은 무의미한 것이다. 왜냐하면 이러한 청자 설정이 이 시인에게서는 자연과의 교감을 통한 내면 독백의 한 방법이 되기 때문이다.

이 시는 모두 6연으로 구성되어 있는데, 서정적 주체가 '나무'에서 신성의 이미지를 읽어 나가는 도정(道程)이 바로 시에 속도를 부여하는 원리로 작용한다. 역시 시를 구성하고 있는 근본적 힘은 '대위구조적 상상력'이다.

1연에서 서정적 주체는 '나(자아) / 나무'의 대위를 설정한다. '나(자아)'는 "사랑이 얼마나 중한 줄은 아"는 사변적(思辨的) 존재로 나타나고, '나무'는 그러한 사변이나 개념을 거치지 않은 채 직접 "하늘 살결에 닿아" 있는 신성적 존재로 나타난다. 따라서 '나'는 "아름다운 그이"로 상정되는 신성적 존재(곧 절대자로서의 신)를 알 수 없지만, '나무'는 이미 스스로 그와 같은 신성적 경지에 가 있는 존재로 표상된다.

2연에서 서정적 주체는 시를 쓰면서도 자신이 "이루 펴지 못한 전개(展開)의 이마아쥬"와 '나무'가 "공중에 팔 벌려 그 모양을 떨쳐 보이는" 형상을 대비시킨다. '언어'를 불가항력적 운명으로 삼고 살아가는 시인에게 '이마아쥬(형상)'는 전개되지 않는 데 비해, '나무'는 이미 그것 자체가 형상(形象)이고 실재(實在)인 것이다. 따라서 서정적 주체는 "나의 입술은 메말라 / 이루지 못한 내 노래의 그늘들을" 왜소하게 느낄 수밖에 없고, '나무'는 "이루지 못한 내 노래의 그늘들을" "땅 위에 그렇게도 가벼이 늘이"고 있는 것이다. 따라서 김현승은 이 시를 통해 언어와 사변의 무력감, 실재와 형상의 우위(優位)[31]를 이렇듯 감각적 대위를 통해 형상화하고 있는 것이다. 이러한 인식은 그의 다른 시 「바람」에서 보이는 "시인(詩人)이면 누구나 모두 아끼는 / 알타이의 모음(母音)과 반모음(半母音)으로 / 추리고 고루어 보아도 / 바람, 너의 모양을 알알이 드러낼 수는 없구나"와 같은 구절에서도 역력히 나타난다. 여기서 서정적 주체는 '바람'을 형상화하고자 하는데, '바람'이 가지고 있는 신비성, 불가해성, 언어 너머 존재하는 심미적 실체성은 시인의 언어로는 포착할 수 없는 실재 그 자체로 나타난다.

3연에서는 평화로운 정경이 펼쳐지는데, 은혜롭고 한가로운 맑은 오후에 서정적 주체는 물가에 자신의 얼굴을 비춘다. 물론 거기에는 배경이 되는 '나무'의 영상도 어려 있다. 순간, 서정적 주체는 "물속에 잠겨 어렴풋한" 나무와 교감한다. 물속에 잠겨 있는 그림자를 나무의 '영혼'이라 불러 보는 것이다. 이와 같이 나무에게 영혼을 불어넣는 행위는 무심한 사물로서의 의미보다는 신성성을 띠는 존재로서 변화시키려는 시인의 역동적 의지가 반영되어 있는 것이다.

---

[31] 사실 언어적 구체성으로서 사물의 실상을 재구(再構)한다는 것은 그 자체로 불가능성을 함유한다. 그러나 언어라는 매재(媒材)를 통해서만 사물의 실상을 드러내는 것이 불가항력적인 시인의 몫이다. 이와 같은 '불가능성'과 '불가항력' 사이의 갈등만큼 시인의 처지를 잘 나타내는 말은 달리 없을 것이다. 이제 김현승의 시에 나타나는 '자연'은 시인의 언어 너머에 훨씬 더 본질적으로 존재하는 사물의 의미를 띤다.

4연으로 오면 그 같은 행위의 이유의 일단이 드러난다. 그것은 신(神)이 나무에게 영혼을 주지 않았기 때문에 서정적 주체가 직접 소통을 위해 영혼을 주는 것으로 나타난다. 그런데 그 순간 서정적 주체는 나무에게서 '그리스도'의 이미지를 본다. '수난'과 '영광'이라는 이중적 속성을 가지고 있는 한 청년의 이미지를 "못 박힌 발부리"로 떠올리고 있는 것이다. 따라서 여기서의 '물가'는 영혼을 소생시키는 가장 '시편(詩篇)'적인 '샘'이 된다.

5~6연에서 시인은 가을, 겨울을 지나 다스운 옷을 갈아입고, 머리 숙여 기도를 올리고, 새들의 둥지를 품에 안고, 머리를 숙이는 외로운 나무의 이미지로 시를 가름한다. 그 이미지는 '신성'의 이미지와 '고독'의 이미지가 묘하게 결합되어 있는 분위기인데, 말하자면 서정적 주체 스스로의 초상(肖像)이라고 할 수 있다. 이것은 시인의 소망이 어느새 나무라는 사물에 투사되어버린 결과이다.

'신'이 될 수 없는 고독과 신성을 추구할 수밖에 없는 인간의 모순은 인간 존재의 양축을 형성하는 대위이기도 하다. 그러나 그것은 하나가 하나를 배제해버리는 이질적 힘이 아니라 하나가 하나를 불러오고, 하나가 다른 하나를 오히려 존재케 하는 상호 생성적인 힘이 되고 있다. 다음 시에도 그런 면모는 잘 부각되어 있다.

꿈을 아느냐 네게 물으면,

플라타너스,

너의 머리는 어느덧 파아란 하늘에 젖어 있다.

너는 사모할 줄을 모르나,

플라타너스,

너는 네게 있는 것으로 그늘을 늘인다.

먼 길에 올 제,

홀로 되어 외로울 제,

플라타너스,

너는 그 길을 나와 같이 걸었다.

이제 너의 뿌리 깊이

나의 영혼을 불어넣고 가도 좋으련만,

플라타너스,

나는 너와 함께 神이 아니다!

수고론 우리의 길이 다하는 어느 날,

플라타너스,

너를 맞아 줄 검은 흙이 먼 곳에 따로이 있느냐?

나는 오직 너를 지켜 네 이웃이 되고 싶을 뿐,

그곳은 아름다운 별과 나의 사랑하는 窓이 열린 길이다.

―「플라타너스」 전문

이 시 역시 '플라타너스(나무)'를 청자로 설정한 인생론적 작품이다.
'자연(사물)'에 인격을 부여하고 현상적 청자로 삼은 다음 서정적 주체

자신과 이미지를 대조 또는 중첩시키는 구도는 이 시인에게 매우 습관적인 시적 방법이다. 그것은 '자연(사물)'에 자신의 관념을 입히는 것으로 나타나는데, 또 그것은 '관념'의 눈으로 '사물'을 바라보는 것과도 통한다. 이 작품 역시 '플라타너스'라는 가로수에 인격을 부여하여 서정적 주체와 벗하는(실제로 보면 일체감과 괴리감이 공존한다) 필생의 반려(伴侶)로 비유하고, 그 둘 사이에서 환기되어지는 삶의 고독과 우수(憂愁), 염원을 노래하고 있다.

1연에서 서정적 주체는 '플라타너스'에게 꿈을 아느냐고 질문하는 형식을 취한다. 원래 모든 '발화(發話)'는 '청자(聽者)'를 전제로 하는 합목적적 행위이지만, '플라타너스'는 대답 대신 그의 머리를 "어느덧 파아란 하늘에" 두고 있다. 침묵하며 대답하는 것이다. 따라서 서정적 주체의 이 질문은 애초에 대답을 필요로 하지 않는 언어이다. 이 익명의 가로수와 가지는 대화 방식 역시 서정적 주체가 독특하게 하고 있는 내면 독백의 한 방법론이 되는 것이다.

이 시에서 가장 처음 보이는 것은 '나'와 '플라타너스'의 대위이다. 인간의 궁벽하고 제한된 언어인 '꿈'이라는 단어는 '플라타너스'에게서 머리 위에 드리운 '파아란 하늘'에 대응되는데, 이와 같은 '꿈 / 파아란 하늘'의 대위는 '꿈'(언어적)에 얽매이지 않고 이미 본질적인 '꿈' 자체가 되고 있는 '플라타너스'의 면모를 잘 드러내주고 있다.

2연에서도 그러한 방법은 지속된다. '플라타너스'는 언어적 표현인 '사모(思慕)'의 정에 대해서는 함묵(緘默)하지만, 이미 자신에게 속한 모든 것을 드리워 그늘을 늘임으로써 역시 '사모'보다 한결 우월한 '사모하는 열정'을 가진 존재로 화한다. 곧 그의 '그늘'이 서정적 주체가 견지하고 있는 '사모'보다 훨씬 실재에 가까운 것이 되는 것이다. '사모 / 그늘'의 대위는 앞서 본 「나무와 먼 길」에 나타난 '사랑 / 하늘 살결'과 그대로 대응된다.

3연에서는 '플라타너스'가 먼 인생길에서 서정적 주체와 함께 하는 동반자로 위치지어진다. 그는 시인의 고독과 늘 함께 하는 존재이다. 여기서 나무가 '걸었다'는 표현은 한 그루가 걷고 있는 듯한 의인적 형상(形象)보다는 가로수가 죽 늘어선 형상을 떠올리게 해주고 있는데, 이와 같은 시각적 이미지에 바탕을 둔 수법은 김현승 시에 관류하는 핵심적 전략이기도 하다.

4연에서 서정적 주체는 플라타너스의 뿌리 깊이 자신(인간)의 영혼을 불어넣고 싶어 하지만 자신은 그런 능력을 가진 신이 아니라는 한계를 자각한다. "나는 너와 함께 신(神)이 아니"라는 동류적 인식, 이것이 대위를 결국 해소하고 합일에 이르는 김현승 사유의 진화를 보여주는 대목이라는 설명은 앞서 한 바 있다.

5연은 결구인데 여정이 끝나는 죽음의 시간과 죽음의 땅이 암시되어 있다. 인간은 죽어 땅에 묻혀 한 줌 흙으로 돌아간다. 그러나 그 헤어짐은 숙명적 한계에도 불구하고 새로운 영원의 길로 승화되고 있는 것이다.

흔히 인생을 길 가는 나그네에 비유하여 덧없고 비극적인 것으로 보는데, 이 작품에서는 인생을 고독한 여정에 비유하면서도 '플라타너스'라는 고독의 길[32]에 반려가 되는 존재를 상정하여, 그와 같은 '고독'과

---

[32] 이와 같은 순례자 의식은 그의 또 다른 시 「가로수」에서도 잘 보인다. "봄도 가고 / 여름도 가고 / 또 一年이 지나면, / 사는 것이 더욱 무거워지건만, / 오가는 / 너의 어깨 사이사이에

‘우수’에 신성적 가치를 부여하고 있다. 따라서 이 작품은 아름다운 영원의 동반자가 있는 서정적 주체의 따뜻한 내면을 조용히 노래한 시라고 말할 수 있으며, 또 각 연마다 들어 있는 ‘플라타너스’의 반복이 발음의 묘미와 리듬감을 주는 작품이라고 할 수 있다. 특히 마지막에 나오는 ‘창’ 이미지는 유한한 존재인 인간의 삶과 영원성을 가진 절대 타자를 잇는 구체적 사물 또는 시적 상관물로서의 역할을 한다. 김현승은 그만큼 사물에 관념을 입혀 그것의 진실을 시적 명징성(明澄性)으로 구상화하는 독특한 시적 방법론을 구축했던 시인이라고 할 수 있다.

자신을 위무(慰撫)해주는 동반자로서 그리고 여정을 함께 하는 반려자로서 ‘플라타너스’에 대한 서정적 주체의 한없는 친화를 보이는 이 작품에서, 김현승에게 ‘나무’로 비롯되는 자연은 이미 탐닉이나 관조의 대상이 아니고, 지상과 천상을 연결하고 결국은 ‘신’의 세계에 닿고 싶은 인간의 욕망과 무의식을 표상하는 것이다. 다음 역시 신성 추구의 열망이 진지한 자기 성찰과 간구(懇求)의 자세로 나타난 작품이다.

가을에는
祈禱하게 하소서 ……
落葉들이 지는 때를 기다려 내게 주신
謙虛한 母國語로 나를 채우소서.

가을에는
사랑하게 하소서 ……

서 / 찬 바람에 옷깃을 세우면, / 어느덧 / 우리들의 友情도 / 古都처럼 깊어 간다.”

오직 한 사람을 택하게 하소서,

가장 아름다운 열매를 위하여 이 肥沃한

時間을 가꾸게 하소서.

가을에는

호올로 있게 하소서 ……

나의 영혼,

굽이치는 바다와

百合의 골짜기를 지나,

마른 나무가지 위에 다다른 까마귀같이.

─「가을의 祈禱」 전문

　이 작품은 김현승의 시를 독일의 시인 '라이너 마리아 릴케'와의 관련성으로 해명할 수 있는 단서를 주는 작품으로 유명하다. 이 작품에는 '신'에 대한 강한 열망, 실존적인 나그네 의식, 신의 편재성(遍在性)에 대한 인지(認知) 등이 강하게 나타나는데, 이러한 정신적 기조(基調)가 릴케의 독특한 풍모였음은 우리가 잘 아는 바이다. 사실 '관념'의 사물화 경향 다시 말해서 관념이나 심적 상태를 '사물(Dinge)'로 번역하는 것은 릴케의 시적 방법 가운데서도 특히 현저한 것의 하나이다.[33] 따라서 김현승이 구체적으로 사숙한 시인은 없을지라도 릴케라는 시적 전범(典範)을 늘 마음속으로 반추했을 것이라는 추측은 그리 어렵지 않다. 그러나 김현승 시에서 릴케의 흔적을 구체적, 미시적으로 찾아내

---

[33]　김종길, 「견고에의 집념─김현승 시의 스타일을 중심으로」, 『창작과 비평』, 1968 여름, 359면.

는 등의 비교문학적 유용성은 십분 긍정하더라도, 김현승의 시적 사유는 좀 더 개성적인 것으로 접근되어야 한다고 본다. 그런 면에서 이 작품도 릴케적인 정신의 기조와 김현승의 독자적인 시적 방법이 혼용된 시라고 할 수 있다.

우선 이 작품의 청자는 대개 '절대자(신)'로 상정되는 것이 상례이다. 그러나 그런 설정 자체는 무의미한 것이다. 앞에서 예로 든 시들의 청자는 모두 '나무'였는데, 그것이 이 시인의 내면 독백이 발현되는 독특한 시적 방법론이었던 것처럼 이 시 역시 '절대자'를 청자로 상정한 기도가 아니라, 기도조가 불러일으키는 엄숙하고 경건한 정조(情調)만이 전면에 부각되어 그 자체가 시의 의미 구현에 크게 기여하고 있는 작품으로 읽을 수 있는 것이다.

이 작품 역시 앞서 이야기한 '관념의 사물화'에 성공한 작품이라고 할 수 있는데, 작품의 구조는 3연의 '평행법(Parallelism)'에 의해 구성되어 있다. 그 평행법의 핵심 이미지는 각각 '기도'-'사랑'-'고독'으로 이어진다. 그 각각에 대한 열망은 '가을'이라는 시간성에 의해 구속되는데, '가을'은 김현승에게 '소멸'을 동반한 '풍요'의 시간을 뜻한다. 이 '소멸'과 '풍요'라는 모순된 이중적 속성이 또 그로 하여금 사색과 성찰로 나아가게 하는 근본적 힘이 된다.

1연에서 서정적 주체는 기도하는 자세를 열망한다. 여기서 '기도'는 '신'과의 의사 소통의 형식이라는 1차적인 기독교적 의미를 넘어서서 명상적 고백과 반성적 사유를 아우르는 개념으로 확산되고 있다. 그래서 서정적 주체는 "겸허한 모국어"로 채워진 반성과 사색의 시간을 갈구하고 있는 것이다.

2연에서는 "오직 한 사람"에 대한 사랑, 곧 그가 지상에서 희구한 "가장 아름다운 열매"를 갈망한다. 여기서 "비옥한 시간"이란 그러한 사랑을 가능케 하는 순수하고 온전한 상태를 상징하는 것이지 어떤 특정한 시간성을 뜻하는 것은 아니다.

3연은 이 시의 시상(詩想)이 집중되는 연인데, 그것은 고독의 시적 상관물인 '까마귀'로 집약된다. 김현승의 시에서 '까마귀'는 단순한 소재 차원을 넘어서는 중요한 상징으로 쓰이고 있는데, 그것은 서정적 주체의 분신으로 나타난다. '까마귀'는 그 검은 빛깔과 거친 울음소리로 '어둠'을 궁극적으로 초월하는 '고독'의 상징적 의미를 띠는데,[34] 그러한 까마귀의 시적 형상은 그의 다른 작품 「산까마귀 울음소리」, 「마지막 地上에서」, 「겨울 까마귀」 등에서도 지속적으로 나타난다.

그런데 이 시의 3연은 바로 그 '까마귀'에 이르는 도정을 시적으로 제시하고 있다. 그것은 서정적 주체의 분신의 영혼이 '굽이치는 바다'와 '백합의 골짜기'를 지나서야 마른 나뭇가지에 이른다는 암시로 나타난다. 여기서 '바다'와 '골짜기'는 미당(未堂)의 「국화(菊花) 옆에서」에 나오는 "머언먼 젊음의 뒤안길"처럼 어느 일정한 성숙(成熟)의 이미지에 다다르기까지의 격정(激情)과 그 경험을 포괄하는 상징을 띤다. 또 '마른 나뭇가지'는 온갖 것을 다 떨치고 핵심만 남은 본질적인 세계를 표상[35]하는데 그 단순성 및 결정성은 그의 후기 시에 집중되어 나타나는 '보석(寶石)' 이미지와도 연결된다고 할 수 있다. 바로 이러한 본질의 세계

---

34 김인섭, 「김현승 시의 의식세계」, 『숭실어문』 12집, 1995, 366면.
35 김재홍, 「다형 김현승―가을정신 또는 고독의 사상」, 『한국현대시인연구』, 일지사, 1986, 297면.

에 이르는 치열한 도정과 그 결정으로서의 '까마귀', '마른 나뭇가지' 등의 표상은 김현승의 독자적인 시적 사유의 결과라고 할 것이다.

사실 가장 독일적인 내면성의 계승자로 알려진 릴케는 굳이 한 시대에 국한됨 없이 고독, 존재 불안, 버림받음의 주제를 드러내기 위해 평생토록 처절할 정도로 무섭게 자신의 모든 것을 내놓으며 예술과 겨루어 온 시인이다. 그의 문학은 '나르시시즘'의 예술화였고, 신과 사랑 그리고 죽음에 관한 본질적 문제를 다루었다[36]고 평가된다. 따라서 김현승과 릴케는 종교적 성향이라는 기질적인 친화력과 자신을 예술 안에 끊임없이 투사하는 나르시스트[37]였다는 공통점을 가진다.

초월자의 사랑과 은총에 순종하는 경건과 순응을 다룬 이 작품에서 서정적 주체는 순치(馴致)되는 욕망의 세계를 경험한다. 그것이 '신성'을 추구하는 서정적 주체에게 '까마귀'와 '마른 나뭇가지'라는 본질만 남은 세계를 허여하는 것이다. 이와 같이 김현승이 추구한 '신성'은 자연 속에 폭넓게 내재화되어 있는 것이다.

2) 명랑성의 시학과 감각적 이미지

사실 김현승의 시는 누구보다도 '지성(知性)'에 바탕을 둔 사색의 시 곧 주지적(主知的) 시이며, 신선하고 발랄한 감각을 언어적으로 이미지

36　조두환, 『라이너 마리아 릴케』, 건국대 출판부, 1994, 93면.
37　사실 김현승의 나르시시즘에 관하여서는 아직까지 상론(詳論)된 바가 없다. 본 연구에서는 그의 나르시시즘을 '자아 몰입'과는 반대되는 뜻에서 반(反)나르시시즘으로 설정하여 다음 절에서 살펴 볼 것이다.

화한 것을 특징으로 한다. 그리고 그는 어떤 '관념'이라도 그것을 구체적인 '사물'로 받아들임으로써 일차적 의미의 이미지즘적 성향을 구현하고 있는 시인이다.[38]

詩人들이 노래한 一月의 어느 言語보다도
零下 五度가 더 차고 깨끗하다.

메아리도 한 마장이나 더 멀리 흐르는 듯……

正月의 썰매들이여,
감초인 마음들을 未知의 散亂한 言語들을
가장 鮮明한 音響으로 번역하여 주는
出發의 긴 汽笛들이여,
잠든 森林들을
이 맑은 공기 속에 더욱 빨리 일깨우라!

무엇이 슬프랴,
무엇이 荒凉하랴,
歷史들 썩어 가슴에 흙을 쌓으면
希望은 묻혀 새로운 種子가 되는
지금은 樹木들의 體溫도 뿌리에서 뿌리로 흐른다.

---

38 이운룡, 『김현승 ─ 한국현대시인연구 10』, 문학세계사, 1993, 265면.

피로 멍든 땅,

傷處 깊은 가슴들에

사랑과 눈물과 스미는 햇빛으로 덮은

너의 하얀 祝福의 손이 걷히는 날

우리들의 山河여

더 푸르고 더욱 遼遠하라!

—「新雪」 전문

이 시는 시인이 생전에 스스로 전집(全集)을 묶을 때 그 첫 페이지에 수록한 작품이다. 차고 깨끗함을 지향하는 서정적 주체의 정서가 '일월'이라는 시간적 배경이 가지는 신선함과 잘 어울리는 작품이다. 모두 6연으로 구성되어 있는 작품이다.

1연에서 서정적 주체는 시인들이 '일월'에 대해서 노래한 어느 시어(詩語)보다도 일월의 실제 온도인 '영하 오도'가 더 차고 깨끗하다고 말하고 있다. 시인들이 아무리 차고 깨끗한 이미지를 구사하였다고 하더라도 그것은 불완전할 뿐만 아니라, 실재에 가깝지 않은 가상(假想)일 뿐인 것이다. 시인의 '언어'가 결국은 가 닿을 수 없는 감각적 실재를 '일월'은 그 기온으로 고스란히 가지고 있는 것이다. 이와 같이 '언어(또는 사변)'보다 '실재(또는 형상)'이 우위에 서는 것은 김현승의 대위구조의 기본을 이룬다고 앞서 말한 바 있다. 「나무와 먼 길」이나 「플라타너스」 등에 그와 같은 양상이 잘 나타나 있다.

2연은 1행을 구성되어 있는데, 여기에서는 그 차고 깨끗한 공기 속에서 멀리 퍼지는 소리의 형상을 보이고 있다. 차고 깨끗한 공기 속에서 소리[音響]가 멀리 멀리 퍼져 나가는 것은 우리의 체험으로도 넉넉히 증명할 수 있는 실재이다.

3~4연에서 서정적 주체는 정월을 달리는 아이들의 '썰매'를 보면서 어느새 들녘을 달리는 '기차'를 연상한다. 그것은 '기차'가 '기적'을 울리며 미지(未知)의 언어를 나르는 이미지를 가지고 있기 때문이다. "잠든 삼림들을 이 맑은 공기 속에 더욱 빨리 일깨우"는 "기적"은 "감초인 마음들을 미지의 산란한 언어들을 가장 선명한 음향으로 번역하여 주는" 소생과 출발의 이미지를 가지고 있다. 여기서 '미지'는 두려움이고 설렘이지만, 그 언어에는 슬픔과 황량함이 없다. 그것만이 1월을 나타낼 수 있는 것이다. 그렇듯이 역사가 썩어 흙으로 돌아감으로써만이, 그리고 한 알의 씨가 땅에 묻힘으로써만이 희망의 새 역사는 열리는 것이다.

5~6연에서는 지나간 상처나 아픔 따위는 사랑과 눈물과 스미는 햇빛으로 덮어버리고, 더 푸르고 요원한 산하를 덮는 눈을 두고 희망을 읊조리고 있다. 이와 같은 '명랑성'의 시학은 이 시인의 형이상적 열정의 또 하나의 기축을 이룬다.

窓을 사랑하는 것은,
太陽을 사랑한다는 말보다
눈부시지 않아 좋다.

窓을 잃으면

蒼空으로 나아가는 海峽을 잃고,

明朗은 우리에게
오늘의 뉴우스다.

窓을 닦는 時間은
또 노래를 부를 수 있는 時間,
별들은 十二月의 머나먼 他國이라고 ……

窓을 맑고 깨끗이 지킴으로
눈들을 착하게 뜨는 버릇을 기르고,

맑은 눈은 우리들
來日을 기다리는
빛나는 마음이게 ……

—「窓」 전문

전 6연으로 된 작품으로서 밝고 명랑한 삶에 대한 희구를 '창'을 매개로 노래한 소품(小品)이다. 원래 '창(窓)'이라는 이미지는 주체와 외계(外界)를 이어주는 통로 구실을 원형적으로 수행한다. 이 작품에서 인지되는 의미 기능 역시 그런 원형상징성 안에 귀속된다고 볼 수 있다.

1연에서 제시되는 '태양'은 이 시의 근본적 정조(情調) 다시 말해서 밝고 명랑하고 맑고 깨끗한 상태의 근원으로서의 상징을 띤다. 서정적 주체는 그 세계를 열망한다. 그런데 바로 그 태양과 주체의 마음을 잇는 가교 역할은 당연히 '창'의 몫이다. 창을 통해 태양으로 나아가는 것이다. 그런데 화자는 '태양'을 열망하지만 곧바로 '태양'을 사랑한다고 하는 것보다 '창'을 사랑한다고 하는 것이 더 좋다고 말한다. 그 까닭은 눈부시지 않아서인데, 태양을 사랑하는 것 자체가 맑고 밝은 세계를 열망한다는 말이 되지만 창의 매개를 거쳐 우회적으로 태양의 세계에 이르는 것이 훨씬 시적(詩的)이고, 그 표현에서 시적 주체의 무형(無形)의 열망이 하나의 매개적 구상(具象)을 얻게 되기 때문이다.

2연에서는, 따라서 우리가 '창'을 잃는 것은 바닷길에서 큰 바다로 나아가는 길목인 '해협'을 잃는 것과 마찬가지라는 표현이 나온다. 그것은 '창공', 곧 크고 밝은 이상을 성취하는 길을 잃게 되는 것과 등가(等價)를 이룬다. 따라서 여기서 '창'을 잃는다는 것은 삶의 밝고 명랑한 기운을 잃는다는 것과 같은 뜻이다. 3연에서 서정적 주체는 '명랑'한 마음이야말로 우리의 삶에서 그 무엇보다도 새롭고 중요한 '소식(뉴우스)'이 된다고 말한다.

4연에서 서정적 주체는 '창'을 닦는 시간의 소중함을 말하고 있는데, 그것은 '노래를 부를 수 있는 시간'으로, 또 창 너머로 비치는 별들을 바라보면서 '머나먼 타국'의 정서를 만끽할 수 있는 내밀한 침잠의 시간으로 표상된다. 노래와 '이국정서(exoticism)'는 사실 낭만주의적 정조의 고유 상관물인데, 이를 통해 볼 때, 이 시가 지향하는 명랑성이 이상주의적이고 낭만적인 성향과 일정 부분 연관된다고 볼 수 있다.

5연에서 서정적 주체는 '맑고 깨끗'한 눈으로 현실이나 사물의 구체성에 눈을 뜨는 것이 아니라, 오히려 '노래'와 '이국정서'를 통해 각박하고 힘겨운 세상을 넉넉히 관조할 수 있는 여유로운 심적 상태를 구가한다. 따라서 '창'을 마음속에 간직한 시적 주체는 이제 각박하게 살거나 악착스럽게 살지 않는다. 단지 그는 마음의 창을 항상 '맑고 깨끗'하게 보존하려 할 뿐이다.

6연에서 마음의 창은 우리의 '눈'으로 자연스럽게 전이된다. (사실 우리의 육체 가운데 외계와 주체를 감각적으로 잇고 있는 역할은 '눈'이 맡고 있다.) 그럼으로써 그 맑은 '눈'(마음의 '창')이 보다 더 맑고 건강한 내일의 역사를 기대하는 거울이게 하자는 것이 이 시의 내용이다.

이 시는 기쁨과 활력 속에 내일을 설계하고 아름답고 따스한 공동체를 이루려 하는 시인의 순정성이 잘 나타나고 있는 작품이다. 이 작품은 앞으로 김현승이 시적 이미지 조형을 어떠한 방법으로 견지해 갈 것인가에 대한 투명한 시사(示唆)를 주고 있다. 그것은 관념(밝고 맑은 명랑성)을 하나의 사물('창')로 구상화하여 제시하는 '감각적 이미지'와 시적 주체의 지적 투명성에서 감득되는 '시적 명징성'이라고 할 수 있다.

그러한 이미지와 명징성이 결합된 예는 "깊은 상처에 잠겼던 골짜기들도 / 이제 그 낡고 허연 붕대를 풀어 버린 지 오래이다"(「사월(四月)」)이나 "허턱 먼 하늘을 그리는 청조(靑鳥)의 나이는 아니언만 / 여행은 때로 좋은 표백제 …… / 혈색없는 오피스 거리, 피로와 타성과 동화력(同化力)들, / 또 반성하는 이웃들과 티끌에 오래 찌든 시민의 제복을 벗어, // 뻗어가는 물줄기 빛나는 기슭에 씻고"(「주말동경(週末憧憬)」) 등에서도 얼마든지 볼 수 있다.

아내는 헌 옷을 꺼내어 다듬고,

고드름 녹아 내리는 처마끝에서 나는 포도넝쿨을 자르는

이 시간이 내게는 陽地와 같이 다습다.

오래 잊었던 기억의 검은 아궁이에

丹楓 같은 불을 피우고,

형님의 슬픈 사연이랑 동생들의 가난한 이야기를

古典들에 섞어 읽는

이 시간이 내게는 고향에 온 듯 그리웁다.

보라빛이나

연두빛보다는

희끗희끗 이제는 회색이 내뵈는 四十의 詩를 쓰는

이 무렵이 내게는

눈 나리는 오후와 같이 침침컨만 포근하다.

개학도 얼마 남지 않은

정월 중순——四溫日의 어느 날,

나는 쓰고 또 읽기를

情緖의 겨울은 길고 思想의 봄은 빠르다.

—「겨울방학」 전문

　　이러한 작품에서도 감각적 이미지를 동원한 시적 명징성이 돋보인
다. '기억'의 의미를 일깨우는 서정적 주체는 이 시를 통해 읽는 이를

흐뭇하게 해주는 근본적 명랑성을 견지하고 있다. 다음 시는 비록 시집 『견고한 고독』에 실려 있지만 이 시기 김현승의 발랄한 이미지를 보여주는 대표작이라고 할 수 있다.

아, 여기 누가

술 위에 술을 부었나.

이빨로 깨무는

흰 거품 부글부글 넘치는

춤추는 땅 —— 바다의 글라스여.

아, 여기 누가

가슴들을 뿌렸나.

言語는 船舶처럼 출렁이면서

생각에 꿈틀거리는 배암의 잔등으로부터

영원히 잠들 수 없는,

아, 여기 누가 가슴을 뿌렸나.

아, 여기 누가

性보다 깨끗한 짐승들을 몰고 오나.

저무는 都市와,

병든 땅엔

머언 水平線을 그어 두고,

오오오오 기쁨에 사나운 짐승들을

누가 이리로 몰고 오나.

아, 여기 누가

죽음 위에 우리의 꽃을 피게 하나,

얼음과 불꽃 사이,

영원과 깜짝할 사이

죽음의 깊은 이랑과 이랑을 따라

물에 젖은 라일락의 향기 ——

저 波濤의 꽃떨기를 七月의 한때

누가 피게 하나.

—「波濤」 전문

대개 김현승 시의 표현 기법을 문제 삼을 때, '감각적 이미지'와 '관념의 사물화(또는 사물의 관념화)'를 떠올리게 된다. 이 시는 김기림(金起林)이나 정지용(鄭芝溶)의 시와 비교해 봄직한 발랄하고 생기 있는 '감각적 이미지'로 가득하다.[39]

이 시는 넘실대는 물굽이를 통해 몇 개의 형상들을 떠올려 준다. 신선한 감각과 이미지 곧 즉물성을 통해 '글라스'는 '지구'를 상징하고, 물결의 춤추는 역동성을 잘 보여주고 있다. 이 작품은 똑같은 형태를 가

---

[39] "비눌 / 돋힌 / 海峽은 / 배암의 잔등 / 처럼 살아났고 / 아롱진 아라비아의 의상을 두른 젊은 산맥들"(김기림 「기상도(氣象圖)」)이나 "바다는 뿔뿔이 / 달아나려고 했다. // 푸른 도마뱀 같이 / 재재발렀다. // 꼬리가 이루 / 잡히지 않았다. // 흰 발톱에 찢긴 / 珊瑚보다 붉고 슬픈 생채기!"(정지용 「바다9」) 등에서 보이는 감각적 이미지가 김현승의 「파도」의 정조를 물들이고 있다.

진 네 개의 연으로 이루어져 있는데, 각 연은 다른 형상을 통해 파도의 모습을 보여 준다. 1연은 술 위에 부은 '술'로, 2연은 영원히 잠들 수 없는 '가슴'으로, 3연은 기쁨에 사나운 '짐승'들로, 4연은 라일락의 '꽃떨기'로 각각 파도를 비유한다. 오랜만에 그의 시적 주제가 '문명'과 '이성'을 넘어선 '원시적 생명력'에 대한 예찬을 보여주고 있다. 특히 이 시에는 앞의 시에서 보아왔던 '관념'이 철저히 배제되어 있는데, 이를테면 「창」의 이미지와는 매우 다른 층위를 보여주고 있는 셈이다.

3) '자아'에 대한 역설적 인식

'역설'은 동서양을 막론하고 '높은 정신'들이 한결같이 도달한 이 세상의 구성 원리이자 실재(實在)의 형식에 대한 표현법이다. 신비평이 강조한 것을 원용하지 않더라도, '역설'은 시에서 적합하고 불가피한 언어적 형식이다. 그것은 시적 정황 자체가 하나의 역설적 상황이 되어 나타나는 경우도 있지만, 언어적 표현 자체가 역설을 띨 경우가 더 많다. 이럴 경우 시인은 철저하게 자신의 언어를 간접화하는 것인데, 이러한 '간접화'는 아이러니를 지향하게 되어 있는 시적 언어의 필연적 방법이다. 따라서 '역설'은 정상적 언어의 확장일 뿐 그 오용(誤用)이 될 수는 없다.[40]

그러한 '역설' 또한 대위구조를 필요조건으로 하는 인식 및 방법임에 틀림없다. 다만 하나가 다른 하나를 배제해버리는 것이 아니라 하나와

---

[40] Cleanth Brooks, 범대순 역, 「역설의 언어」, 『현대영미시론』, 을유문화사, 1982, 173~189면.

다른 하나가 결국 별개의 것이 아니라는 것을 보여주는 일종의 통합성
을 근간으로 하는 것이다. 이것 역시 김현승이 알레고리적 세계관을
벗어나 세계의 복합성을 승인하고 그사이에서 갈등하고 서성이는 것
이 실존적 정직성임을 알아챈 일종의 '시적 진화(進化)'라고 할 수 있다.
그 '역설'은 이 시인의 자기 탐구의 적실한 방법론이 된다.

　　　내 목이 가늘어 懷疑에 기울기 좋고,

　　　血液은 鐵分이 셋에 눈물이 일곱이기
　　　咆哮보담 술을 마시는 나이팅게일 ……

　　　마흔이 넘은 그보다도
　　　뺨이 쪼들어
　　　戀愛엔 아주 失望이고,

　　　눈이 커서 눈이 서러워
　　　모질고 사특하진 않으나,
　　　信仰과 이웃들에 자못 길들기 어려운 나 ——

　　　사랑이고 원수고 몰아쳐 허허 웃어 버리는
　　　肥滿한 모가지일 수 없는 나 ——

　　　내가 죽는 날

단테의 煉獄에선 어느 扉門이 열리려나?

─「自畫像」 전문

　　이 시는 김현승이 해방 후에 창작을 다시 시작하는 시기(1947.6)에 씌어진 작품이다. 이 시의 전반부에 형상화된 자신의 외양은 곧바로 자신의 내면적 모습을 설명적으로 전이[41]시킨 것이라고 볼 수 있다. 신앙적 회의, 곧 자기 자신을 이제까지 강력한 구심력으로 옭아매었던 신앙으로부터 "눈물이 일곱인" 시인은 서성이는 모습을 보인다. 따라서 이 시인의 회의에는 연옥이 기다리고 있다. 자신의 자조적(自嘲的) 캐리커처를 통해 시적 주체는 회의와 죄의식, 불안의식, 운명에 대한 불투명성을 노래하고 있는 것이다. 그러나 이러한 회의가 그에게 '역설'적 인식과 정서적 복합성을 가져다주는 매질로 작용할 근거가 되는 것이다.

　　슬픔은 나를
어리게 한다.

　　슬픔은
罪를 모른다,
사랑하는 시간보다 오히려.

　　슬픔은 내가
나를 안는다,

41　윤여탁, 「신이 될 수 없는 인간의 고독」, 『한양어문연구』 13집, 1995, 139면.

아무도 介入할 수 없다.

슬픔은 나를

목욕시켜 준다,

나를 다시 한 번 깨끗게 하여 준다.

슬픈 눈에는

그 영혼이 비추인다.

고요한 밤에는

먼 나라의 말소리도 들리듯이.

슬픔 안에 있으면

나는 마르다!

信仰이 무엇인가 나는 아직 모르지만,

슬픔이 오고 나면

풀밭과 같이 부푸는

어딘가 나의 영혼⋯⋯.

―「슬픔」 전문

원래 슬픔이 과장되고 과잉되면 그것은 '감상(感傷)'이 된다. 그러나 슬픔 속에 자아를 관조하는 이 시인의 눈은 역시 이지적이다. '슬픔'이 지니는 양면성 곧 '비극성'과 '정화(淨化)'의 이미지가 환기하는 역설적

가치에 눈뜬 시인의 관조적 지성이 문면에 드러나 있는 작품이다. '슬
픔'에 인격을 부여하여 '나 / 슬픔'의 주객 관계를 전도시키는 형식으로
쓴 이 작품은 따라서 주객(主客)을 원래의 위치로 돌리면 다음과 같은
문맥들로 재구(再構)된다.

"나는 슬픔을 통해 어려진다(순수해진다). 나는 사랑하는 시간보다 슬
퍼하는 시간이 더 순수하고 깨끗하다. 나는 슬픔을 통해 자아(누구도 범
접치 못할 순수 자아)에 도달한다. 나는 슬픔을 통해 정화된다. 나는 슬픔
을 통해 말라간다. 나는 슬픔을 통해 영혼이 부푼다(신앙적 의미보다는 말
뜻 그대로 영혼의 충만감)."

이 시는 앞서 살펴본 「자화상」과 함께 자기 자신을 매개로 하여 역설
적 진실에 눈떠 가는 한 시인의 내면적 기록이 담긴 일종의 고백록이라
고 할 수 있다. 이 시인의 역설적 사유는 다음 시에서 절정을 이룬다.

더러는
沃土에 떨어지는 작은 生命이고저……

흠도 티도,
금가지 않은
나의 全體는 오직 이뿐!

더욱 값진 것으로
드리라 하올 제,

나의 가장 나아종 지니인 것도 오직 이뿐!

아름다운 나무의 꽃이 시듦을 보시고
열매를 맺게 하신 당신은,

나의 웃음을 만드신 후에
새로이 나의 눈물을 지어 주시다.

—「눈물」 전문

이동주(李東柱)가 편집하고, 서정주(徐廷柱)가 주재하여 광주에서 발간된 『시정신(詩精神)』(1952) 창간호에 실린 작품으로, 그가 어린 아들을 잃고 애통해하던 중에 씌어진 시이다. '눈물'은 항용 '슬픔', '절망', '애수', '기쁨', '감사', '황홀' 등을 그 존재 근거로 하지만, 김현승은 '기쁨', '감사', '황홀'의 이미지로 언어를 구사하여, 그것의 의미에 궁극적 '밝음'을 부여하고 있다. 그것은 경험적 상상력에서 우러나오는 시적 표상으로서 '자기 정화(淨化)'라는 강한 상징성을 띤다. 이 작품은 모두 다섯 연으로 구성되어 있다.

1연에서는 '성서'에 근원을 둔 인유(引喩)를 원용하고 있고, 둘째 연은 점층적 수사를 쓰고 있다. 마지막에서는 대위구조적 상상력을 구체적으로 원용하여 자신이 눈뜬 역설적 진실에 대해 언명하고 있다.

이 시는 독실한 구도자를 화자로 선택한 작품이다. 그리고 앞서 말했듯이 역설적 구조를 그 근본으로 한다. 자신의 '가장 나아종 지니인 것' 곧 궁극의 가치를 '눈물'로 표상하고 있는 시인은 '꽃 / 열매', '웃음 /

눈물'의 대립항으로 통해 인간 삶의 역설적 가치에 대해 노래하는 것이다.

이 작품에서 '눈물'이라는 시적 제재는 '자기 정화'라는 물의 원형적 상징성을 강하게 띤다. 그리고 이 시의 정황은 사랑하는 아들을 잃었다는 구체적 개인사를 배경으로 하고 있지만, 그 발상 구조는 철저히 성서적 비유에 입각한 인생론적 태도이다. 신약성서 마태복음에 보면 "더러는 옥토에 떨어지매 혹 백 배, 혹 육십 배, 혹 삼십 배의 결실을 하였느니라"(13 : 8)는 구절이 나오는데, 이러한 정화와 희생, 거기에서 유로되는 부활과 재생의 이미지를 그가 빌려왔음은 어렵지 않게 유추할 수 있다. 따라서 이 시의 구조는 '신'의 섭리의 절대성을 승인하는 절차를 거치고 있다.

> 나는 내 가슴의 상처를 믿음으로 달래려고 하였었고, 그러한 심정으로 이 시를 썼다. "인간이 신 앞에 드릴 것이 있다면 그 무엇이겠는가. 그것은 변하기 쉬운 웃음이 아니다. 이 지상에 오직 썩지 않은 것이 있다면 그것은 신 앞에서 흘리는 눈물뿐일 것이다"라는 것이 이 시의 주제라고 할 수 있을 것이다.[42]

그는 자신의 한 수필에서 "눈물을 좋아하는 나의 타고난 기질"[43]을 말하기도 했는데, 그가 '슬픔'을 통해 오히려 더 높고 순정한 상태에 이르려는 몸짓을 보인 흔적은 두루 찾아볼 수 있다. 그의 그러한 슬픔을 통한 '자기 정화' 또는 '자기 발견'의 시정신은 앞에서 살핀 「슬픔」의 연

---

42 「굽이쳐가는 물굽이같이」, 236면.
43 위의 글, 236~237면.

장선에 위치한다. 거기에는 슬픔 속에 항용 숨어 있을 법한 '감상'을 철저하게 배격한 채 그의 역설성만 명징하게 부조되어 있다. 그의 이러한 역설적 인식은 그가 감각적 이미지를 활용하여 시를 쓴 창작 방법과 그의 퓨리턴적 기질 속에서 구체화된 것으로 보인다.

청교도적인 파토스로 시적 존재 가치를 추구하는 김현승의 신앙적 배경[44]을 염두에 둔다면, 우리는 이 시를 통해 다음과 같은 예지를 경험할 수 있다. 원래 '삶'이란 나와 우주 또는 주체와 객체와의 관계 속에서 영위되고 나와 진정한 나와의 관계에 대한 물음으로 시작되는 것이다. 그리고 신의 피조물인 인간이나 사물은 모두가 같은 세계내적 존재로 공존한다.

인간의 실존적 본질은 인간이 존재자 자체를 표상할 수 있고, 또 표상된 것에 관한 의식을 가질 수 있다는 사실에 근거한다.[45] 여기서 '실존'이란, 인간이라는 존재는 단순한 사물적 존재가 아니라 원래 그 자리(오직 인간만이 차지할 수 있는 특유한 자리)에 놓여 있는 존재라는 뜻이다. 이러한 실존적인 주체가 절대 타자로서의 신을 인식하며 그에 일방적으로 기투하는 것이 아니라 스스로의 위치를 치열하게 확인하고 지켜가는 것이다.

따라서 이 시에서 경험할 수 있는 것은 구체적인 '나'와 우리가 그로 인해 존재하는 초월적 타자 사이의 창조적인 긴장에 관한 반성적 사유이다. 이러한 신 인식은 다소 키에르케고르적이라고 할 수 있는데, 그는 단독자의 개념을 '신 앞에 홀로 서 있음'으로 정의함으로써 실존을

---

44 박이도, 『한국 현대시와 기독교』, 예전사, 1994, 103면.
45 Martin Heidegger, 최동희 역, 『형이상학이란 무엇인가』, 서문당, 1975, 32면.

초월자에 대해 가지는 고유한 긴장 관계로 이해했다.[46] 그러나 여기서 우리가 눈여겨보아야 할 것은 '역설'이라는 것 자체가 대위구조의 통합을 전제조건으로 하는 형식이라는 것이다. '웃음 / 눈물'의 대위항은 '웃음>눈물'이나 '눈물>웃음'의 우열 관계가 아니고 하나가 하나의 이면을 이루는 것이라는 인식이 그것이다. 그만큼 김현승의 대위구조적 인식이나 방법은 이 시기에 와서 커다란 변모를 겪은 셈이 된다.

4) '사라짐'의 역설적 의미 추구

우리가 평소에 가지고 있는 통념(通念)에 의하면 '소멸성(消滅性)'과 '영원성(永遠性)'은 전형적인 대위적 짝이 될 수 있다. 사물이나 현상이 순간적이고 일과성(一過性)적으로 사라지는 것을 뜻하는 '소멸성'은 당연히 '영원'할 수 없는 것이고, 또 '영원'한 것은 시간적 구속 자체를 받지 않기 때문에 '소멸'할 수 없는 것이기 때문이다. 우리의 보편적 사유에서 지상적, 세속적인 것은 일시적이고 '소멸'할 수밖에 없는 데 비해, 천상적, 신성적인 것은 무한하고 '영원'한 것으로 각인된다. 이처럼 선명한 대립적 의미를 가지는 '소멸(사라짐)'과 '영원(남음)'은 '유한성'과 '무한성'으로 환치(換置)되어 전자는 인간적 한계를 나타내고, 후자는 그리움의 형식으로 우리들 마음속에 존재한다. 그런데 이러한 대립성을 띠는 두 형질은 김현승의 독특한 시적 사유에서 통합된다. '소멸'과 '영원'의 통합, 그것을 더욱 선언적으로 말하면 김현승에게서는 "사라

46　조가경, 『실존철학』, 박영사, 1993, 88면.

지는 것만이 영원한 것"이다.

보다 아름다운 눈을 위하여

보다 아름다운 눈물을 위하여

나의 마음은 지금, 喪失의 마지막 잔이라면,

詩는 거기 반쯤 담긴

가을의 향기와 같은 술……

사라지는 것들을 위하여

사라지는 것만이, 남을 만한 眞理임을 위하여

나의 마음은 지금 저무는 일곱時라면,

詩는 그곳에 멀리 비추이는

입 다문 窓들……

나의 마음 —— 마음마다 로맨스 그레이로 두른 먼 들일 때,

당신의 영혼을 호올로 北方으로 달고 가는

詩의 검은 汽笛 ——

天使들에 가벼운 나래를 주신 그 은혜로

내게는 자욱이 퍼지는 言語의 무게를 주시어,

때때로 나의 슬픔을 위로하여 주시는

오오, 地上의 神이여, 地上의 詩여!

—「地上의 詩」 전문

이 시는 김현승의 시적 사유가 지향하는 역설과 통합적 상상력을 잘 보여주는 상징적인 작품이다. 그것은 그동안 전형적으로 대립적 구조를 형성하던 형질들이 결국 하나의 사물 또는 본질을 이루고 있는 양대 기축(基軸)이 되는 것임을 인식하는 것을 말한다.

1연에서 서정적 주체가 소망하는 것은 '보다 아름다운 눈'이나 '보다 아름다운 눈물'로 표상된다. 물론 여기서 나타나는 '아름다움'이 유미주의적이고 자족적인 '심미성(審美性)' 그 자체를 의미하는 것은 아닐 것이다. 그것은 김현승이 지향하는 인생론적 경지로서의 '아름다움'이다. 결국 그것은 "아름다움 = 참됨(진리)"의 뜻으로 전화된다. 그 진리를 위하여 자신의 마음은 지금 '상실'의 마지막 잔이 되고, 자신의 '시'는 그 안에 반쯤 담긴 술과 같다고 말한다. 여기서 '상실'이란 '결여' 또는 '결핍'을 초래하는 직접적 원인이지만, 이 시에서 그것은 결국 '충일'의 이미지를 곧바로 불러오는 역설적 기제가 된다. 따라서 그것은 '채우기 위해 비우는' 것으로 읽힌다. 시인의 '시' 역시 잔 속에 반쯤 담겨 있는 술로 비유되는데, '반(半)'이라는 양 자체가 긍정과 부정, 곧 '소멸'과 '충일'을 동시에 가능성으로 가지고 있는 것이기도 하다. 거기에 '가을의 향기'와 같다고 함으로써 그것 역시 '가을'이 환기하는 '소멸'과 '풍요'라는 이중적 속성을 고스란히 반영하고 있는 것이다.

2연에서 그것들(눈 / 눈물)은 '사라지는 것들'과 의미론적으로 같게 된다. 그러나 서정적 주체에게 '사라지는 것들' 곧 '보다 아름다운 눈'과 '보다 아름다운 눈물'은 그것만이 '남을 만한 진리'가 된다. 그것들을 위하여 자신의 마음은 '저무는 일곱 시'이고, '시'는 '그곳에 멀리 비추이는 입 다문 창'이 된다. '저무는 일곱 시'나 '입 다문 창' 역시 예외없이 '소멸'

의 이미지를 동반하는데, 그것 역시 '새롭게 열림'이라는 가능성을 동시에 잉태하고 있는 이미지이다. 이제 '소멸'과 '생성'은 모든 존재가 가지고 있는 양면적 속성일 뿐 그 자체로 선연한 대립성을 띠지는 않는다.

이 시의 1연과 2연은 구조적으로 평행법에 의해 짜여져 있는데, 그 상동성(相同性)을 귀납해 보면 다음과 같다. "보다 아름다운 눈(눈물)"은 "사라지는 것들"이고 "남을 만한 진리"가 되며, "나의 마음"은 "상실의 마지막 잔"이고 "저무는 일곱 시"이다. 그리고 "시"는 "반쯤 담긴 가을의 향기와 같은 술"이자 "멀리 비추이는 입 다문 창"이 된다.

이와 같이 서정적 주체의 상상력에서 부조(浮彫)되는 의미론적 짝들은 서로가 서로에게 해명의 열쇠를 주는 것으로 보인다. 가령 '상실'의 마음과 '저무는 일곱 시'의 마음은 사실 '소멸'의 직전 또는 그 과정에 있는 어떤 '실재(實在)'이다. 그런데 자신이 힘겹게 쓰고 있는 '시(詩)'는 그 소멸의 과정을 그대로 인정하고 오히려 그것을 관조하며 승인하는 (향기로운) '술'이나 (입 다문) '창'이다. 결국 김현승에게 '소멸' 곧 '사라짐'은 '영원성'을 오히려 보증해주는 역설적 형질이 된다.

3연에서 서정적 주체의 마음은 "로맨스 그레이로 두른 먼 들"로 다시 시는 "당신의 영혼을 호올로 북방(北方)으로 달고 가는 검은 기적(汽笛)"을 뿌리는 기차와 같은 존재로 나타난다. '로맨스 그레이'나 '먼 들'의 이미지 또는 '북방으로' 사라지는 '검은 기적'의 이미지 또한 사라짐의 정조(情調)를 형성하는 좋은 이미지들이다.

마지막 연에서 이 작품은 '천사 / 시인'의 대위구조를 형성하는데, 그것은 '가벼움 / 무거움'의 대위이기도 하다. '지상의 신'은 내게는 천사와 같은 '가벼운 나래' 대신에, 감당하기 어렵고 자욱이 퍼지는 '언어의 무게'를 짐지운다. 그 어려움과 인고(忍苦)를 통해 '지상의 신'은 때때로 나의 슬픔을 위무(慰撫)하기도 하는데, 그 존재는 곧바로 '지상의 시(詩)'로 환치된다. 결국 지상의 '시는'('신은 — 재미있는 일이지만 그 둘은 발음상 똑같다) 사라지고 말 운명과 속성을 지니고 있지만, 그 '사라짐'의 운명을 지니고 있는 '지상의 시'를 결국 영원성에 이르는 길로 승화시키고 있는 시인됨의 역할을 하고 있는 서정적 주체의 열정과 애정을 볼 수 있다. 이와 같은 시적 상상력 곧 '사라짐'과 '영원'을 통합적으로 인식하는 힘은 "길들이 끝나는 곳에서 / 길은 열리어 / 생명(生命)의 매듭은 자라가는 것 —— / 역사(歷史)의 회랑(廻廊)은 영원으로 굽이치는 것"(「비약(飛躍)」)이나 "갔으나 사라지지 않고 / 빈 들에 울리는 우리의 소리를 듣는가"(「생명(生命)의 합창(合唱)」) 등으로 이어진다. '시적 상상력'이란 위대한 창조적 질서의 원리로서, 제재들을 분별하고 질서화하며, 분리하고 통합할 수 있게 하는 능력[47]인데, 이 시인에게 그것은 이질적이고 대립적인 것을 하나로 통합하는 힘으로 작용하는 것이다.

결국 김현승에게 '사라짐'의 현상적 의미는 가치의 '절멸(絶滅)'이나 부정적 '소진(消盡)'이 아니라, 지상의 것이 멸하고 새로운 천상적인(또는 신성의) 것이 '생성'하는 역설적인 통합적 질료가 된다고 할 수 있다. 이와 같은 상상력은 만해(萬海)의 시 「알 수 없어요」에 나오는 "타고 남은 재가 다시 기름이 됩니다"라는 구절과 비교해 볼 때, 소멸과 생성의 역설적 인식이라는 면에서는 맥을 대고 있으나, 만해가 불교적 윤회사상을 기저(基底)로 하는 반면, 김현승은 기독교적 신성 지향이라는 다른 궤적을 그린다고 할 수 있다. 이와 같은 '사라짐'의 가치에 대한 천

---

47 이승훈, 『시론』, 고려원, 1988, 56면.

착은 다음의 시에서 더욱 구체화된다.

지우심으로

지우심으로

그 얼굴 아로새겨 놓으실 줄이야……

흩으심으로

꽃잎처럼 우릴 흩으심으로

열매 맺게 하실 줄이야……

비우심으로

비우심으로

비인 도가니 나의 마음을 울리실 줄이야……

사라져

오오,

永遠을 세우실 줄이야……

어둠 속에

어둠 속에

寶石들의 光彩를 길이 담아 두시는

밤과 같은 당신은, 오오, 누구오니이까!

—「離別에게」 전문

원래 시적 화자가 취하는 경어체는 '주체(화자)'와 '청자'의 합일을 고조시키는 역할을 한다. 따라서 이 시는 화자와 청자가 합일되려는 열망이 그 형식에서부터 예비되었다고 할 수 있다(이 점에서 만해의 시가 존칭의 어법으로 씌어져 있다는 것은 시사적이다).

'지워짐'으로써 오히려 '아로새겨지는' 일(1연), '흩음'으로써 오히려 '열매 맺게 하는' 일(2연), '비움'으로써 '울리는' 일(3연), 그것은 곧 '사라짐'으로써 '영원을 세우는' 일(4연)이다. 성서에서 자주 원용되는 '버림으로써 얻는다'든가 '한 알의 밀알이 썩어 죽으면 많은 열매를 맺는다'는 식의 역설적 사유이다. 그것이 앞에서 제시된 「지상(地上)의 시(詩)」와 긴밀하게 연결되는 이 시인의 역설적 세계관을 그대로 말해 준다.

'지우는 행위'와 '아로새기는 행위' 그것은 언뜻 보아 정반대의 행위이자 그것들의 교체적 반복 행위가 우리 삶의 관성(慣性)이기도 하다. 그러나 이 시인에게 그것은 결국 동질적 행위이다. '지우다'와 '아로새기다'의 목적어가 생략된 이 시에서 우리는 그 목적어를 가상적으로 상정해 볼 수 있다. 그것은 (지상의 것을, 순간적인 것을, 유한적인 것을, 세속적인 것을) 지우고 (천상적인 것을, 영원한 것을, 무한적인 것을, 신성적인 것을) 아로새기는 일이다. 또 그것은 고스란히 '흩으는 일 / 열매 맺는 일' '비우는 일 / 울리는 일' '사라지는 일 / 영원을 세우는 일'과 등가적 위상을 차지한다. 그리고 마찬가지로 마지막 연에 나오는 '어둠 / 광채'의 대위 역시 하나의 물줄기로 통합된다.

그러나 이 모든 행위(지움 / 아로새김 / 흩음 / 맺음 / 비움 / 울림 / 사라짐 / 세움 / 담아 둠)의 주체는 내가 아닌 "밤과 같은 당신"이다. 그리고 시의 제목이 「이별에게」이니만큼 '당신 = 이별'이 등식이 성립한다. 왜 '이

별’은 ‘밤’과 같고 또 그는 이 모든 행위의 대위를 하나로 통합하는 시적 상상력의 직접적 대상이 되는가.

원래 물리적으로 보더라도 ‘밤’은 ‘어둠의 편만성(遍滿性)’과 ‘빛의 도래 가능성’이라는 이중적 속성을 동시에 지니고 있다. 따라서 ‘밤과 같은 당신’의 뜻은 이 두 가지 속성을 동시에 공유하고 있는 절대자 곧 그의 전신(全身)의 극단이 가 닿고 싶어 하는 신성의 모습을 띤 것으로 나타난다. 그런데 마지막으로 이 작품 해명의 열쇠가 되는 것이 바로 「이별에게」라는 제목인데, 이같이 명시적으로 시의 청자를 설정해 놓은 것은 시의 해석상 중요한 열쇠이다. 이별이야말로 ‘소멸’의 극단적인 형식일 터인데 서정적 주체는 ‘이별’을 통해 가장 아름다운 형식인 ‘신성’을 경험하고 있는 것이다. 이 점에서 이 작품은 만해의 시 「이별(離別)은 미(美)의 창조(創造)」의 주제와 그대로 상통한다 할 것이다.[48]

무르익은

果實의 密度와 같이

밤의 內部는 달도록 고요하다.

잠든 내 어린 것들의 숨소리는

작은 벌레와 같이

---

[48] 앞으로 이 두 시인, 곧 불교적 상상력의 만해(萬海)와 기독교적 상상력의 다형(茶兄)을 비교 연구하는 일은 시사적(詩史的)으로 요청된다고 할 수 있다. 물론 시적 형상의 성취도나 활약한 시대의 이질성 그리고 연구자의 호불호(好不好)에 따라 어울리지 않는 쌍인 것도 사실이지만, 필자로서는 ‘불교’와 ‘기독교’라는 특수성을 넘어서는 보편적인 ‘종교적 사유’의 시적 형상이라는 측면으로 두 시인의 유사성과 차별성을 검토할 수 있다고 생각한다.

이 고요 속에 파묻히고,

별들은 나와
自然의 構造에
秩序있게 못을 박는다.

한 時代 안에는 밤과 같이 解體나 分析에는
차라리 무디고 어두운 詩人들이 산다.
그리하여 討議의 時間이 끝나는 곳에서
밤은 想像으로 저들의 나래를 이끌어 준다.

꽃들은 떨어져 열매 속에
그 화려한 자태를 감추듯……

그리하여 時間으로 하여금
새벽을 향하여
이 풍성한 밤의 껍질을
徐徐히 脫皮케 할 줄을 안다.

—「밤은 榮養이 豊富하다」 전문

이 시는 감각적 이미지의 구사와 날카로운 분석적 이성이 융화되어
나타난 작품이다. 앞에서 살핀 「이별에게」에서 나타난 밤의 이중적 속
성(소멸되어 가는 것과 榮養[49]이 풍부한 것)이 역시 이 시의 기조이다. '밤'은

때로는 '과실(果實)'로 비유되는데, 그것은 영양이 풍부한 일상적 감각을 그대로 시에 원용한 것이라고 보인다. "별들은 나와 / 자연(自然)의 구조(構造)에 / 질서(秩序)있게 못을 박는다"는 표현은 밤하늘의 풍경을 노래한 것 치고는 이미지의 남용이 아닌가 생각된다.

그런데 이 시에서 '밤'은 어느새 서정적 주체와 속성을 공유하는데, 그것은 "해체(解體)나 분석(分析)에는 / 차라리 무디고 어두운" 것이다. 시인이 상상적 직관에 의존하여 분석과 해체에 익숙하지 못한 것과, 밤이 모든 것을 포용하고 묻어버리는 속성이 강한 것을 빗대어 그렇게 표현한 것이다. "토의(討議) / 상상(想像)"의 대위가 그것을 말해 준다. 이후 '꽃 / 열매' '새벽 / 밤'의 이중적 속성을 모두 배태하고 있는 영양이 풍부한 '밤'이야말로 김현승의 인식에 새롭게 움튼 '대위항의 해체와 새로운 통합'이 아닐까 생각한다.

　　　信仰하지 않는 사람도

　　　그리워 할 수는 있다,

　　　가장 具體的인 것을 원하는 우리도……．

　　　無限에 가까울수록

　　　하나는 둘보다 풍성하게 머금고,

　　　지금은 太陽 아래 銀빛으로 빛나고 있지만

　　　저것은 또 波濤와 같이 우람하게 밀려 올

49　김현승의 시에서는 꾸준히 '榮養'으로 표기되어 있는데 '營養'의 오기(誤記)가 아닌가 생각된다.

우리들의 來日의 來日 ……．

사랑을 正面에서 拒否하던 사람도,

사라진 것들의 뚜렷한 모습을 이렇게 멀리 側面에 서서

그리워할 수는 있을 것이다, 있을 것이다.

永遠과

抽象에도 또한……．

우리의 明日이 먼 길에 서서

아직도 無垢한 눈으로

우리의 오늘을 바라보듯 …… 바라보듯 ……．

—「水平線」 전문

이 시를 기본적으로 구성하고 있는 대위항은 '구체 / 추상' '신앙 = 사랑 / 그리움' '사라짐 / 영원' '명일 / 오늘'이다. 1연에서 서정적 주체가 말하고 있는 것은 '신앙'을 거부하는 사람이 근본적으로 '구체'적인 것들을 원한다는 것이다. '신앙하지 않는 사람'이 생각하기에 '신앙'은 극도의 '추상'을 숭앙하는 의사적(擬似的) 진실에 불과하기 때문이다. 그러나 그와 같은 이들(우리)에게도 그리움의 시간이 밀려온다. 물론 여기서 '그리움'의 대상은 분명치 않다. 그러나 그것은 2연에서 3연으로 이어지면서 "무한에 가까울수록 / 풍성하게 머금"는 "우리들의 내일의 내일"로 나타난다.

　그런데 4연에 보면 그것은 "사라진 것들의 뚜렷한 모습"으로 나타난
다. 사라졌는데 어떻게 뚜렷할 수 있는가. 그것은 잔상(殘像)을 뜻하는
가. 아니다. 이 시인에게는 사라지는 것만이 영원성을 띠며 그대로 뚜
렷이 남는다. "지금은 태양(太陽) 아래 은(銀)빛으로 빛나고 있"는 수평
선, 그러나 그곳에 해가 떨어지면 곧 명일(明日)이 오듯이 하루하루를
누적해 가며(사라지게 하며) 우리는 '영원'과 '추상'에 닿는다. 처음에 '신
앙'과 '사랑'을 거부하며, '구체'를 원하던 그는 '영원'과 '추상'에도 열린
마음이 된다. 그것은 "무구(無垢)한 눈으로 / 우리의 오늘을 바라보듯"
하는 행위이다.
　왜 김현승은 그렇듯 사라질 운명을 타고 태어난 지상의 번쇄한 사물
들에게 대위의 선을 무너뜨리며 영원성을 부여하는가.

　　빛의 音聲 …….

　　너는 울리어 나아간다,
　　오늘 안엔 來日이 일고 來日은 또 未來를 향하여
　　퍼지듯 ……
　　네가 아뢰는 이 時間도 그리하여 永遠에 닿을 것이다.

　　우리도 때로는 너의 音聲과 같이
　　깊은 意味와 難解한 思潮들을 모두 버리고,
　　그 소슬한 빛깔과 音響으로
　　푸른 하늘에 날개를 피어 본다.

머얼리 밀리어 나아가도

비인 들이나 險한 골짜기에 흐를 때에도

너의 音聲은 彷徨하지 않는다,

너는 누구의 마음에나 작은 불빛에라도

더욱 고요히 스며들어야 할 것이다,

스며들어야 할 것이다.

너는 끝나지 않았다!

네 金屬의 육체보다도 더 强한

너의 餘韻은 또한 나의 영혼——

그리하여 그것들은 보다 靜肅한 기쁨과 슬픔을

우리의 生涯에서 때때로 때때로 울리어 준다!

—「종소리」 전문

　이 시의 첫 시작은 '빛'을 시각이 아닌 청각으로 포착하는 서정적 주체의 감수성으로 하여 열리고 있다. "빛의 음성(音聲)"은 "오늘 안에 내일(來日) 또 미래(未來)를 향하여" 시간이 나아가듯 영원을 향하여 나아간다. 그 음향은 깊은 의미나 난해한 사조(思潮), 곧 인간적 사변을 모두 버리고('버리다'는 '사라짐'을 적극적으로 행위화한 것이다) 방황하지 않고 누구의 마음에나 스며든다. 아니 스며들어야 할 것이다. 이러한 당위적 표현은 마지막 연에서 나타나듯 "네 금속(金屬)의 육체(鐘)보다도 더 강(强)한 / 너의 여운(餘韻)"을 나의 영혼과 등치시키는 상상력을 얻어온다. 그럴 경우 종소리는 한갓 소리가 아니라 우리의 생애에 때때로 기쁨과 슬픔을 울리어주는 매체가 된다. 그때 스며듦(사라짐)은 영원성으로 우리에게 남을 수 있다.

사실 모든 것을 버리는 행위는 더 큰 것을 얻기 위한 역리적(逆理的) 행위이다. 그것은 끊임없이 단순해지려는 의욕의 표현이기도 하다. 이때 '단순성'이란 거추장스러운 외피(外皮)를 모두 벗어버리고 본질만 남은 것이 된다. 모든 추상을 극도로 더욱 추상화시켜 그 비의(秘意)를 직관케 하는 힘이 바로 이때의 '단순성'이다. 따라서 현상적으로 '버리기'라는 행위는 '상실'과 '절멸'을 의미하지만 그것은 '죽음→부활'의 이미지로 엮어지는 기독교적 역리를 고스란히 암유하고 있는 것이다.

우리의 모든 아름다움은
너의 지붕 아래에서 산다.

이름을 부르고
얼굴을 주고
創造된 것들은 모두 네가 와서 門을 열어 준다.

어둠이 와서 이미 낡은 우리의 그림자를 거두어 들이면
너는 아침마다 明日에서 빼어 내어
새 것으로 바꾸어 준다.

나의 가슴에 언제나 빛나는 希望은
너의 불꽃을 태워 만든 단단한 寶石,

그것은 그러나 한 빛깔 아래 凝結되거나

箱子 안에서 눈부실 것은 아니다.

너는 充滿하다, 너는 그리고 어디서나 圓滿하다,

너의 힘이 미치는 데까지 ……

나의 눈과 같이 작은 하늘에서는

너의 榮光은 언제나 넘치어 흐르는구나!

나의 품안에서는 다정하고 뜨겁게

距離 저편에서는 찬란하고 아름답게

더욱 멀리에서는 더욱 堅固하고 聰明하게,

그러나 아직은 冷却되지 않은,

아직은 주검으로 굳어져 버리지 않은,

너는 누구의 燃燒하는 生命인가!

너는 아직도 살고 있는 神에 가장 가깝다.

―「빛」 전문

　　이 시를 감싸고 있는 주도적인 이미지는 제목 그대로 '빛'의 이미지이
다. '빛'은 모든 아름다움을 그 지붕 아래 깃들이게 하는 힘을 가진다. 이
런 것은 물리적으로 보아도 진실에 가까운 표현이다. '빛'이 비추이기 이
전에 모든 사물들 또는 그 아름다움은 어두움에 묻혀 가능성으로만 존
재할 테니까 말이다. 그래서 '빛'은 모든 아름다움에게 이름을 주고 얼굴

을 주고 문을 열어준다. 이러한 '명명(命名)'이 지니는 창조적 의미에 대한 천착은 김춘수(金春洙)의 시 「꽃」에서 이루어진 바 있다. 「꽃」에서 시인은 '그'로 표상되는 존재에게 '이름'을 불러 준다. '이름'을 불러주기(명명) 전에는 그는 다만 하나의 '몸짓'에 지나지 않는 무의미한 존재였다. 그러나 내가 '이름'을 부르고 얼굴을 준 순간, 그는 나에게 유의미한 '존재(꽃)'가 된다. 그러한 과정과 원리는 타인과 나를 바꾸어도 마찬가지이다. 나의 '빛깔과 향기(몸짓)'에 알맞은 '이름'을 불러주는 존재가 있다면 나도 그에게로 가서 '꽃'이 될 수 있는 것이다. 이렇듯 '언어화(또는 형상화)'는 존재 자체를 생성시킨다. 위에 제시된 김현승의 시 「빛」의 2연에 나오는 주체의 행위 역시 그러한 맥락에서 이해할 수 있다.

따라서 '빛'은 '어둠'과 대위를 이루면서 "낡은" 그림자를 "새것"으로 바꾸어 준다. 이 '낡음 / 새로움' 역시 '소멸'과 '생성'을 표상하고 있는 이미지이다. 나의 가슴에는 '빛'의 불꽃을 태워 만든 '보석'의 결정(結晶)이 있고, '빛'은 충만하고, 원만하고, 넘쳐 흐른다. 그리고 다정하고 뜨겁게, 찬란하고 아름답게, 견고하고 총명하게, 냉각되지 않고 연소하는 생명이다. 따라서 '빛'이야말로 천상적 이미지 곧 신성(神聖)에 가장 가까운 실재이다.

그러나 서정적 주체는 "빛의 불꽃을 태워 만든 단단한 보석"이라는 표현에서 나타나듯이 다만 반영하고 반사하는 존재일 뿐이지 그 자신이 창조적 발광체(發光體)이지는 못하다. 따라서 우리로서는 '빛' 그 자체가 될 수 없고 '신'을 빼닮은 '빛'을 보고 다만 찬탄과 외경(畏敬)을 가질 수밖에 없다.

나의 肉體와 찔레나무의 그늘을 만드신

당신은,

보이지 않으나 나에게는 아름다운 詩人 …….

내 눈물의 밤이슬과

내 이웃들의 머금은 微笑와

저 슬픈 未亡人들의 눈동자를 만드신

당신은,

우리보다 먼저 오시어 詩로서 地上을 潤澤케 하신 이.

당신의 그 사랑과

당신의 그 슬픔과

그 보이지 않는 당신의 아름다운 얼굴에

나도 이제는 어렴풋이나마 肉體를 입혀

어루만지듯 나의 노래를 부릅니다.

— 「肉體」 전문

이 작품 안에서도 시인은 언어적 형상화가 대상을 새로이 생성시킨다는 시적 안목을 밝히 드러내고 있다. 보이지 않게 나의 '육체'와 나무의 '그늘', 그리고 '눈물'과 '미소'와 '눈동자'를 만든(시로서 윤택케 한) 창조자(신)의 역할과 역으로 그 신성적 존재의 사랑과 슬픔과 보이지 않는 얼굴에 육체를 부여하는 시인의 역할은 결국 같은 것이다. 이러한 '신 = 시인'의 등가적 인식은 창조자로서의 동렬(同列)도 참작이 되었겠지만, 기독교 사상에서 '말씀'으로 세상을 창조했다는 신의 역할이 시인이 언어화하여 사물에게 생명과 육체(형상)를 부여하는 것과 상사성(相似性)을 띠기 때문일 것이다.

내 마음은 마른 나무가지,
主여,
나의 머리 위으로 산까마귀 울음을 호올로
날려 주소서.

내 마음은 마른 나무가지,
主여,
저 부리 고운 새새끼들과,
蒼空에 誠實하던 그의 어미 그의 잎사귀들도,
나의 발부리에 떨어져 바람 부는 날은
가랑잎이 되게 하소서.

내 마음은 마른 나무가지,
主여,
나의 肉體는 이미 저물었나이다!
사라지는 먼뎃 종소리를 듣게 하소서,
마지막 남은 빛을 공중에 흩으시고
어둠 속에 나의 귀를 눈뜨게 하소서.

내 마음은 마른 나무가지,

主여,

빛은 죽고 밤이 되었나이다!

당신께서 내게 남기신 이 모진 두 팔의 형상을 벌려,

바람 속에 그러나 바람 속에 나의 간곡한 抱擁을

두루 찾게 하소서.

─「내 마음은 마른 나무가지」 전문

경건(敬虔), 구도, 번민의 복잡한 내적 회로를 겪고 있는 서정적 주체의 내면적 순례(巡禮)가 고백의 어조를 통해 곡진하게 전달되고 있는 일종의 '신앙시(信仰詩)'이다. 전체 구조는 매우 유사한 형태론적 일관성을 띠고 있어서 쉽게 읽히는 작품이다. "내 마음은 마른 나무가지"라는 언명(言明)이 각연의 허두를 차지하고 있고, 그 다음은 '주여 (…중략…) 하소서'의 기도조가 반복되는 구조를 취하고 있다. 전체를 통해 온전한 신앙인이 되기 위한 키에르케고르 식의 '단독자'를 연상시키고 있고, 인간 존재의 고독을 떠올리게 하고 있으며, 신에게 바치는 기도의 형식 안에 담긴 간절한 외침을 들을 수 있게 하고 있는 작품이다.

이 시의 표면에 드러나는 '기도'의 내용은 다음과 같다. '산까마귀의 울음을 호올로 날려 달라는 것', '새새끼들과 잎사귀들도 가랑잎이 되게 해 달라는 것', '사라지는 먼뎃 종소리를 듣게 해 달라는 것', '어둠 속에 나의 귀를 눈뜨게 해 달라는 것', '나의 간곡한 포옹을 찾게 해 달라는 것' 등이 그것이다.

원래 '산까마귀'는 정신적 방황의 상관물이며, 그 자체로 천형(天刑)의 이미지를 안고 있다. 그러나 앞서 살폈듯이 김현승의 시에서 '까마귀'는 독자적인 상징을 띠고 있다. 그것은 이 시인의 소망적 분신(分身)이며, 그 자체의 이미지가 '고독'을 환기하는 데 매우 알맞은 소재가 되기도 한다. 아무래도 이 시의 중심은 3연으로 모아질 터인데, 그것은 '마름, 저묾, 사라짐, 마지막 남음, 흩음' 등의 소멸 지향적 이미지를 그대로 받아들이고 승인하는 서정적 주체의 마음에 있다. 특히 서정적 주체가 열망하는 "어둠 속에 나의 귀를 눈뜨게 하소서"라는 간구는 모든 진리가 어둠 속에서 귀로 눈뜨는 과정에서 얻어진다는 역설적 인식을 담고 있다. 물론 이러한 인식이 '밝음 / 어둠' 또는 '사라짐 / 남음'의 이원적 대위구조의 해체와 통합이라는 김현승의 고유한 시적 방법론이 배태시킨 것만은 틀림없는 일이다. 마지막 연에서 서정적 주체는 기독교적 실존을 바탕으로 구도의 여정, 소명 의식을 보이며 시(기도)를 끝내고 있다.

이 작품을 두고 하나의 '기도'를 연상케 하는 작품으로 보고, 이 땅 위에서의 인간의 삶이 지닌 치열한 현실의 모습이 생략된 채 하늘로부터 주어지는 은혜의 뜻과 실감이 크게 반감된다[50]고 해석한 것은 타당해 보인다. 하지만, 김현승의 시를 두고 '기독교'라는 이념에 충실히 부합되는 세계로만 읽을 것이 아니라, 시인 자신의 내면에서 무수히 일고 무너지는 '관념적 진실'의 상에 주안점을 두고 읽는다면, '대위구조'라는 일관된 인식 속에서 이 시인이 줄기차고 완강하게 추구해 온 시적 경지를 새롭게 읽어 낼 수 있다고 보인다.

내가 가난할 때 ……

---

50 김주연, 「한국 현대시와 기독교」, 『현대문학과 기독교』, 문학과지성사, 1984, 116면.

저 별들의 더욱 맑음을 보올 때.

내가 가난할 때 ……
당신의 얼굴을 다시금 대할 때.

내가 가난할 때 ……
내가 肉身일 때.

은밀한 곳에 풍성한 生命을 기르시려고,
작은 꽃씨 하나를 두루 찾아
나의 마음 저 보라빛 노을 속에 고이 묻으시는

당신은 오늘 내 집에 오시어,
金銀 기명과 내 평생의 값진 道具들을
짐짓 門밖에 내어 놓으시다!

—「내가 가난할 때」 전문

이 작품은 그리스도가 유대 백성에게 하였다는 이른바 '산상수훈'과의 인유 관계가 비교적 명백한 시이다. "마음이 가난한 자는 천국이 너희 것이라"는 말처럼 이 시인의 마음은 철저히 '가난'을 지향한다. 이 '가난'이 '궁핍'이나 '핍절' 또는 '공허'와 같은 공동감(空洞感)과 다른 형질임은 말할 것도 없다.

마음이 '가난'하면, 별들의 맑음이나 당신의 얼굴을 밝히 볼 수 있으며, 내가 철저히 '가난'한 육신이었을 때, 오히려 당신(신)은 은밀한 곳에 풍성한 생명을 키우느라고 꽃씨를 묻는다. 그리고 그와 상극에 있는 값진 도구나 기명(器皿)들은 밖으로 추방해버린다. 마음이 '가난'하여 꽃씨 하나 잉태하는 마음이 교환가치가 지배하는 속악한 현실에서 할 수 있는 역설적 행위를 '당신'으로부터 받은 계시적 심상으로 형상화한 작품이다. 이 시 역시 '채우려면 비운다' 또는 '가지려면 버린다' 또는 '기르려면 내놓는다'는 역리(逆理)의 진실이 잘 보이는 작품이다.

이와 같이 김현승은 '사라짐'의 의미를 띠고 있는 것들에 '영원성'을 부여하는 통합적 상상력으로 범속한 '감상(感傷)'의 차원을 부정하고 끝없이 형이상적 관념의 세계를 보여주었고, 역설과 통합의 힘으로 대위항들의 경계선을 무너뜨리며 사물을 깊이 있게 읽어 낸 새로운 경지를 연 시인으로 평가할 수 있다.

5) '시간'의 주관화, '추억'과 '종점'의 이미지

원래 '시간'은 '지속성'과 '일회성'을 그 본질로 하는 물리적이고 객관적인 실체이다. 그러나 그것은 느끼는 사람의 '주관'에 의해서 모두 다르게 의미화될 수 있다. 누구는 시간이 너무도 짧게 지나가는 듯한 체감(體感)을 가질 수도 있고, 누구는 시간이 더디 가고 따라서 일종의 권태감에 빠질 수도 있다. 그와 같이 '시간'은 그것을 느끼는 주체의 삶이 견지하고 있는 긴장의 밀도만큼 의미화된다. 따라서 미래, 과거 및 현재는 동일한 시간적인 연속의 부분들이 아니고, 한데 뭉쳐서 현재의 이 순간을 구성하는 세 가지 방식일 뿐이다.[51]

김현승의 시에 줄곧 현출되는 시간관은 객관적 '역사(歷史)'와는 다른 '세월(歲月)'에 집중되어 있다. 김현승은 시간대를 달리 하며 벌어지는 '역사'적 사건에 대한 반응보다는 계절의 추이가 가져다주는 인생론적 성찰의 공간에 침잠하기를 즐기는 시인이다. 그렇기 때문에 그는 '고독'의 시간적 형식인 '추억(追憶)'에 잠길 때가 많고, 또 기억의 형식이 공간화된 상관물로 나타나는 '종점(終點)'을 그리워한다. 원래 전체의 역사 과정을 하나의 유기체적 통일(organic unity)로 설명하고, '시간'이야말로 신의 섭리와 의도가 관철되고 실현되는 구체적 장으로 인식하는 기독교적 시간관[52]과는 어쩌면 철저히 무관한 것이다.

수염을 깎는 비누 거품같이

窓들이나 헤어진 壁 위에

발려 있던 저녁 안개들……

밤이 깊어갈수록

뱃고동소리처럼 뿌옇게 四面으로 퍼진다.

이러한 밤에는

終點 附近이나 어디서 서성거리던 나의 버릇,

---

51 Otto Friedrich Bollnow, 최동희 역, 『실존철학이란 무엇인가』, 서문당, 1972, 130면.
52 이은봉, 「그리스도교의 시간관」, 『종교와 상징』, 세계일보사, 1992, 307~320면.

이러한 밤에 서울에 나리면,

곧 아내에게 편지를 쓰던 나의 버릇.

지금 골목과 골목들은

깊은 悔恨에 잠기고,

눈들은, 信仰을 위하여 다시 한 번 아름답고 고요하게 失明되어 간다.

山에서 진다는 하이얀 장미의 얼굴과 같이 …….

지금은 殺伐하던 街角도 부스러져 가고,

金屬性 燈불에도 입김이 흐리운다.

이러한 밤에는 哲學이란 굳은 빵 조각——

鍾路와 明洞은 시가아를 피우고 저으기 눈을 감는다,

그리고 귀를 기울인다!

무엇인가 오래인 동안 잊어버렸던 이 거리의 音響을 위하여,

마른 나무가지와 鋪道와 멀리서 들려오는 신발 소리도

조금씩은 눈물기와 信仰에 젖은 저 어렴풋한 音聲들을 위하여 …….

—「밤 안개 속에서」 전문

　이 시 역시 '눈(안개, 장미, 철학) / 귀(신앙, 음향, 소리, 음성)'의 대위에 기본 발상법을 빚지고 있다. 김현승의 시에서는 줄곧 '눈(시각)'보다 '귀(청각)'에 중점을 두는 영혼이 더 성숙하고 더 궁극에 가까이 가 있는 것으로 나타난다.

1연에서 보이는 수염을 깎는 비누거품과 저녁의 도시를 감싸고 있는 음습한 안개의 상동적 이미지는 감각적 이미지를 즐겨 쓰는 그의 익숙한 기법이다. 그것들은 외형적 유사성도 있기는 하지만 속성의 유비적(類比的) 관계 성립이 가능하다. 3연에서 시인이 헤매는 '종점 부근(終點 附近)'과 '골목'의 이미지는 원래 후미진 공간의 의미를 연상시킨다. 그러나 서정적 주체는 그곳에서 회한에 잠기고 연륜을 조용히 헤아릴 수 있는 여유를 얻는다.

"멀리멀리 흘러갔던 / 보라빛 구름들과 바다 거품으로부터 / 그만 나의 연륜(年輪)을 불러 들이자. // 나로 하여금 돌아오는 길목에 서게 하여 다오!"(「가을의 立像」)에서 보이는 '길목' 역시 위 작품의 '종점 부근'과 비슷한 이미지를 띠고 있는데, 그것은 '추억'이 공간화된 이미지이다.

사물의 '실재'를 꿰뚫는 '눈', 그것은 신앙을 위하여 아름답고 고요하게 '실명'되어야 한다. 참으로 묘한 역설이다. 모든 것(이제까지의 일체의 기성 감각 또는 논리)을 버려야 모든 것 너머에 있는 '실재'를 만난다는 것이다. 김현승의 시는 이렇듯 뒤로 갈수록 '시각'보다 '청각'적 진리 감득의 지향이 앞서간다.

"산 그늘도 하루를 / 半이나 남아 지웠네. / 오늘도 스틱을 휘청이며 걷는 종점부(終點附) … / 씀바귀 마른 잎에 / 바람이 스치는 / 나의 영혼 ── 식물성(植物性) 나의 영혼일세"(「영혼과 중년(中年)」)에서 보이듯이 '종점 부근'은 그에게 헤매는 이미지와 국외자(局外者)로서의 이미지를 주는 장소로 표상된다. 그것은 안개 덮이고 황혼이 지는 저물녘이라는 시간적 이미지와 상통한다. 그 시간과 공간의 이미지는 이 시인에게 어느새 빨리 흘러버린 세월을 느끼게 해주고, '중년(中年)'을 느끼게 한

다. 세월의 빠름과 중년의 서글픔을 그는 '추억'과 '종점'의 이미지로 형
상화한다.

잔디도 시들고

별들도 숨으면,

十二月은 먼 곳

窓들이 유난히도 다스운 달……

꽃다운 숯불들

가슴마다 사위어 사위어,

十二月은 보내는 술들이

갑절이나 많은 달……

저무는 해 저무는 달,

흐르는 時間의 고향을 보내고,

十二月은 언제나

흐린 저녁 終點에서 만나는

그것은 謙虛하고 서글픈 中年……

—「十二月」 전문

시가 가지는 세 가지 음성[53] 가운데 그 누구에게도 아닌 가장 개인적
인 목소리에서 들리는 애틋한 과거 지향적 음성이 있다. 물론 과거의

---

[53] T. S. Eliot, 최종수 역, 『문예비평론』, 박영사, 1976, 140면.

경험이 현재에 재생되고 이용되기 위해서는 현재의 어떤 계기 충동과 유사성을 필요로 한다. 경험을 재생할 수 있다는 것은 언제, 어디서, 어떻게 그것이 일어났는가를 기억하고 있다는 것은 아니다. 오히려 그 특별한 정신 상태를 이용할 수 있는 상태로 지닌다는 것을 의미한다.[54]

'십이월'은 1년이 마감된다는 의미에서 '마지막'이고 또 할 수 없이 한 해의 '시작'을 잉태하는 전경(前景)이기도 하다. 마치 '밤'이나 '이별'처럼 '소멸'과 '생성'을 동시에 안고 있는 것이다. 그래서 '십이월'은 "잔디가 시들고 / 별들도 숨"고, "숯불들 / 가슴마다 사위"는 "저무는 달"이다. 한편 그것은 "창들이 유난히도 다"숩고, "흐르는 시간의 고향을 보내고 / 흐린 저녁 종점에서 만나는 / 겸허하고 서글픈 중년"의 이미지를 띠고도 있다. 세월의 빠름 곧 '시간의 속도'는 이 시인에게 또 하나의 역설을 예비케 한다.

    푸른 잎새들이 떨어져 버리면,

    내 마음에

    다스운 보금자리를 남게 하는

    時間의 마른 가지들……

    내 마음은 사라진 것들의

    푸리즘을 버리지 아니하는

    寶石箱子 ——

---

54 I. A. Richards, 김영수 역, 『문예비평의 원리』, 현암사, 1978, 241면.

사는 날, 사는 동안 길이 매만져질,

그것은 변함없는 時間들의 結晶體!

지향없는 길에서나마,

더욱 오래인 동안 머물었어야 했던 일들이

지금은 애련히 떠오르는,

그것은 내 마음의 오랜 도가니 ── 이 질그릇 같은 것에

낡은 무늬인 양

눈물과 얼룩이라도 지워 가고자운 마음,

모든 것은 가고 말았구나!

더욱 빨리 …… 더욱 아름다이 ……

―「古典主義者」 전문

'빨리 간 것은 아름답다는 것' 이것이 김현승이 말하는 또 하나의 시적 역설이다. 지나간 것들, 한마디로 '추억'을 노래하는 것은 가장 보편적인 시적 주제의 하나인데, 그것은 시간적인 거리감이야말로 가장 중요한 미적 계기의 하나가 되기 때문이다. 시간적인 거리감이 미적 계기가 되는 것은 우리의 이중적인 심미적 태도에 기인하는데, 그것은 첫째, 먼 시간적 거리의 여과에 의해 과거의 이미지들은 추함과 미움을 잃어버림으로써 우리는 그것들을 사랑하지 않을 수 없게 되며 둘째, 그 이미지들이 그렇게 흐릿해졌기에 우리의 상상력은 자유롭게 그것

들을 아름답게 꾸미려고 하기 때문이다.

　사라진 것들이 ‘내 마음에 / 다스운 보금자리(로) 남게’ 되고 ‘내 마음(이) 사라진 것들의 / 푸리즘을 버리지 아니하는 / 보석상자’인 것은 바로 이 때문이다. 그리하여 한 발짝 더 나아가 서정적 주체는, 역설적으로 ‘더욱 빨리’ 갔으므로 ‘더욱 아름답다’고 말할 수 있었을 것이다. ― 더욱 빨리 간 것은 더욱 멀리 가 있을 터이기 때문이다.[55] 따라서 “사라진 것들의 / 푸리즘을 버리지 아니하는 / 보석상자”는 바로 “변함없는 시간들의 결정체”가 된다.

　　어제,

　　그 時間을

　　비에 젖은 뽀오얀 窓 밖에 넣어 보자.

　　어제,

　　그 時間 옆에

　　멀리 검은 나무를 심어 두자,

　　오랜 그늘을 지키는……

　　어제,

　　그 時間을

　　정한 눈물로 닦아 두자,

　　내게는 이제 다른 寶石은

55　곽광수, 「사라짐과 영원성」, 『김현승―한국현대시문학대계 17』, 지식산업사, 1982.

빛나지 않으려니 ……

— 「어제」 전문

　‘시간’은 원래 일차원적인 직선적 줄기를 본성으로 한다. 따라서 그
것은 ‘어제-오늘-내일’이라는 일직선상에 나란히 순서대로 위치한다.
위의 시에서 서정적 주체는 ‘어제’라는 시간을 두고 “비에 젖은 뽀오얀
창 밖에 넣”기도 하고, “그 시간 옆에 / 멀리 검은 나무를 심”기도 하고,
“그 시간을 / 정한 눈물로 닦아 두”기도 한다. 그것은 그에게 다른 것이
없는 소중한 ‘보석’이 되기 때문이다. 이때 역시 김현승에게 ‘눈물’은 한
(恨)의 표상이 아니다. 정화 또는 승화(昇華)의 의미를 띨 뿐이다. 그것
은 삭임과 승화를 통해 영적 희열로 갈라드는 역리의 매질로 그 역할
을 다한다. 따라서 ‘어제’는 ‘내일’로 이어진다.

　이와 같은 시간 인식은 “내일(來日), / 오랜 역사(歷史)보다도 / 내일(來
日)만이 진정 우리가 피고 가는 / 풍성한 흙이 아니냐?”(「내일(來日)」)에
서도 이어지는데, ‘오랜 역사’라는 추상적 시간보다도 구체적으로 다가
올 ‘내일’만이 오히려 우리가 진정으로 피고 가는 풍성한 흙(토양)이라
는 인식은 그의 시간에 대한 생각을 말해 준다.

　“지금은 폐회(閉會)와 귀로(歸路)의 시간 …… // 우리의 마음들은 벌
써 낙엽(落葉)이 진다. / 우리의 마음들은 남긴 것 없음을 / 이제는 서러
워한다. / 지금은 먼 길을 예비할 때 —— / 집 없는 사람들 돌아와 집을
세우는, / 지금은 릴케의 시(詩)와 자신(自身)에 / 입맞추는 시간(時間)
……”(「가을이 오는 시간(時間)」)에 보이는 ‘폐회와 귀로의 시간’ 역시 그 원
뜻으로만 살핀다면 상실의 아쉬움에 젖는 시간이고, 끝나버린 길목에

서 회한을 되새기는 시간인 것이다. 그러나 김현승의 사유에서 그것은 곧 '상실'에서 '생성'으로 전화(轉化)되는 시간이기도 하다.

따라서 서정적 주체가 "남긴 것 없음을 이제는 서러워"하는 것은 "먼 길을 예비할 때"라는 시간 의식 때문인데, 끝남이 끝나는 것으로의 '종료'의 의미가 아니라 '영원'과 연결되는 계기라고 인식하고 있는 것이다. 릴케는 "집이 없는 사람은 이제는 집을 짓지 않습니다(Wer jetzt kein Haus hat, baut sich Keines mehr)"라고 하여 정신적 귀의처를 상실한 소외 의식을 보였지만, 김현승은 "집 없는 사람들 돌아와 집을 세우는" 귀의처를 제공하고 있는데, 그것은 서정적 주체가 절망하는 것이 아니라 구원의 소망을 피력함을 말해주는 것이다.

南쪽에선
果樹園의 林檎이 익는 냄새,
西쪽에선 노을이 타는 내음……

산 위엔 마른 풀의 향기,
들가엔 장미들이 시드는 향기……

당신에겐 떠나는 향기,
내게는 눈물과 같은 술의 향기

모든 肉體는 가고 말아도,
풍성한 향기의 이름으로 남는

傷하고 아름다운 것들이여,

높고 깊은 하늘과 같은 것들이여 ……

—「가을의 香氣」 전문

　빨리 가는 것일수록 아름답게 남는다는 '추억'의 이치를 모른다고 하더라도 이 시의 '시간 의식'은 독자적이고 매력적이다. 능금이 익고, 노을이 타고, 풀이 마르고, 장미가 시드는 것은 모두 '소멸'의 이미지이지만 그 자체로도 충분히 아름답고 매력적인 모습이다. 마치 최후의 불꽃처럼 아름다운 것은 '소멸'과 동시에 '생성'되는 것이 아닌가 하는 상상력이 김현승에게는 집요하게 일어나는 것이다. 따라서 "모든 육체(肉體)는 가고 말아도 / 풍성한 향기의 이름으로 남는 / 상(傷)하고 아름다운 것들이여 / 높고 깊은 하늘과 같은 것들이여 ……"라고 노래할 수 있는 것이다.

　그리고 그와 같은 시간 의식은 "지금은 기적(汽笛)들을 해가 지는 먼 곳으로 따라 보내소서. / 지금은 비둘기 대신 저 공중(空中)으로 산까마귀들을 / 바람에 날리소서. / 많은 진리(眞理)들 가운데 위대(偉大)한 공허(空虛)를 선택하여 / 나로 하여금 그 뜻을 알게 하소서. // 이제 많은 사람들이 새 술을 빚어 / 깊은 지하실(地下室)에 묻을 시간(時間)이 오면, / 나는 저녁 종소리와 같이 호올로 물러가 / 나는 내가 사랑하는 마른 풀의 향기를 마실 것입니다"(「가을의 시(詩)」)에서도 "소멸되는 것이 아름답다"는 인식으로 이어진다. 김현승이 자신의 시 속에서 다루는 시간적 배경은 단연 '가을'이 많은데, '가을'이라는 시간은 대개 두 가지 모순된 속성을 공유한다. 하나는 '소멸'의 이미지이고 또 하나는 '열매와 성숙(풍요)'

의 이미지이다. 「가을의 시」는 앞에서 살핀 바 있는 「가을의 기도」와 연작의 형식으로 씌어진 작품인데, 역시 릴케의 흔적이 역시 강한 작품이다. 이 시는 「가을은 눈의 계절」과도 연맥된다고 할 수 있다.

'비둘기 / 산까마귀'의 대위, 그 안에서 "위대한 공허"(그 자체가 역설이다)를 꿈꾸는 그에게 "많은 사람들이 새 술을 빚어 / 깊은 지하실에 묻을 시간"은 '저녁 종소리'를 듣고 '마른 풀(나무가지의 변주)의 향기'를 마실 수 있는 중요한 시간이다.

가을은

술보다

차 끓이기 좋은 시절 ……

갈까마귀 울음에

산들 여위어 가고

씀바귀 마른 잎에

바람이 지나는,

南쪽 十─月의 긴 긴 밤을,

차 끓이며

끓이며

외로움도 향기인 양 마음에 젖는다.

―「無等茶」 전문

이 시는 단형의 시형 안에 '선미(禪味)'가 고아하게 풍겨 나오는 작품이다. 정지용의 「인동차(忍冬茶)」와 비교해 봄직한 작품이다. 또 다른 그의 작품 「겨울 실내악(室內樂)」이나 「다형(茶兄)」과도 유사한 작품이다. '술 / 차'의 이원적 구조는 그의 다른 시에서는 보기 드문 구도인데, 그는 세상사의 번쇄한 욕망의 그림자를 '술'에다 붓고 그것을 메마르게 걸러 낸 결정물을 '차'로 비유하고 있다. 따라서 그의 '가을'은 '차'에 어울리는 계절이다. 어느새 '외로움'은 그 자체로 '향기'를 내뿜는 것이 된다.

이와 같이 김현승은 세월의 빠름 속에 자신이 가장 아름답다고 느끼는 것을 '추억'(시간화)과 '종점'(공간화)이라는 형식을 통해 형상화한 시인이다. 그러한 이중적 모순을 통합할 수 있는 가장 좋은 계절적 속성을 가지고 있는 것이 '가을'이고, 그 가을 안의 '사색'이고, 사색에 수반되는 '차(茶)'이다.

6) 양심과 개결성, 자기 탐구의 시학

'새벽'이나 '신성(神聖)'을 곧 밝고 긍정적인 세계를 끝없이 지향하는 영혼이 세속의 질서에 초연하면 초연할수록 그 영혼은 '가벼운 것'이 되기 쉽다. 그것은 세속적 때를 묻히지 않기 때문에 더욱 투명하게 빛날 수는 있지만 삶의 무게를 의도적으로 덜어 낸 만큼 가볍고 비현실적인 것이 되기 십상인 것이다. 거기에 '개결성(慨潔性)'이라는 가치 범주가 긴요해지는데, 왜냐하면 영혼의 투명성과 가벼움은 세속을 원천적으로 등지면 등질수록 그 자체로 물신화(物神化)되기 때문이다. 따라서 한 시인이 견지하고 있는 투명하고 맑은 시심에 비추어, 자신이 구체적으로 처해 있는 조건 곧 '사회 현실'이 그렇지 못할 경우 내뿜을 수 있는 정당한 자질은 '냉소(冷笑)'나 '도덕적 우월 의식'이 아니라 '양심'과 '개결성'이라고 할 수 있을 것이다.

김현승이 누려온 '가을', '고독', '기독교', '기도'의 시인이라는 별칭이 내포하지 못하는 시세계가 바로 이러한 세계일 것이다. 물론 그의 시 세계 전반에 비추어 '4·19혁명'이라는 결정적인 정치사적 분수령의 어간에서 한시적(限時的)으로 열정적 목소리를 내뿜은 것이기는 하지만, 우리로서는 그것이 일시적으로 분출된 김현승의 우발적인 성향이라기보다는 그의 일관된 시적 관심이 사회를 향하고 자신을 향할 때 얻어진 필연적인 시적 경향이라고 본다.

모든 것은 나의 안에서
물과 피로 肉體를 이루어 가도,

너의 밝은 銀빛은 모나고 粉碎되지 않아,

드디어는 無形하리만큼 부드러운
나의 꿈과 사랑과 나의 秘密을,
살에 박힌 破片처럼 쉬지 않고 찌른다.

모든 것은 燃燒되고 醉하여 燈불을 향하여도,

너만은 물러나와 호올로 눈물을 맺는 달밤……

너의 차거운 金屬性으로

오늘의 武器를 다져가도 좋을,

그것은 가장 同志的이고 격렬한 싸움!

—「良心의 金屬性」 전문

　서정적 주체와 그가 몸담고 있는 사회의 관계에서 빚어지는 주체의 태도를 문제 삼은 작품이다. 곧 공동체 성원이 가지는 '연대 의식'의 핵심인 '양심(良心)'을 '너'로 의인화하여 그 이미지를 '무기'와 같은 차가운 '금속성(金屬性)'으로 형상화하고 있다. '양심'은 사실 자기 자신의 윤리적 행동을 규율하는 근원적 원리인데, 그것은 사회적 자아의 윤리성과 결부될 수밖에 없다.

　1연에서처럼 모든 것이 변해 가더라도 서정적 주체의 '양심'만은 분쇄되지 않는다. 그것은 나의 '비밀'을 쉴 새 없이 찌르는데, 그 '비밀'이란 느슨해지는 자아, 또는 '양심'과는 대척점으로 줄달음치는 자아, 현실에 투항하자고 볼 멘 소리하는 자아 등이다. 따라서 '양심'을 지키는 것은 '가장 동지적이고 격렬한 싸움'인 것인데, 여기서 그 흔한 "가장 오래된 친구가 적(敵)이다"라든가 "오래된 적(敵)은 이미 친구이다"라는 역설을 새삼 떠올릴 필요도 없이, 그것은 참으로 힘들고 자랑스러운 싸움인 것이다. 따라서 이 시인에게 '양심'이라는 것은 금속성을 가진 무기(武器)이자 스스로를 다칠 수도 있는 자해(自害)의 기제이기도 한다. 따라서 가책적 성격을 정조로 하는 이 작품은 이상주의자로서의 그의 모습을 보여 준다. 그 도덕적 이상주의는 '자학(自虐)'을 넘어서 진지하고 성실한 '자성(自省)'의 태도를 불러온다.

그러나 우리가 한 가지 주의해야 할 것은 그의 '양심'이라는 것이 자아의 '태도(attitude)'의 문제일 뿐이라는 것이다. 따라서 이 시인이 시 안에서 미메시스적 핍진성을 추구한다든가 '전형'이니 '전망'이니 하는 리얼리즘적 창작 원리를 원용할 가능성은 전혀 없는 것이다. 그에게 시는 외계(外界)를 향한 적극적이고 참여적인 발언이라기보다는 자신의 내면을 향한 '자기 탐구'의 일환일 뿐이기 때문이다. 시적 자아와 도덕적 자아와의 일치를 향한 끊임없는 '자기 탐구'가 김현승의 '고독'이 성채 안에 갇힌 박제품이 아님을 말해 준다. 그것은 "순수가치를 추구하고 실현하는 인간의 인간다운 기본정신을 가지지 않고 그 아무리 위대한 구체적인 정신과 사상을 추구한들 그것이 무슨 보람과 의의가 있을 것이며 또 그러한 시가 어떻게 인간의 참된 양식이 될 수 있으며 남의 마음에 호소하는 힘을 가질 수 있을 것인가. 나는 인간으로서는 단점도 많지만 시에서만은 시를 쓸 때만은 참되고 정의롭고 양심적이려고 한다. 이러한 수련으로써 나의 인간까지도 점차로 순수로 연단될 수 있으리라는 기대를 스스로 가져 보는 것이다"[56]라는 이 시인의 발언 속에서도 그대로 나타난다.

따라서 이 시인에게 '양심'을 지키는 것은 곧바로 인간성을 옹호하는 것으로 전이된다. '옹호자'로서의 시인 그것은 '비판적 지성'으로서의 시인과 정반대이지만 그것들은 어차피 같은 뿌리로부터 흘러나오는 맑은 영혼의 다른 이름이다.

---

56 김현승, 「인간다운 기본정신」, 『현대문학』, 1964.9, 42면.

말할 수 있는 모든 言語가

노래할 수 있는 모든 선택된 詞藻가,

疏通할 수 있는 모든 침묵들이,

枯渴하는 날,

나는 노래하련다.

모든 우리의 無形한 것들이 허물어지는 날

모든 그윽한 꽃향들이 解體되는 날.

모든 信仰들이 立證의 칼날 위에 서는 날

나는 擁護者들을 노래하련다!

띠끌과 常識으로 충만한 거리여!

數量의 허다한 信賴者들이여.

모든 사람들이 돌아오는 길을

모든 사람들이 結論에 이른 길을

바꾸어 나는 새삼 떠나련다.

아로사긴 象牙와 有限의 층계로는 미치지 못할

구름의 사다리로 꿈의 사다리로.

보다 광활한 世界를 가련다!

싸 — 늘한 蒸溜水의 時代여.

나는 나의 우울한 血液循環을 노래하지 아니치 못하련다.

날마다 날마다 아름다운 抗拒의 고요한 흐름 속에서

모든 躍動하는 것들의 旋律처럼

모든 前進하는 것들의 수레바퀴처럼

나와 같이 노래할 擁護者들이여!

나의 同志여 오오 나의 진실한 친구여!

— 「擁護者의 노래」 전문

시와 삶의 적대적 갈림길에서 갈등하고 있는 서정적 주체에게 한 시대를 향한 울분은 정직한 지사적 개결성으로 표출된다. 이 시는 '4·19'라는 민족사적 분기를 이루는 사건을 목도(目睹)하고 그 울분과 의지를 노래하는 작품이다.

1연에서 서정적 주체는 현상계의 삼라만상을 환기시키는 '모든'이라는 관형어를 반복해 써 가면서(그것은 이 시 전반적인 특성이다) 모든 '언어'와 '사조'와 '침묵'들마저 고갈되는 날, 옹호의 '노래'를 부르리라고 말한다. 마치 '길이 끝난 곳에서 길이 시작되'듯이, 모든 언어적 형식들이 고갈되면 진정한 '노래'가 시작된다는 역설이다.

모든 '무형한 것들'이 해체되고, '신앙'마저 위기에 서고, '싸늘한 증류수' 같은 이 시대에 서정적 주체는 인간성을 옹호하는 사람들과 동지적 애정을 묶어 약동하는 선율처럼, 전진하는 수레바퀴처럼 노래하리라는 의기를 나타내고 있다. 수많은 느낌표와 돈호법 그리고 무수히 반복되는 '모든'이라는 수사(修辭)가 이 시인의 절박하고 선명한 지향을 말해주고 있다.

이 시는 "예술가가 환상적이거나 유토피아적 시각을 갖고 그의 개인적 충동을 표현한다든지 일반적인 인간 욕구를 서술하는 것조차도 역사적으로 확정된 것이며, 그것은 어떤 지배적인 실재에 필연적으로 연결된 것"[57]이라는 견해를 승인한 위에 우리에게 참의미로 다가올 수 있다. 이 작품에서는 그의 '종교적 상상력'이 싸늘한 증류수의 시대를 질타하는, 마치 구약 시대의 선지자들과 같은 사명감[58]을 가지고 목소리를 높이는 형상으로 나타난다. 이런 면에서 종교 문학의 속성 중의 하나를 '신앙적 앙가주망'의 문제로 설정한 김희보의 언급[59]은 종교 문학의 외연(外延)을 넓히고 탄력을 부여할 수 있는 뜻 깊은 시사를 던졌다고 할 수 있는데, 김현승의 경우도 이와 같은 맥락에서 부정적인 현실을 질타하는 예언자적 지성의 모습을 현현시킨다. 일종의 '선민의식(選民意識)'이라고 볼 수도 있을 도덕적 염결성이 이 시에 잘 나타나 있다.

"물질에 유린된 정신의 고귀를, 유형에 압도된 무형의 풍성함을, 양에 짓밟힌 질의 가치를, 실증보다 명확한 신앙을 옹호하고, 전진의 이름으로 후퇴를 거듭하는 현대의 경박을 규탄한 노래"[60]를 부르고 싶어 하던 김현승은 죄악에 물든 현실에 대해 자기 스스로 '양심'을 가지고 버티는 것을 소중히 여기고 있는 것이다. 이것이 탈현실적 순응주의로 나아가지 아니하고 치열한 '자기 탐구'를 거친 개결성으로 나타난다는 것은 그가 지향했던 '신성'의 내용이 공허한 관념이 아니라 언제나 인간적 진실로 번역될 수 있는 현실에 대한 능동적 역류(逆流)였던 것으

---

57 Lucien Goldmann, 박영신 외역, 『문학사회학 방법론』, 현상과인식, 1984, 41면.

58 양왕용, 「김현승 제2기 시와 기독교 사상」, 『문학과 종교』 창간호, 한국문학과종교학회, 1995, 391면.

59 김희보, 『한국문학과 기독교』, 현대사상사, 1979, 234~237면.

60 「고요한 면을 지닌 「눈물」」, 193~194면.

로 판단할 수 있다.

'싸늘한 증류수의 시대' 이는 곧 모든 고정적인 질서와 보통 범할 수 없는 것으로 믿어 오던 모든 가치가 의심스러운 것으로 드러난 시대이며, 그리고 상대주의가 이미 외로운 사고의 일거리가 아니고 바로 생활 질서를 분해하기 시작한 시대[61]이다. "「눈물」과 같이 고요한 면이 있는가 하면, 그와는 반대로 사회정의를 강조하고 실현코자 하는 정열적인 기질도 다분히 가지고 있다"[62]는 그의 고백을 경청할 때, 우리는 그의 신앙이나 철학적 통찰이 지식인의 양심과 공고하게 연대해 있다는 것을 알 수 있는 것이다. 그것은 다음과 같은 시사시(時事詩)를 낳는 원동력이 되기도 한다.

> 우리는 일어섰다!
>
> 쓰라린 눈물과 어제 위에 남긴 동지들의 발자국——
>
> 자유에의 거치른 이정표와
>
> 해마다 피어나는 핏빛 진달래—— 그네들의 復活과
>
> 그네를 지키는 天國의 영원한 그네의 祖國을 위하여,
>
> 우리들 젊은 智慧의 눈동자는 총부리와 같이 겨누고 있다.
>
> 어둠을 깨뜨리는 새벽 — 1960년의 저편을 향하여 …
>
> —「우리는 일어섰다」 중에서

> 우리의 고요한 절규가

61 Otto Friedrich Bollnow, 최동희 역, 『실존철학이란 무엇인가』, 서문당, 1972.
62 「고요한 면을 지닌 「눈물」」, 192면.

고요한 마음 진흙 깊이

서서히 가라앉을 때

우리의 기쁨이

기쁨의 불꽃에 재가 될 때

우리는 自由를 얻는다.

—「自由의 糧食」 중에서

이와 같은 그의 시심(詩心)은 그의 관념이 공소성에 그치지 않고 끊임없이 인간적 삶과 정서를 탐구해 들어간 진실성을 가지고 있음을 증명해 준 것이다. 그의 이 같은 경향은 "순수(純粹)란, / 자기의 처지(處地)와 동포(同胞)의 문제(問題)를 / 한 줌의 흙을 사랑하듯, // 씨를 뿌리며 / 꽃나무를 가꾸는 마음 ……"(「순수(純粹)」)이라는 구절에서 잘 나타난다.

아도르노의 지적대로 '서정시'는 순수하면 순수할수록 사회에서 일고 무너지는 '불화(不和)'의 순간을 그 자신에 내포한다[63]고 할 수 있다. 따라서 모럴리스트들은 자신이 추구하는 이상을 실현하려고 하는 행위 그 자체 속에 자신의 존재 근거를 두며, 그 속에서 무너져 가는 세계와 자기 자신을 지탱하는 것이다.[64] 그럴 때 김현승에게 '순수'는 '증류수' 같은 무미건조하고 자족적인 '순수주의'가 아니라 "자기의 처지와 동포의 문제를 한 줌의 흙을 사랑하듯" 하는 정성스런 마음인 것이다.

"한 시인이나 작가가 그의 작품을 통하여 사회의 부조리나 불의를

---

63 김주연, 「아도르노의 문학사회학」, 『예술과 사회』, 민음사, 1979, 189면.
64 James D. Wilkinson, 이인호·김태승 역, 『지식인과 저항』, 문학과지성사, 1992, 429~457면 참조.

비평하고 고발하는 것은 어떠한 선행된 목적이 있어서 그가 처하고 있는 사회를 파괴하고 혼란케 하려는 행위가 아니다. 그것은 생명에 대한 진실한 비평으로부터 나오게 되는 창작 행위인 것이다. 즉 어떻게 사는 것이 옳고, 어떻게 사는 것이 그른가를 판단하여 보다 옳은 생활로 사회를 인도하기 위하여 작가의 창작 행위는 그 순수한 주제를 에워싸고 집중되는 것이다[65]"라는 발언처럼 그에게 진정한 '순수'는 '참여'의 대극에 서 있는 것이 아니라, "생명에 대한 진실한 비평"의 정신에서 나오는 것이다. 그와 같은 시인의 마음속에 나란히 병존하며 추구되고 있는 가치가 바로 "신성(神聖)과 자유(自由)"이다.

봄빛이 스머드는 썩은 원수의 살더미 속에
彈痕을 헤치고 新生하는 金屬의 거리와 廣場들에
復活을 의미하는 참혹한 마지막 時間에
일으켜야 할
神聖과 自由이다.
………

오오, 地上의 가장 아름다운 收穫이여,
너를 위하여 흘릴 우리들의 피는
아직도 東西南北에 넉넉히 출렁이고 있다.
意慾은 出發의 북소리처럼 팽창하고,
새 아침이 열리는 곳 —— 굽이도는 海岸線가 저 山脈들

---

65 김현승, 「참여문학의 진의」, 『김현승─한국현대시인연구 10』, 문학세계사, 1993, 100면.

그리고 아득한 地平線마다

그윽이 울리는 生命있는 것들의 合唱 소리도 그러하다!

일찍이 未來를 땅 위에 가져 오던 正確한 눈으로 바라보라,

이글거리는 저 太陽의 光彩와 熱意도

오늘은 그것을 더욱 밝히 보여 주는

거꾸로 터오르는 하늘의 心臟이 아니냐!

—「神聖과 自由를」 중에서

김현승이 취한 참여의 근원적 힘은 '신성'과 '자유'에 대한 열정과 희구라고 할 수 있다. "시인만큼 그 사회 안에서 이상을 동경하고 이상에 접근하려는 철부지도 없을 것이다. 문학은 이 이상의 척도로써 사회 안의 온갖 불합리와 불의를 비평하고 묘사하지 않을 수 없다. 이와 같은 정의와 용기가 기개를 가진 시인이나 작가가 그 나라와 그 사회 안에 많으면 많을수록 그 나라와 그 사회의 앞날은 복스럽고 다행할 것이지 결코 불행하거나 위태롭게 되지는 않을 것이다"[66]라는 그의 인식은 이 속악한 프로메테우스의 세계에서 그에게 그 두 가지 모순된 영역(자유 / 신성)의 탐구를 계속하게 하였다. 그의 제자였던 한 시인의 발언은 그것을 그대로 말해 준다. "선생에게 있어 추구된 민족 현실과 사회 정의에 관한 명제는, 거의 체질화된 기독교 정신의 견고성 못지 않게 중요한 의미를 가진다. 그것은 자세히 살펴보면 어떤 경우에도 기독교의 이상과 서로 떼어놓고 생각할 수 없을 만큼 깊은 관련과 조화

---

[66] 위의 글, 같은 면.

를 이룬다."[67]

　이와 같이 김현승은 자신의 기준에 어긋나 있는 '사회 현실'에 대해 준열한 질타와 비판을 가하며 자신의 태도를 가다듬는 '자기 탐구'의 방법론으로서 '양심'과 '개결성'을 지켜간 시인이라고 할 수 있다.

7) 보유

　여기서는 전집에 실려 있지 않은 작품으로서 최근 발굴된 김현승의 시편 「시련이 더욱 가혹할지 모르지만—1952년을 위하여」를 살펴보자.

그렇게도 조급히 달려간 전우들의 무덤을 지나,

아아, 그렇게도 더욱 체온이 스며든

산 그림자를 넘어, 밝아오는

1952년은, 1951년에 받은 시련보다

그 길이 더욱 가파로울지도 모르지만,

원수들의 가슴탁에 '탱크'를 굴리며

아아, 그렇게도 멀던 땅, 저 지평선 위에 솟는

1952년은, 1951년에서 받은 시련보다

그 길이 더욱 더 멀지도 모르지만,

67　이성부, 「김현승 선생의 생애와 문학」, 『고독과 시』, 지식산업사, 1977.

허물어진 초토 위에 또 다시 폭탄을 묻는

판문점의 부당한 회담 속에서,

흥분된 이 거리의 벽을 향하여 비추는

1952년은, 1951년에서 받은 시련보다

그 바람이, 그 물결이 더욱 더 사나울지도 모르지만,

아니, 한 성(城) 밖에 나아가 다른 하나의 성 안을 내어줌은

밀려오는 원수들의 사나운 발을

언덕으로부터 끌어내려,

바다와 또 바다 속으로 몰아넣기 위한……,

아니, 원수의 땅 앞에 엎드려

작은 참호를 파헤침은,

보다 많은 원수의 무덤들을

침략의 성 앞에 쌓아올리기 위한……,

오로지 그러한 시련 속에서만

오로지 그러한 시련 속에서만 그러나,

해마다 전진하는 자유의 세계!

해마다 다져지는 승리의 마음!

어느 때 어느 곳에서나 원수의 궁전보다

자유의 초토를 더 사랑할 수 있는

정금(正金) 같은 아아, 그네들 마음에,

오라! 새로운 전우 ― 1952년의 빛나는 아침이여,

'아폴로'의 은빛 화전(火箭)을 메고,

오라! 우리들의 대오 ― 자유진영에,

너는 벌써 아름다운 미래는 아니고나!

너는 벌써 우리와 함께 포연 속을 걷고 있는,

너! 1952년은, 자유에 바치는

또 하나의 용감한 신래병(新來兵)!

또 하나의 용감한 신래병(新來兵)!

― 「시련이 더욱 가혹할지 모르지만―1952년을 위하여」

(『국방』 제11호, 국방부정훈국, 1952.3.1)

이 시편은 『국방』 제11호에 실렸다. 『국방』은 국방부정훈국에서 발행한 월간지로서, 이 시편은 3·1절 특집으로 간행된 1952년 2, 3월 합병호에 게재되었다. 발행일은 1952년 3월 1일로 되어 있는데, 이때는 한국전쟁이 몇 차례의 절정을 지나고 어느 정도 소강상태에 들어선 시기라고 할 수 있다. 『국방』 1952년 2, 3월호는 급박하게 전개되는 전황의 보고나 해석보다는 '3·1절 기념'이라는 역사적 취지를 앞세우고 있고 자연스럽게 책 표지에는 태극기와 독립문의 모습이 선명하게 그려져 있다. 『국방』의 편집 겸 발행인은 당시 국방부 제2국장이었던 이한림(李翰林)이다. 그는 신경군관학교를 졸업하고 일본육군사관학교에 유학한 뒤 만주군 장교로 복무한 이력을 가지고 있고, 박정희와는 신경군관학교와 일본육사를 같이 다닌 동기이다. 박정희의 5·16군사정

변 때 그는 군의 정치 개입을 반대하여 박정희 세력과 대척점에 섰지만 1963년 이후 박정희의 강력한 요청에 따라 제3, 4공화국에서 여러 공직을 역임하였다. 『국방』의 인쇄인은 김시달(金是達)이다. 그는 서울에서 대구로 피난한 선광인쇄주식회사를 운영하여 성공한 사람이다. 선광인쇄주식회사는 백석의 유일 시집 『사슴』(1936)을 펴낸 바로 그 인쇄소다. 이 인쇄소는 화신백화점 사장 박흥식이 세워 『사슴』 출간 당시에는 박흥식의 비서 출신인 박충식(朴忠植)이 인쇄인으로 있었고, 한국전쟁 때는 김시달이 인쇄인으로 있었다. 『국방』은 이러한 인적 구성으로 피난지 대구에서 국방부가 발행한 정훈 잡지였던 셈이다.

김현승이 38세가 되던 1950년 8월 광주에서 목회를 하던 아버지가 돌아가신다. 그는 1951년 4월 조선대학교 교수로 취임하였고, 1953년 5월에는 지역 문인을 중심으로 동인지 『신문학』을 창간하고 그 주간을 맡는다. 그는 당대 문인들이 택하였던 '종군' 방식을 피하였고 역사의 커다란 물줄기와는 외딴 곳에서 창작을 해왔던 것이다. 이 시편은 그가 광주에서 교편을 잡고 광주 지역 문인들의 구심이 되어 있던 시기에 발표된 것으로서, 전쟁의 외딴 곳에 있던 그에게까지 당시 전쟁이 얼마나 가파른 냉전적 감각으로 밀려왔는지 하는 실물감을 전해준다. 이제 작품을 한번 들여다보자. 제목은 '시련이 더욱 가혹할지 모르지만—1952년을 위하여'이다.

전쟁 때문에 너무도 일찍 숨을 거둔 전우들의 무덤을 지나, 그 체온이 스며든 산 그림자를 넘어, 1952년 새해는 밝아온다. 하지만 시인은 그 새해가 지난해보다 더욱 가파르고 갈 길이 먼, 그리고 바람과 물결이 더 사나운 시련을 받을지도 모른다고 예감한다. 그 예감은 '원수 /

탱크/초토/폭탄'이라는 끔직한 현장성의 연쇄와 "판문점의 부당한 회담"이라는 역사적 기표로 둘러싸여 있다. 여기서 시인이 부당하게 여기는 '판문점 회담'이란 무엇일까. 주지하듯 '판문점'은 전쟁 전에는 궁벽한 곳이었지만 1951년 10월 25일 휴전 회담이 열리면서 주목을 받기 시작한다. 휴전 회담은 1951년 7월 개성에서 시작되었지만, 중립 지대로 결정된 회담 장소가 양측 공방으로 위협을 받게 되자 그해 9월 6일 판문점으로 회담 장소를 옮기게 된다. 그 판문점에서 1953년 7월 27일 북한-중국과 UN군 간에 전문 5조 36항으로 된 휴전 협정이 조인됨으로써 개전 후 3년, 회담 시작 후 2년 1개월 만에 한국전쟁은 휴전 상태로 끝을 맺게 된다. 이러한 역사적 흐름을 염두에 둘 때, 시인이 느끼는 부당함이란 전쟁이 잠정적으로 끝나 휴전에 들어가는 것에 대한 감각이라고 할 수 있다. 전쟁이 더 이어지고 그래서 남한-UN군이 완벽한 승리를 거두어 통일을 이룰 수 있는데 왜 '휴전'이라는 부당한 절차를 진행하느냐 하는 항의가 그 안에 숨겨져 있는 것이다. 이는 당대에 강력하게 대두되었던 이승만 정부의 '북진통일론'의 한 잔영이 담겨 있는 것이라고 할 수 있을 것이다. 시인은 전쟁의 시련이 더욱 가혹할지 모르지만, "밀려오는 원수들의 사나운 발"을 바닷속으로 몰아넣고 "보다 많은 원수의 무덤들"을 성 앞에 쌓아올림으로써 '자유'와 '승리'의 세계를 쟁취할 수 있다고 강조한다. 그렇게 "자유의 초토"를 더 사랑하는 "정금 같은" 마음으로만 1952년의 빛나는 아침을 맞을 수 있다는 것이다. 여기서 '정금 같은' 마음이란, "그가 나를 단련하신 후에는 내가 정금같이 나오리라"(욥기 23 : 10)라는 성경 말씀을 인용한 것인데, 그만큼 전쟁의 고난을 욥의 실존적 고난으로 치환하고 궁극에는 절대자의 개입으로 인해 '자유'와 '승리'의 그날이 올 것임을 강조한 것이다. 아폴로처럼 은빛 불화살을 메고 자유진영에 다가올 미래는 그렇게 때문에 평화와 휴전보다는 "자유에 바치는 / 또 하나의 용감한 신래병"이 될 수밖에 없는 것이다. 이 '신래병'이야말로 김현승이 생각한, 그리고 이른바 '자유진영'에서 생각한 가장 위대한 아폴로의 형상인 것이다. 그만큼 1952년 벽두에 김현승은 이 전쟁이 휴전으로 종결되지 않고 남쪽의 승리를 바탕으로 한 통일로까지 나아가기를 희원한 것이다. 하지만 그 바람과는 달리 한국전쟁은 북진통일론이 실현되는 방향이 아니라 휴전 협정으로 나아감으로써 북진통일론이 좌절되는 국면으로 접어들게 된다.

우리가 잘 알듯이, '전쟁'이라는 물리적 힘과 그에 대응하는 또 하나의 정신적 힘의 응전으로 시를 읽는 독법은 그 유용성에도 불구하고 또 하나의 부분적 결함을 필연적으로 가질 수밖에 없다. 1950년대의 시편들이 전쟁에 대한 응전의 성격을 띨 경우 그것은 대개 불타는 적개심으로 대표되는 반공 이념의 재생산에 기여하는 정도로 인식되거나, 수세적 허무주의에 깊게 침윤된 추상적 인간주의에서 근본적으로 자유로울 수 없기 때문이다. 김춘수의 「부다페스트의 소녀의 죽음」처럼 전쟁의 비극을 고발하고 (물론 이 시편의 배경은 한국전쟁이 아니다. 모더니스트들이 폭넓게 공감하고 있던 '세계적 동시성'의 편린이 짙게 보인다) 그 비극성을 최대한 조명하려는 의도의 반공적 서정시라든가, 모윤숙의 「국군은 죽어서 말한다」와 같은 선정적 적의를 표명한 작품들이 그 사례일 것이다. 더구나 모윤숙 시편은 인민군에게 죽임을 당한 국군의 주검을 추모하는 외연적 내용에도 불구하고 그 내면에는 전쟁 의욕을 고

취하는 짙은 선무성이 담겨 있다. 김현승의 이 시편도, 선무성은 약화
되었지만, 한국전쟁의 비극성을 사유하기보다는 그 시련을 강조하고
승리를 고취하는 내용으로 짜여 있다.

그리고 이 시편은 어휘 채택에서 박두진이나 구상의 시편들과 일정
하게 닮아 있다. 가령 박두진은 우리 뇌리 속에 지금도 선명히 남아 있
는 「6·25의 노래」에서 "아아 잊으랴 어찌 우리 이날을 / 조국을 원수
들이 짓밟아 오던 날을"이라고 노래함으로써 '원수'라는 이디엄을 우
리 시사 속에 강렬하게 남긴 바 있다. 김동진이 곡을 입힘으로써 이 노
래는 냉전과 반공의 시대에 가장 압도적인 텍스트로 널리 그리고 오래
불렸다. 임화가 그의 종군시편 「너 어느 곳에 있느냐」에서 "악독한 원
쑤들의 손으로 / 불타고 허물어진 / 숱한 마을과 도시를 지나 / 우리들
의 사랑하던 / 서울과 평양을 거쳐"라고 노래한 반대편에서 우리 시사
는 '원수'의 레토릭을 정착시켜간 것이다. 이렇게 한국전쟁은 우리 시
사를 '원수 / 원쑤'로 두 동강 낸다. 그리고 '초토'라는 말은 구상 시편을
연상케 한다. '초토' 즉 '잿더미'는 구상에 의해 전쟁을 은유하는 이미지
로 착근되었다. 그는 '초토'의 이미지를 통해 전쟁으로 인한 상처를 증
언하고 그것의 역사적 의미를 물었다. 이를테면 "하꼬방 유리 딱지에
아이들 얼굴이 불타는 해바라기마냥 걸려"(「초토의 시 1」) 있는 폭력의
시대에 "울상이 된 그림자"를 하면서 골목골목을 헤매며 분노하고 시
를 쓴 것이다. 그 '초토'의 이미지를 구상보다 먼저 불러내 김현승이 시
를 쓴 자취가 이 시편에서 잘 드러난다.

김현승은 모두 40여 년에 걸친 시작 생활을 통해 매우 독자적인 시
세계를 구축해왔다. 그의 시는 현실 지향의 역사적, 이념적 언어와는

일정 거리를 유지한 채 인간의 관념 속에서 역동적으로 내재하는 갈등 양상을 주목해왔다. 그런 그도 전쟁 당시 냉전과 반공의 주류적 분위기를 피하지 못했다. 그리고 이 미증유의 전쟁이 끝나고 그는 어떤 곳에서도 반공적 발화를 하지 않았다. 다만 야만의 시대에 자신의 시적 지향과는 무관한 곳에, 자신이 속했다고 믿은 이른바 '자유진영' 안에서, 한 편의 예외적 삽화를 그렸을 뿐이다.

3. '고독' 천착을 통한 존재론적 '자기 탐구'

—『견고한 고독』,[68] 『절대고독』[69]

우리는 이제까지 김현승이 시를 쓰는 데 있어서 일관되게 지켜 간 원리와 방법이 있음을 확인해 왔다. 그것은 '인식 구조'와 '형상화 방법'에 걸친 일관성인데, 그것을 우리는 '대위구조적 상상력'에 의한 '관념'의 형상화로 읽어 왔다. 이러한 '관념'의 육화 경향은 초기 시(일제시대)에서 민족적 감상주의에 토대를 둔 이원적 알레고리의 형상으로 나타

---

68 시집『견고한 고독』(관동출판사, 1968)은 4부로 나누어 모두 37편의 시를 수록하였다. "경험으로나 연령으로나 내 일생에선 가장 중후한 시기에, 나는 이 시집에 형상화된 언어를 통하여 생명의 내부를 내가 체득한 진실대로 이야기하고자 하였다"는 시인의 후기(後記)가 실려 있다. '고독'과 '언어' 그리고 '시'에 관한 천착이 두루 보이는 시집이다.

69 시집『절대고독』(성문각, 1970)은 3부로 나누어 모두 40편의 시를 수록하였다. 이 시인의 생애에서 최후의 추구가 될지도 모를 '고독'을 주제로 한 것(1부), 경험을 거쳐 차차 '생명'에 대하여 반성하고 깨달은 것(2부), 수시로 씌어진 시편(3부) 등으로 나뉘어져 있다.

났고, 해방 후에 창작을 다시 재개하면서부터는 점점 그 대위성이 가지는 뚜렷한 대립과 경계의 선이 허물어지면서 통합되어 가는 것을 알 수 있었다. 이제 그의 '인식'과 '방법' 안에서 뚜렷한 계선(界線)을 긋고 있었던 대위적 짝들은 단순한 대립 형질 또는 모순 형질이 아니라, 그 둘이 하나가 되어 개개의 사물 또는 원리를 이루고 있는 상호 보족적 또는 상호 투영적 존재로 인식되기 시작한 것이다. 그에게 세상의 두 축을 이루는 대위적 형질들은 단순한 '대립성'이 아니라 '통합성'을 전제로 한 현상적 분리의 성격만을 견지하게 되는 것이다.

이러한 양상은 그가 자신의 철학적 관념을 극한까지 추구하여 이르게 된 형이상적 궁극에 가서도 지속적으로 나타나게 되는데, 그것이 다름 아닌 '고독(孤獨)'이라는 개념의 집요한 천착이다. 사실 그에게 있어 '고독'이라는 추상적, 철학적 범주는 이 시기에 그가 경험하였던 지적, 정서적 충동을 웅변해서 드러내주는 대표적 의미소가 되고 있다. 사실 이 시인에 대해서 보통 사람들이 가지고 있는 이미지 역시 그것에 크게 기대고 있는 편인데, 김현승을 이르는 별칭 중 가장 보편적인 것이 '고독의 시인'인 것만 보아도 '고독'과 그의 관계는 단순한 주제적 집념 외에 더 큰 의미가 내포되어 있다고 볼 수 있다. 이 '고독'의 인식을 통해 결국 김현승은 가장 치열한 '자기 탐구'의 극점에 이른다고 할 수 있다.

김현승이 자신의 시적 여정 중 가장 깊이 있는 '관념(고독)'에 이르고 또 그것을 끊임없이 애정을 가지고 형상화한 것으로 미루어 보아, 『견고한 고독』과 『절대고독』을 펴 낸 시기는 그의 시적 일생의 클라이맥스이고, '신앙'으로 원점 회귀(原點回歸)하기 직전의 한 정점(頂點)이기도 하다. 따라서 이 시기는 마치 마지막 불꽃을 태우며 피어나는 촛불의

찬란함과 아름다움을 연상시키는 기간인데, 그중에서 가장 우리의 영혼에 깊고 뚜렷이 각인되어 있는 형이상적 관념이 앞서 이야기하였듯이 '고독'이다. 그것은 분명 시적 '천착' 또는 '굴착'이라는 표현이 적절할 정도로 끈기 있고 정성 어린 탐구였다고 보인다. 이제 우리는 그가 '시(철학적 사유가 아닌)'를 통해 탐구하려고 하였던 '고독'의 내포와 외연은 물론, 그것의 독자적 가치와 의미 또는 한계에 대해 생각해 볼 것이다. 특히 '고독'과 그의 신앙적 배경이 가지는 모순적 관계에 착목하여 그 의미를 깊이 있게 따져 볼 생각이다.

사실 김현승이 독실한 기독교적 가정에서 줄곧 살아 왔고, 신앙적인 환경에서 평생을 생활했기 때문에 그의 작품을 곧바로 '신앙적'이라는 수사(修辭)와 등치시켜 해석할 개연성은 어느 모로 보나 강력하게 존재한다. 그러나 그럴 경우 우리는 이른바 '의도의 오류(intentional fallacy)'에 무력하게 빠져들어가거나, '역사주의적 반영론(反映論)'이 오류에 빠질 수 있는 상투적 일반화에 귀일될 수밖에 없을 것이다. 따라서 우리는 그의 시에 '기독교'라는 영향적 요소를 무매개적으로 이입시킬 것이 아니라, 그 둘('고독'과 '신앙') 사이에 존재하는 '원심력(遠心力)'과 '구심력(求心力)'을 '길항(拮抗)'이라는 역학 관계 속에서 생각해 보아야 할 것이다. 이런 점에서 김현승의 시를 인간 존재의 보편적인 세계 곧 인생론적인 회의와 갈등 그리고 그에 대한 결단과 기투(企投)의 과정으로 읽어 보는 일은 참으로 적실하고 긴요하다 할 것이다. 그 과정의 핵심을 이루는 관념이 단연 '고독'인데, 우리는 이 관념적 천착을 통해 김현승의 시를 '형이상시(metaphysical poetry)'의 영역으로 위치지울 수 있는 개연성과도 마주치게 될 것이다. 그리고 이와 같은 '고독'을 통한 '자기 탐구'

의 시편들에서도 위에서 말한 '인식'과 '방법'이 여전히 변주되면서 관철되고 있음을 살펴볼 것이다.

1) '신앙'에 대한 방법적 회의와 반(反)나르시시즘

김현승의 시는 누차 이야기하였듯 자신의 내면에서 솟구치는 '관념적 진실'을 좇아서 그것을 언어화하는 과정에서 태어난다. 그러나 그 '관념적 진실'라는 것이 항구불변의 고정된 상(像)을 형성하지는 않는다. 오히려 그것은 한 인간이 삶을 영위하면서(곧 연륜을 더해 가면서) 겪게 되는 자연인으로서의 변화에 따라 일정 정도 영향을 받게 된다.

김현승은 이 시기에(그의 나이 50대에 이르러) 자신의 정신적, 태생적 토양이자 행동의 족쇄이기도 했던 '신앙'에 대한 회의에 접어들게 된다. 이러한 '회의'는 그의 시를 지상적 삶에 대한 탐구나 신앙적 가치의 노래에서 벗어나게 하고, 급기야는 '메마르고 견고한 관념'을 극단적으로 추구하게 만든다. 그것의 핵이 되는 관념이 바로 '고독'인데, 이 '고독'은 그의 온 정신을 집주(集注)케 하며 그의 제3기 시를 온통 장식한다. 이러한 철학적 탐구는 한국 현대시사에서 보기 드문 치열성과 극성(極性)을 가지고 있어서 가장 김현승다운 세계를 펼치게 만든다. 시인의 삶의 변화가 시적 변모를 가져온 것인지 아니면 시적 추구의 정점에서 관념의 변화가 초래된 것인지 단정 짓기는 힘들지만, 아무튼 김현승은 이 시기에 자신의 가장 근본적 조건이었던 '그분'의 품에서 방법적으로 떠난다. 그 '원심력'은 아주 멀리 멀리 나아가 '고독의 끝'까지 이르고 만다.

"1960년대에 이르러 나는 내게 있어 가장 절실하고 가치 있는 것을 인간에 대한 어떤 해답과 그 본질적인 해답을 위한 추구라는 것으로 깨닫게 되었다. 그러면서 나는 그때부터 나의 시에 있어 '고독'을 추구하고 표현하게 되었다. 말하자면 나는 이때부터 비로소 한 사람의 시인이 되었다고 말할 수 있다"[70] 한 말과 같이 이 시인에게 '고독'과 '신앙'의 관계에 대한 검토는 필수적이다. 여기서 우리는 '한 사람의 시인'과 '신앙'을 분리하는 그의 인식을 엿볼 수 있다. 거기서 이 시인이 추구하여 갈 방향과 색채를 암시받을 수도 있다. 이러한 변화 양상을 따라가보는 일은 한 인간의 실존적 추구의 지적 가열성(苛烈性)을 경험해보는 일로서 소담스런 일이 아닐 수 없다.

사실 '현실 지향'의 강렬한 지사적 의지를 높은 위치에서 숭모하던 우리 시사의 평가적 잣대에 비추어 김현승은 참으로 평가하기 어려운 시인이다. 따라서 그동안 그에 대해서는 기질적 호불호(好不好)가 우세했을 뿐, 그의 시에 대한 정치(精緻)한 분석이나 평가는 인색했다고 할 수 있다. 특히 시인이 '형상'을 버리고 '관념'을 택할 때 그가 겪을 수밖에 없는 시인으로서의 치명적 훼손은 일정 부분 필연적이기도 하다. 그것이 '서정시'의 장르적 속성이기도 한 것이다. 그런데 김현승에게서는 '선(先)관념 후(後)형상'이라는 고집과 원리가 지속되며, 그것이 그를 독자적인 하나의 세계('에피고넨'을 형성하지 않는)를 이루게 한 근본 동력이 되고 있는 것이다.

김현승이 자연 현상과 지상의 삶이 풍요롭게 담고 있던 세계를 노래

---

70 「쓴다는 것의 의의」, 313면.

하던 것에서 떠나, '신'의 무한성, 영원성 그리고 그 앞에 작고 왜소한
실존으로 그 근원에 '고독'을 안고 있는 인간 존재에 대한 관념적 천착
을 이룬 이 시기는 오히려 역으로 '신'의 구속으로부터 벗어나 관념의
자유를 만끽했던 철학적 추구의 극단적 시기이기도 했다. 다음 시는
그러한 변화의 징후를 그 스스로에 대한 방법적 딜레마를 통해 보인
이 시기(1964년 작)의 첫 작품이다.

　떠날 것인가
　남을 것인가.

　나아가 화목할 것인가.
　쫓김을 당할 것인가.

　어떻게 할 것인가,
　나는 네게로 흐르는가
　너를 거슬러 내게로 오르는가.

　두 손에 고삐를 잡을 것인가
　품 안에 안길 것인가.

　허물을 지고 갈 것인가
　허물을 물을 것인가.

어떻게 할 것인가
눈이 밝을 것인가
마음이 착할 것인가.

어떻게 할 것인가
알아야 할 것인가
살고 볼 것인가.

필 것인가
빛을 뿌릴 것인가.

간직할 것인가
바람을 일으킬 것인가.

하나인가
그중의 하나인가.

어떻게 할 것인가
뛰어 들 것인가
뛰어 넘을 것인가.

波濤가 될 것인가
가라앉아 眞珠의 눈이 될 것인가.

어떻게 할 것인가,

끝장을 볼 것인가

죽을 때 죽을 것인가.

무덤에 들 것인가

무덤 밖에서 뒹굴 것인가.

―「題目」 전문

　이 시는 의문형 종지법과 그것들이 이루는 평행법(parallelism)에 의해 서정적 주체의 갈등 양상이 직접 언표되어 드러나는 형식을 의도적으로 취한 작품이라는 면에서 그의 의식적 상황을 잘 보여 준다. '신'과 '인간' 사이에서 실존적인 방황을 하는 서정적 주체가 'A 혹은 B'라는 양자택일적 질문을 던지고 답변은 유보하는 형식을 취함으로써 이러한 햄릿적인 딜레마가 결국 하나를 선택하고 나머지 하나를 버림으로써 해결되는 것이 아님을 보여주는 것이다. 작품에 심미적 형상화가 이루어져 있다든가 서정적 주체의 정서가 공감적 울림을 준다든가 하는 것은 애초부터 불가능한 시작 의도와 창작 방법이 깔린 작품이다. 그만큼 이 시는 이 시기의 시인 스스로에 대한 '자기 탐구'에 바쳐져 있다.

　김현승이 이 시를 통해 던지는 자기 질문은 다음과 같은 뚜렷한 대위성을 이룬다. '떠남 / 남음' '화목 / 쫓김' '네게로 흐름 / 너를 거슬러 내게로 오름' '고삐를 잡음 / 품 안에 안김' '허물을 짐 / 허물을 물음' '눈이 밝음 / 마음이 착함' '앎 / 삶' '핌 / 빛 뿌림' '간직함 / 바람을 일으킴' '하나 / 그중의 하나' '뛰어듦 / 뛰어넘음' '파도 / 진주의 눈' '끝장 봄 /

죽을 때 죽음' '무덤에 듦 / 무덤 밖에서 뒹굶' 등이 그것들이다.

이 진퇴양난의 대위항들은 그 나름대로 통일성 있는 두 가지로 범주화할 수 있다. 하나가 '동(動), 심(心), 초월, 갈등, 역리' 등의 이미지를 가지고 있다면, 나머지 하나는 그 반대로 '정(靜), 지(智), 안주, 화해, 순리' 등의 이미지를 가진다. 다섯 번 반복되는 "어떻게 할 것인가"가 해답을 은근히 기대하는 독자들의 기대를 무너뜨리고 계속되는 물음 앞에 던져져 있다. 마치 만해(萬海)의 「알 수 없어요」가 의문형 종지로 매 행이 끝을 맺고 있지만 대답은 없고 오로지 제목이 환기하는 "알 수 없어요"라는 후렴을 연상시키듯 이 시도 매연이 "어떻게 할 것인가? 알 수 없어요"가 반복되는 뉘앙스를 풍긴다.

먼저 1연의 '떠남 / 남음'은 어디(또는 누구)를 상정한 발언인가 하는 것이 문제가 된다. 이것을 우리가 풀어 낸다면 이 작품의 갈등의 두 축을 선명하게 알 수 있을 것이다. 이 시의 시작 의도나 전편을 흐르는 방법적 회의로 미루어 볼 때 그것의 실질적 목적어를 우리는 신(또는 신앙)으로 생각할 수 있다. '신'을 떠날 것인가 아니면 그의 품에 남을 것인가. 이것이 단순히 유신론자가 되느냐 아니면 무신론자가 되느냐 하는 차원의 질문이 아님은 분명하다. 그것보다는 '신'의 존재를 전제한 후에 그로부터의 원심력과 구심력의 갈등으로 보는 것이 타당할 것이다.

이러한 '신'을 향한 구심력과 원심력 사이의 갈등은 지속적 반복을 통하여 재생산된다. '신'에게 나아가면 화목할 수 있는데 공연히 쫓김을 당하는(정확하게 말하면 윤동주의 「또 다른 고향」에 나오는 "가자 가자 쫓기우는 사람처럼 가자"처럼 자기 스스로 쫓겨가는) 것 아닌가 하는 갈등으로 이어지고, 마지막에 '무덤'이라는 의미심장한 처소에 대한 갈등으로 이어진다. '무덤'에 든다는 것은 죽음을 의미하고 '무덤' 밖에서 뒹군다는 것은 죽지도 못하고 버림받는 것을 의미한다. 따라서 이 시기의 김현승에게 서는 '신'에 그냥 머무는 것은 '무덤(품 안)'에 드는 것(곧 인간적 죽음을 의미하는 것)이요 '신'을 떠나는 것(거슬러 내게로 흐르는 것)은 '무덤' 밖에서 뒹구는 인고와 지난함을 의미하는 것으로 읽힌다. 따라서 이 시의 서정적 주체에게 "자유란 기껏 / 그이와 나 사이에서 / 헤매는 헤매임"(「나의 한계」)일 뿐이다.

이 시를 계기로 김현승의 시세계는 굴절의 각도를 본격화한다. 그간 추구해 마지않던 풍요로운 이미지의 세계에서 단단하고 견고한 각질의 '관념'으로 발을 깊이 옮겨 딛는다. 이러한 면모는 김현승의 시적 사유에서 커다란 분수령 역할을 하고 있다. 김현승은 스스로 "시 「제목」을 계기로 하여 나의 시세계에는 적지 않은 변화가 일어났다. 나는 중기(『옹호자의 노래』 발간—인용자)까지 유지하여 오던 단순한 서정의 세계를 떠나, 신과 인간에 대한 변혁을 내용으로 한 관념의 세계에 발을 들여 놓았다. 이러고 나서 나는 새로이 어려운 두 가지 문제에 당면하지 않을 수 없었다. 그 한 가지는 표현기교상의 문제였다. 나는 관념의 세계를 시의 대상으로 삼으면서도 표현면에 있어서는 관념과 추상 속에 빠지지 말아야 하였다. (…중략…) 정신상의 문제로는 나는 인간으로서 새로운 고독에 직면해야 하였다"[71]고 말한 적이 있거니와, 그는 이 시기에 와서 견고한 각질의 관념인 '고독'과 정면으로 마주치게 되는 것이다.

다시 말하지만 김현승의 시는 심미적 성취에 목적을 두지 않는다. 이것이 결정적인 그의 시가 지니는 예술적 한계이며 그의 시가 서정적

---

71 「나의 고독과 나의 시」, 208~209면.

울림을 동반하지 않는 근본적 까닭이다. 왜냐하면 그의 시는 자기 자신의 실존적 모습(그것을 '존재 가치'라든가 '의미'로 불러도 무방할 것이다)을 풀어가는 치열한 물음이자 스스로의 삶의 양식이기 때문이다. 따라서 '실존'에 대한 철학적 통찰과 '자기 탐구'가 동시에 '관념' 속에서 결합한다. 특히 위의 시에서는 이항대립적 갈등 양상이 표면에 선명하게 나타나는데, 의문형은 당연히 절대자인 '신'에게 향해 있고, 신앙적 체험과 삶의 양상이 갈등의 진폭과 깊이를 더욱 크게 하고 있는 것이다. 물론 그 갈등의 해답은 없다. 다음 시는 위의 시에 끝내 얼굴을 내밀지 않는 서정적 주체의 답변이 각인되어 나타난다.

나는 죽어서도
무덤 밖에 있을 것이다.

누구의 품안에도 고이지 않은
나는 지금도 알뜰한 제 몸 하나 없다.

나의 그림자마저
내게서 가르자,
그리하여 뉘우쳐 머리 숙인 한 그루 나무와 같이
나의 문 밖에 세워 두자.

祭壇은 쌓지 말자,
無形한 것들은 나에게는 自由롭고 더욱 鮮姸한 것 …….

크리스머스와

새해가 오면,

나의 친구는 먼 하늘의 물 머금은 별들······

異端을 향하여 氣流 밖에 흐릿한 寶石들을 번지우고,

첫눈이 나리면

순결한 살엔 듯

나의 볼을 부비자!

—「獨身者」 전문

　김현승에게 원래 지상의 삶이란 한갓 '가숙지(假宿地)'일 뿐이다. 그
것은 기독교적 순례자 의식의 반영이기도 하고, 끊임없는 변화와 굴절
을 승인하는 시인 의식의 반영이기도 하다. 그런데 이 작품에서 중요
하게 보아야 할 것은 그의 '고독'이 분리(separation)에서 비롯된다는 것
이다. 자기("나의 그림자") 자신과의 단층(斷層)을 형성하는 것이 바로 '고
독'으로 가는 통로가 되는 것이다. 이 시에서 그는 위에서 제시된 「제
목」의 딜레마에 대해 일종의 자기 결단을 보이는데, 그것은 결국 '신'의
품을 떠나 '고독'에 칩거하는 것으로 나타난다. "제단(祭壇)은 쌓지 말"
고 무형한 자유와 선연한 것들을 위해 "누구의 품안에도 고이지 않는"
삶의 양식이 바로 그와 같은 양상을 암시해 준다.

　영혼의 새.

매우 뛰어난 너와

깊이 겪어 본 너는

또 다른,

참으로 아름다운 것과

호올로 남은 것은

가까와질 수도 있는,

言語는 본래

침묵으로부터 高貴하게 탄생한,

열매는

꽃이었던,

너와 네 祖上들의 빛깔을 두르고.

내가 十二月의 빈 들에 가늘게 서면,

나의 마른 나무가지에 앉아

굳은 責任에 뿌리 박힌

나의 나무가지에 호올로 앉아,

저무는 하늘이라도 하늘이라도

멀뚱거리다가,

벽에 부딪쳐

아, 네 영혼의 흙벽이라도 덤북 물고 있는 소리로,

까아욱——

깍——

—「겨울 까마귀」 전문

'까마귀'가 형성하는 관습적 상징은 그리 소망스럽거나 긍정적이지 못하다. 대개 불길한 징조를 알리는 복선(伏線)의 역할을 하거나 천형(天刑)의 이미지를 투영시킬 때 주로 등장시켰던 매재(媒材)가 바로 '까마귀'인 경우가 많았다. 물론 '반포보은(反哺報恩)'이라 하여 알레고리적 교훈으로 '까마귀'를 인용하는 경우가 있기는 하지만, 이토록 견고한 부정적 이미지를 가지고 있는 '까마귀'에 새로운 이미지를 부여하여 탈바꿈시키고 그것을 하나의 집념적 형상으로 각인시킨 시인은 김현승 외에 다시 찾아보기 어려울 것이다.

이 시에 나타나는 '겨울 까마귀'는 먼 하늘을 멀뚱거리다가 절대귀의의 본향을 그리는 천형의 새의 이미지를 가지고 있다. 그것은 자연스럽게 이 시를 쓴 주체의 객관적 상관물로 읽힌다. 그는 '영혼의 새'이고 12월의 빈 들에 서 있는 '나'와 저무는 하늘에서 멀뚱거리는 까마귀는 어느새 하나의 이미지로 중첩된다. 원래 '겨울'과 '까마귀'의 이미지는 자연스럽게 감각적으로 상통한다. 두 가지 다 '불모성'과 '소멸'의 이미지를 가지고 있기 때문이다.

이 시기에 '신'을 향한 끊임없는 회의와 나그네 의식을 가지고 있던 김현승에게 '겨울 까마귀'는 자아 투영과 원죄 의식의 상징으로 매개된다. 천형이라든가 죄의 낙인(烙印) 그것은 이른바 반(反)나르시시즘(Anti-

Narcissism)의 형상으로 쓰인다. 원래 '나르시시즘'이란 자아 투영을 통한 자기 만족이나 자아 도취(몰입)의 심리를 반영하는 개념이다. 반면 나르시시즘의 대극에 있다고 할 '반(反)나르시시즘'은 자기를 자기 스스로 낯설고 흉하게 형상화하여 자기 모멸과 반성을 통해 자기 탐구를 이루는 위악(僞惡)의 심리를 반영하는 개념이다.

'언어 / 침묵'이나 '열매 / 꽃' 등은 김현승이 줄기차게 견지하였던 대위구조의 한 방법이다. '언어 / 침묵'에 관한 것은 이 시인에게 새로운 것이고 상징적인 것이기도 하다. '침묵'으로부터 길어올려진 '언어'는 본래의 언어이자 시적 언어이다. '언어'의 불투명성을 넘어서는 투명성을 가진 '언어'이다. 그것은 기표(記表)로 상징되는 가시적 언어가 아니고 '소리'로 상징되는 '신'의 소리이다. 덤북 불고 우는 소리 "까아욱 ──깍──"은 그대로 침묵으로부터 고귀하게 탄생한 영혼의 소리이다. 따라서 "그러나 나는 표현에 있어 언어라는 것의 기능에 회의를 품은 지 오래이다. 나이를 먹고 시가 늘수록 이 회의는 더욱 짙어지고 까마귀의 외마디 울음소리보다도 못한 나의 시라는 것을 깨닫게 된다"[72]고 시인은 말하고 있다. 이와 같이 반인간적, 반생명적인 정조를 띠는 이 작품은 이 시기의 김현승의 자화상이자 그가 방법적으로 추구했던 방황과 회의를 담은 '자기 탐구'의 시라고 할 수 있다.

김현승은 그의 산문에서도 '까마귀'에 대한 글을 상당수 보여주는데, "나는 20대부터 이 까마귀를 나의 시의 소재로 즐겨 썼고, 지금도 나의 스크랩북에 오려 붙여 놓은 것을 잘 간직하고 있다. (…중략…) 근래에도 「산까마귀 울음소리」라는 시에서 까마귀를 소재로 하여 인간의 고

72　「겨울 까마귀」, 38면.

독을 형상화하기도 하였다. 인간의 고독과 인간들의 천형을 자기 한 몸에 그 빛깔과 그 소리로 집중하여 형상화한 듯한 새라고 나의 마음의 눈에는 보였기 때문이다"[73]고 한 글도 그 예가 된다.

그의 또 다른 시 「검은 빛」이나 「재」에도 이와 같은 '까마귀'의 잔상이 어려 있다. 「산까마귀 울음소리」라는 시에도 상장(喪章) 같은 색으로서의 '검은 빛'이 보이는데, 이 '검은 빛' 역시 이 시인의 '반나르시시즘'의 세계를 표상하는 일종의 색채 이미지이다.

> 노래하지 않고,
>
> 노래할 것을
>
> 더 생각하는 빛.
>
>
> 눈을 뜨지 않고
>
> 눈을 고요히 감고 있는
>
> 빛.
>
>
> 꽃들의 이름을 일일이 묻지 않고
>
> 꽃마다 품 안에 받아들이는
>
> 빛.
>
>
> 사랑하기보다
>
> 사랑을 간직하며,

---

73 위의 글, 35면.

허물을 묻지 않고

허물을 가리워 주는

빛.

모든 빛과 빛들이

반짝이다 지치면,

숨기어 편히 쉬게 하는 빛.

그러나 붉음보다도 더 붉고

아픔보다도 더 아픈,

빛을 넘어

빛에 닿은

단 하나의 빛.

—「검은 빛」 전문

이 시는 '검은 빛'의 형상을 통해 그것이 환기하는 통일적 이미지를 각인시키는 것이 아니라, '검은 빛'에서 연상되는 추상적인 의미들을 나열함으로써 시인이 가지고 있는 관념의 표백에 열중하고 있는 작품이다. 이 작품을 근본적으로 구성하고 있는 대위항들은 '노래 / 생각' '눈뜸 / 눈감음' '물음 / 받아들임' '사랑함 / 사랑을 간직함' '허물을 물음 / 허물을 가림' '반짝임 / 숨김' '지침 / 쉼' '붉음 / 붉음보다 더 붉음' '아픔 / 아픔보다 더 아픔' '빛 / 빛 너머의 빛' 등이다.

그런데 이 시의 서정적 주체에게 '검은 빛'은 "노래하지 않고 / 눈을

뜨지 않고 / 사랑하지 않고 / 허물을 묻지 않고" 그 대신에 "생각하고 /
눈을 고요히 감고 / 품 안에 받아들이고 / 사랑을 간직하며 / 허물을 가
리워 주고 / 편히 쉬게 하는" 안식과 그늘과 넉넉한 신성의 이미지를
띤다. 따라서 그 '검은 빛'은 붉은 빛보다 더 붉고 아픔이라고 우리가
부르는 어떤 것보다 그 자체로 아픔을 표상하며, '빛(현상적)'을 넘어 '빛'
자체(본질적)에 닿아 있는 '빛'인 것이다. 특히 "모든 빛과 빛들이 / 반짝
이다 지치면 / 숨기어 편히 쉬게 하는 빛"이라는 이 시의 5연은 이미 반
짝일 수 없는 '검은 빛'의 음우성(陰佑性)을 말해주는데, 그것이야말로
앞에서 보았던 '겨울 까마귀'의 이미지와 상통하는 것이다. 따라서 이
시 역시 이 시인의 '반나르시시즘'의 잔영을 보인다. 이러한 '반어적 자
기 탐구'는 김현승의 시에서 계속 이어진다. 왜냐하면 김현승에게 시
는 이미 심미적 목적이나 계몽적 목적 모두를 떠난 '자기 탐구'의 방법
론이기 때문이다.

나는 내가 항상 무겁다,

나같이 무거운 무게도 내게는 없을 것이다.

나는 내가 무거워

나를 등에 지고 다닌다,

나는 나의 짐이다.

맑고 고요한 내 눈물을

밤이슬처럼 맺혀 보아도,

눈물은 나를 떼어 낸 조그만 납덩이가 되고 만다.

가장 맑고 아름다운

나의 詩를 써 보지만,

울리지 않는다 —— 金과 銀과 같이는.

나를 만지는 네 손도 무거울 것이다.

나를 때리는 네 주먹도

시원치는 않을 것이다.

나의 음성

나의 눈빛

내 기침소리마저도

나를 무겁게 한다.

내 속에는

납덩이가 들어 있나 부다,

나는 납을 삼켰나 부다,

나는 내 영혼인 줄 알고 그만 납을

삼켜 버렸나 부다.

—「鉛」 전문

　이 도저한 '무거움'에 대한 의식은 '가벼움'이 상징하는 수직 상승적 이미지와 정반대로 자아의 내면으로 끊임없이 침전(沈澱)하는 양상을 상징하는 것이다. 자기 스스로가 짐이 될 수밖에 없다는 인식은 실존적 무게와 더불어 이 사회에서 자기 자신이 견지해야 할 연대적 몫을 언제나 의식하지 않을 수 없는 서정적 주체의 '양심'의 무게이기도 하다. 이전에는 맑고 고요하고 깨끗하기만 하던 그의 눈물은 어느새 '납'이 되고 말아 가라앉는다. 그리고 서정적 주체의 '시'도 역시 '금과 은'이 아니라 '납(鉛)'일 뿐이다. 그에게서는 '음성'이나 '눈빛' '기침소리'마저 모두 자기 자신의 무게를 더할 뿐이다. 출구가 보이지 않는 지독한 자기 절망과 자조(自嘲)가 '반나르시시즘'의 형태로 나타나 있는 작품이다.

나는 나의 재로
나의 모든 허물을 덮는다.
나의 모든 기쁨과 슬픔을
나는 한 줌의 재로 덮고 간다.

그러나 까마귀여,
녹슨 칼의 소리로 울어 다오
바람에 날리는 나의 재를
울어 다오

나의 허물마저 덮어 주지 못하는
내 한 줌의 재를
까마귀여,

> 모든 빛깔에 지친
>
> 너의 검은 빛 —— 통일의 빛으로
>
> 울어 다오.

—「재」 전문

시적 언어는 원래 문자적이고 관습적인 어법을 초월하여 일정한 미학적 효과를 거두는 '형상적 언어(figurative language)'이다. 원래 '재'는 사물이 타고 남은 잔재이다. 하나의 물질이 가지고 있던 외피이자 본질이 사라진 잉여물일 뿐이다. 그러나 이 시에서 그것은 궁극적으로 남는 '단순성' 또는 '본질'을 암시하고 상징하는 언어로 탈바꿈된다. '무 = 완전성'이라는 등식이 그것이다. 이 시에서 보이는 '재'의 일차적 이미지는 '회개'로서의 몫인데, 그것은 기독교적 상상력이 거둔 인유이기도 하다.

따라서 그것은 만해의 시 「알 수 없어요」에 나오는 '재'와 비교해 볼 만하다. 거기에서는 "타고 남은 재가 다시 기름이 됩니다"라고 나오는데, 그것은 불교적 변증법에 의한 역설적 상상력과 윤회 사상에 바탕을 둔 순환론적 사유 방식이 강하게 착색되어 있다. '재'라는 것이 원래 기름이 다 증발해버린 잉여물인데 다시 기름이 될 리는 없는 것이다. 그러나 만해에게서는 없음에서 있음을 보고 헤어짐에서 만남을 보아내는 역설에 바탕을 둔 상상력이 준비되어 있었기 때문에 그 같은 인식이 가능했던 것이다.

반면 김현승의 이 시에서는 '재' 자체가 기름이 되어 긍정으로 변하는 것이 아니라. 이미 그 안에 생성적이고 긍정적인 몫을 잉태하고 있는 것으로 나타난다. 이렇듯 '불모성' 안에 이미 '생성'을 잉태한 상상력이야말로 이 시인의 반나르시시즘이 견지하고 있는 긍정적 힘이자, 이 시인의 시적 방법론 핵심이기도 하다.

빛이 잠드는
따 위에
라일락 우거질 때,
하늘엔 무엇이 피나,
아무것도 피지 않네.

산을 헐어
뚫은 길,
바다로 이을 제,
하늘엔 무엇을 띄우나,
아무런 길도 겐 보이지 않네.

바람에 수런대는
아름다운 깃발들
높은 城을 에워쌀 제,
하늘엔 무슨 소리 들리나,
겐 아직 빈 터와 같네.

나도 모를 나의 푸른 길 —— 내 바래움의 기름진

흙일세!

故國에서나

異域에서도

그 하늘을 내 검은 머리 위에

고요한 꿈의 이바지같이

내게 딸린 나의 風物과 같이

이고 가네

이고 넘었네.

— 「無形의 노래」 전문

　이 작품은 지상의 덧없음과 천상의 불모성 노래하였다. 하늘에 아무 것도 피지 않는 '불모성', 이것은 김현승의 지적 순례가 가 닿은 중간 지점이다. 결과적으로 유턴의 회귀 곡선을 그으며 되돌아올 수밖에 없는 길이지만 김현승의 이성적 탐구와 절대 존재에 대한 회의가 맥을 잇는다. 따라서 '땅 / 하늘' '산 / 바다' '하늘 / 흙' '고국 / 이역'의 대위구조는 '무형의 노래' 속에 포괄되고 용해된다.

　이와 같이 김현승은 '고독'이라는 관념의 추구 과정에서 '반나르시시즘'을 통한 반어적 자기 탐구와 '신앙'에 대한 방법적 회의를 보였다.

2) '견고성 / 결정성'에 대한 관심

제대로 된 문학 연구는 텍스트에 나타나 있는 표면적인 진술을 넘어서서 텍스트가 가지고 있는 문학적 경험 자체의 핵심에 도달하는 것을 의미한다.[74] 김현승의 시를 탐구하는 데 우리가 그의 경험적 정수(精髓)에 도달하는 일은 그의 '관념'이 가지고 있는 변이 곡선을 따라가보는 일이다. 김현승은 '견고함'과 '결정성'이라는 그만의 독특한 이미지의 각질을 형성한다. 그의 이 시기의 시집 제목이 벌써부터 『견고한 고독』이다. 그 표제작이다.

껍질을 더 벗길 수도 없이

단단하게 마른

흰 얼굴.

그늘에 빚지지 않고

어느 햇볕에도 기대지 않는

단 하나의 손발.

모든 神들의 巨大한 正義 앞엔

이 가느다란 창끝으로 거슬리고,

생각하던 사람들 굶주려 돌아오면

이 마른 떡을 하룻밤

74　C. Carter Colwell, 이재호 · 이명섭 역, 『문학개론』, 을유문화사, 1991, 8면.

네 살과 같이 떼어 주며,

結晶된 빛의 눈물,

그 이슬과 사랑에도 녹슬지 않는

堅固한 칼날——발 딛지 않는

피와 살.

뜨거운 햇빛 오랜 時間의 懷柔에도

더 휘지 않는

마를 대로 마른 木管樂器의 가을

그 높은 언덕에 떨어지는,

굳은 열매

씁쓸한 滋養

에 스며드는

에 스며드는

네 생명의 마지막 남은 맛!

—「堅固한 고독」 전문

  '이슬과 사랑'에도 녹지 않는 녹녹하지 않은 단단한 '고독', 그것은 여하한 인간적 열정과 의지로도 범접하기 힘든 자기 신성성을 일정 부분 누리고 있다. 여기 '감상(感傷)'이 끼어들 자리는 없다.

  이 시에서 말하는 '고독'은 단단한 각질을 두르고 있다. "껍질을 더

벗길 수도 없이 / 단단하게 마른" 얼굴을 하고 있고, "결정(結晶)"과 "칼날" 또는 "목관악기(木管樂器)" "굳은 열매" 등의 이미지를 동시에 가지고 있을 전도로 그 경도(硬度)는 매우 거세다. 그러나 마지막 연에서 그같이 견고하고 메마른 이미지에 단 하나의 습기와 윤기가 도는데, 그것이 다름 아닌 열매 안에 들어 있는 "네 생명의 마지막 남은 맛"이다. 따라서 그의 '고독'은 견고하면 견고할수록 '불모성'에 가까운 것이 아니라, 오히려 '생명'에 더 가까이 갈 수 있다는 역설적 인식을 보여 준다. 따라서 여기서 엇비치는 신앙적 자아에 대한 회의(懷疑)는 '질서'에 대한 것이지 그 자체로 '비관주의'를 형성하지 않는다.

특히 이 시는 한결 같은 명사형 종결 유형이 그 메마름을 형상적으로 일깨우고 있는 특색을 보인다. 그것은 모두 견고한 고독을 이루는 '살'의 이미지이다. '고독'의 원의에 해당하는 이른바 '매개어(vehicle)'들이 하나하나 철저히 대응하는 구조로 되어 있는데, 그것이 환기하는 것은 철저히 인간적 고뇌 안으로 들어오려는 서정적 주체의 단호함을 증명해주는 매질로 작용한다. 따라서 이 작품의 서정적 주체는 줄기차게 인간적 관심과 인간적 사상(事象) 및 주제를 추구하고 있는 것이다.[75]

참나무가 탈 때,

그 불꽃 깨끗하게 튄다.

寶石들이 깨어지는 소리를 내며

그 단단한 불꽃들이 튄다.

---

75 정재완, 「김현승의 「견고한 고독」」, 『한국대표시평설』, 문학세계사, 1988, 235면.

참나무가 탈 때,

그 남은 재 깨끗하게 고인다.

참새들의 작은 깃털인 양 따스하게 남는 재,

부드럽고 빤질하게 고인다.

까아만 유리 너머

소리없이 눈송이가 나리는 밤

호올로 참나무를 태우며

물끄러미 한 사람의 그림자를 바라본다.

짧은 목숨의 한 세상,

그 헐벗은 불꽃 속에

언제나 단단하고 깨끗하게 타기를 좋아하던,

지금은 마음의 파여·풀레스 안에

아직도 깨끗하고 따스하게 고여 있는,

어리석은 사람의 남은 재를 생각한다.

―「참나무가 탈 때」 전문

이 시 역시 '참나무'가 타는 고통스런 물리적 과정을 빗대어 서정적 주체가 고통스런 자기 탐구에 이르는 작품이다. 네 번 반복되어 나오는 '깨끗하다'는 말은 무척 중요한 의미를 띠는데, 시 표면에만 의지하면 그 '깨끗한 것'은 다음과 같다.

먼저 참나무가 탈 때 튀는 '불꽃'이 깨끗하다. 타고 남은 '재'가 또한 깨끗하다. 그리고 마지막 연에서는 참나무가 아닌 어떤 '어리석은 사람'의 이미지를 그 깨끗함이 감싸고 있다. 시인이 "까아만 유리 너머 / 소리없이 눈송이가 나리는 밤 / 호올로 참나무를 태우며 / 물끄러미 바라보는 그림자"는 누구의 것일까. 그는 "짧은 목숨의 한 세상, / 그 헐벗은 불꽃 속에 / 언제나 단단하고 깨끗하게 타기를 좋아하던 / 어리석은 사람"이다. 우리가 복잡한 우회로를 거치지 않더라도 그의 이미지는 '예수 그리스도'의 형상으로 자연스럽게 읽힌다. 결국 "단단한 불꽃"과 "단단하고 깨끗하게 타는" 참나무를 통해 '예수'와 그의 삶과 죽음을 환기하고 '양심'의 존엄성과 품격의 중요성을 '깨끗함'의 이미지로 형상화한 작품인 것이다. 성서에 기초한 그의 인유적 상상력은 초기 시는 물론 '신'을 부정하고 회의했던 이 시기까지도 일관되게 이루어지는 방법적 원리인 셈이다.

사랑은 마음의

寶石은 눈의

술.

어느것은 타오르는 불꽃과 밤의 숨소리가

그 絶頂에서 눈을 감고,

어느것은 영혼의 意味마저 온전히 빼어 버린

깨끗한 입술.

그것은 炭素빛 탄식들이 쌓이고 또 쌓이어

오랜 기억의 바닥에 단단한 무늬를 짓고.

그것은 그 차거운 結晶 속에

변함없이 빛나는 애련한 이마아쥬.

그리하여 彈丸보다도 맹렬한 사모침으로

그것은 圓滿한 가슴 한복판에서 터진다.

나는 이것을 더욱 아름답고 더욱 단단한

하나의 醉함으로 만들기 위하여,

불붙는 太陽을 향하여 어느 날

이것들을 던졌다!

그러나 이 눈의 눈동자, 입을 여는 혀의 첫 마디,

이 敵과 같이 頑强한 빛의 盟誓는

더 무너질 길이 없어,

날마다 날마다 그 빛의 뜨거운 품 안에서

더욱 더 새롭게 타는 것이다.

—「寶石」 전문

　‘보석’은 김현승의 시세계에서 아주 독특한 의미를 집약하고 있는 시적 이미지이다. 그것의 변용 개념도 상당수 있는데, 그것들은 한결같이 반짝이거나 견고한 것들이다.

다시 강조하지만 이 시인이 지향하는 아름다움은 '자족적 심미성(審美性)'이 아니다. 그것은 철학적 인생론에 바탕을 둔 격조(格調)와 품격에 관련된 것이다. 따라서 "아름다운 것들은 피가 없다! / 그를 바라보는 나의 사랑도 / 영원의 눈에선 그러하다. // 죽음이란 썩을 것이 썩는 곳——// 햇빛은, / 그 다음 날, / 무덤에서 얻은 나의 새 이름을 / 차거운 돌——그 깨끗한 무늬 위에 / 견고(堅固)하게 견고하게 아로새겨 줄 것이다"(「돌에 사긴 나의 시(詩)」)에 나타나 있는 "아름다운 것들" 역시 예외 없이 피도 돌지 않는 견고하고 마른 비생명성으로 보이고 있는데, 그 비생명성(견고함)이야말로 이 세상에서 단 하나의 남을 만한 진리라고 시인은 본다. 따라서 '나의 시' 역시 돌에 아로새겨져야 한다.

"시 예술면에서는 나는 고독을 주제로 추구하면서 새로운 미학에 흥미를 느끼게 되었다. 건조미에 새로운 매력을 느끼게 되었다. 나의 생리적 연령으로 보아도 추구하여 봄직한 미가 아닐까? 나의 선천적 기질은 나 자신이 생각하여도 화려하거나 명랑한 편은 아니지만, 이 건조미의 취지는 다분히 금욕적인 헤브라이즘에 대한 나의 후천적 훈련에서 얻어진 것인지도 모른다. 나의 후기 시를 살펴보면 「보석」, 「파도」와 같은 파토스적인 작품이 없지는 않으나, 이러한 작품도 따지고 보면 건조미에 대한 나 자신의 반동으로써 얻어진 산물이라 할 수 있고, 보다 많은 후기 시의 특징은 역시 건조미에 있음을 나 자신 인정하지 않을 수 없다"[76]와 같은 그의 발언은 이와 같은 그의 미적 지향에 대한 암시가 된다.

단순한 하나의 이미지가 반복되고 집요하게 착근되어 지속성과 안

---

76 「나의 고독과 나의 시」, 212~213면.

정성을 얻을 때 그 독특한 의미를 획득한다고 볼 때, 곧 의미 있는 반복을 통해 상당히 지속적이고 안정성 있는 그 고유의 위치를 확보함으로써 이미 '상징'의 영역을 넘나든다고 볼 때,[77] '보석' 이미지는 이와 같은 '견고함', '깨끗함', '결정성', '남을 만함' 등을 복합적으로 상징하는 김현승 시의 핵심적 상관물이 된다고 할 수 있다.

창조적 직관은 시인이 어떤 예술에서든지 추구해야 할 최고의 유일한 선물이다. 내면적 필연성에 의해서 예술을 위해 노동에로 기울어지는 어떠한 인간 안에서도 이 선물은 아마 그가 생각하는 것보다 더 겸허한 방식으로 존재할 것이다. 가장 위대한 예술가들의 창조적 직관은 때때로 절망적인 고뇌 가운데서 작용하기도 한다.[78]

김현승 시의 근본 동력은 언제나 자기 자신 안에서 소용돌이치는 '관념'의 상을 쫓는 데 있다. 그리고 그는 그것을 강한 도덕률과 정신의 가열성으로 질서화하며 논리적, 지적 분석을 가한 후 언어로 옷 입히(형상화하)는 순서를 밟는다. 그것은 위에 제시된 마리땡의 말처럼 '고뇌 가운데 이루어지는 창조적 직관'이다. 그런데 그의 시는 동양적 예지 중의 하나인 직관에 의존하는 예가 거의 없고, 음률이나 해조(諧調)에 민감하지도 않다. 인간의 운명적 유한성을 절감한 서정적 주체의 올곧은 관념적 진실만이 광채처럼 빛난다. 많은 연구자가 지적했듯이 '보석'의 결정성이야말로 그가 파악한 존재의 근본 양식인 밝음과 어둠의 양면

---

77 Philip Wheelwright, 김태옥 역, 『은유와 실재』, 문학과지성사, 1988, 92~98면 참조.
78 Jacques Martain, 김태관 역, 『시와 미와 창조적 직관』, 성바오로출판사, 1985, 442~443면.

을 동시적으로 포괄하는 이미지[79]이다. 그것은 다름 아닌 '결정성'과 '소멸성'이라는 대위적 형질을 통합해 내는 이미지인 것이다. 이와 같은 '보석'의 상징적 이미지는 「빛」, 「희망이라는 것」, 「고전주의자(古典主義者)」, 「어제」, 「가을」, 「겨울 보석(寶石)」, 「가을의 비명(碑銘)」 등에서 계속 나타난다.

"이 달엔 / 먼 수평선이 / 높은 하늘로 서서히 바꾸이고, / 뜨거운 햇빛과 / 꽃들의 피와 살은 / 단단한 열매 속에 고요히 스며들 것이다" (「가을이 오는 달」)에서 '꽃들의 피와 살'은 물론 내리쬐던 햇빛조차 '가을'이라는 계절에는 단단하고 견고한 열매로 통합해버리는 상상력은 결국 '결정성'에 대한 이 시인의 집념을 드러내주는 것이다.

봄은 입술로 말하더니

가을은 눈으로 말을 한다.

말들은 꽃잎처럼 피고 지더니

눈물은 내 가슴에

寶石과 같이 오래 남는다.

밤 이슬에 나아와

十月의 이마 위에 손을 얹어 보았는가.

代理石과 같이 찰 것이다.

그리고 네 영혼의 피를 내어

그 돌에 하나의 물음을

79 김종철, 「견고한 것들의 의미」, 『시와 역사적 상상력』, 문학과지성사, 1978, 61면.

새기는 이만이,

굳은 열매와 같이

種子 속에 길이 남을 것이다!

—「가을의 碑銘」 전문

언어는 존재의 집[80]이라는 말이 있듯이 '언어'는 그 사람의 영혼이나 존재 모두를 표상하는 매재일 뿐만 아니라 그것 자체이기도 하다. 이 시에서 보이는 견고하고, 단단하고, 마르고, 차고, 굳은 형상은 시인 자신의 언어이자 영혼이기도 한데, 그것은 흐름의 설렘을 잃어버린 죽은 물처럼 고여 있는 것이 아니다.

단풍이 지고 나면 가을산은 비가 내리지 않아도 물이 많아지는데 그 까닭은 산 스스로 물을 내기 때문이다. 겨울에 얼지 않기 위하여 계곡의 깊은 물을 바깥으로 밀어 내어 미리 자신을 바싹 건조시키는 셈이다. 그 물을 두고 우리는 '추수'라고 한다. 스스로 나왔으니 차고 아름다울 수밖에 없다. 이 시에 나타난 '보석'의 의미는 그러한 스스로 새겨지는 비명(碑銘)인 셈이다. '봄 / 가을' '입술 / 눈' '말 / 눈물' '한기(찰) / 온기(피)'의 대위구조는 이 시에서 형상성과 대위성을 제고시키며 완성된다. 그것들은 이제 어느 것이 어느 것보다 우월한 것이 아니라 이 세상을 이루는 하나의 원리의 두 양상이기도 하다.

---

80 마르틴 하이데거의 말이다. 하이데거는 「시인의 사명은 무엇인가」라는 글에서 존재가 언어에 관련되어 있을 뿐만 아니라 종속되어 있다는 의미에서 이 표현을 쓰고 있다. 언어로서 표현되지 않은 존재는 인식되었다고 할 수 없고, 인식되지 않은 존재는 어둠 속에 갇혀 있는 것과 마찬가지로 참된 의미에서 존재한다고 할 수 없기 때문이다.

봄은

가까운 땅에서

숨결과 같이 일더니

가을은

머나먼 하늘에서

차가운 물결과 같이 밀려 온다.

꽃잎을 이겨

살을 빚던 봄과는 달리,

별을 생각으로 깎고 다듬어

가을은

내 마음의 寶石을 만든다.

눈동자 먼 봄이라면,

입술을 다문 가을

봄은 言語 가운데서

네 노래를 고르더니

가을은 네 노래를 헤치고

내 言語의 뼈마디를

이 고요한 밤에 고른다.

─「가을」 전문

　김현승의 시는 주로 ‘종교적 상상력’에 의거한 관념을 탐구의 대상으로 하고 있음에도 불구하고 그 ‘관념’이 자연 사물의 이미지와 적절하게 결합되어 절제된 아름다움을 획득하고 있는데, 이 시 또한 그러하다. 그는 ‘가을’에 관한 많은 시를 썼거니와 그의 시에서 ‘가을’은 기도와 명상의 깊이로 집중되는 기쁨의 시간이다. 이 시에서 ‘가을’은 ‘봄’과의 대위 속에서 그 모습과 의미를 뚜렷이 드러낸다. 1연과 2연에서 ‘봄’은 ‘가까운 땅(육체적 성향)’, ‘부드러운 숨결’에, ‘가을’은 ‘머나먼 하늘(정신적 성향)’, ‘차가운 물결’에 비유된다. 그것은 서술어 ‘일다’ ‘밀려오다’의 대비에 의해 밀물, 썰물의 리듬과도 같이 순환하는 자연의 질서를 구축한다.

　3연에서 ‘봄’과 ‘가을’은 ‘꽃잎과 살’ / ‘별과 보석’의 대비를 통해 육체적인 것과 정신적인 것, ‘소멸’하는 것과 ‘영원’한 것의 대비로 나타난다. ‘꽃잎과 살’은 유한하게 스쳐 지나가는 아름다움을 지니지만, ‘가을’은 깎고 다듬어 정제되면서 ‘보석’으로 조형화되는 영원성의 이미지인 것이다. 따라서 여기서는 순간성의 상징인 동식물적 이미지와 항구성을 상징하는 광물적 이미지가 대비되어 나타난다.

　4연은 인체에서 비유를 빌려와 ‘봄’과 ‘가을’을 ‘눈동자’와 ‘입술’에 대비시킨다. ‘눈동자 먼 봄’은 육체적 열정적 이미지라면, ‘입술을 다문 가을’은 영혼의 차가운 이성의 세계를 표상한다. 그것은 5연에서 다시 확대되어 인생을 예찬하는 분방한 감성의 노래와 정제된 정신적 언어의 대비로 나타난다. ‘입술을 다문 가을’의 이미지는 사색과 침묵의 이미지로서, 외계를 향한 마음의 문에 빗장을 질러버린 상태이다. 결국 그것은 그가 즐겨 시화한 ‘견고한 고독’의 이미지이다. ‘언어의 뼈마디’

라는 표현 역시 이러한 단단함의 이미지에 연결되어 있는데, 그것은 화려하지만 순간적인 '노래'와 대비된다. 이러한 단단한 사물의 이미지를 통해 그는 삶의 비참함을 견뎌 내는 결연한 정신적 자세를 보여주고 있다. 여기서 '뼈마디'는 살이 지니는 물기와 기름기를 제거함으로써 존재의 가장 중요한 실체를 드러내는 것이다.[81] 그의 가을에 대한 인식의 편모(片貌)는 다음 산문 「초가을」의 일절에 잘 나타난다.

> 봄에는 가장 아름다운 사람을 만나는 것이 기쁨이 되고, 가을에는 가장 깊은 시를 얻는 것이 나의 기쁨이었다. 이리하여 나는 일생 동안 가을의 외로움이나 슬픔을 모르고 살아 왔다. 외로움이 있는 곳엔 가을마다 기도가 있었고 그 기도에 리듬을 붙이면 시가 되었다.[82]

'관념시'와 '물질시'를 최초로 구분한 것은 랜섬의 「Poetry : A Note on Ontology」에서였다. '물질시'는 '사상'을 배제하고 '이미지'만을 중시하며, '관념시'는 '사상'의 제시에만 골몰할 뿐 '이미지'의 기능을 무시해버린 시라고 하였다. 위의 두 가지 유형은 모두 인간의 전존재를 대상으로 하지 않고, 그 일면만을 분리시켜 추구하는 오류를 범하였다.[83] 그러나 김현승의 시는 '관념의 사물화'를 이루며, '관념시'와 '물질시'의 한계를 극복한 세계이다.

'소멸'에 대한 시적 굴착 그리고 그 '소멸'을 근본 동력으로 하는 비타

---

81 김현자, 「김현승의 「가을」」, 『한국 현대시 작품 연구』, 민음사, 1988, 201면.
82 「초가을」, 52면.
83 문덕수 · 김시태, 『문학개론』, 시문학사, 1982, 99면.

협적 결정으로서의 '고독'의 이미지는 가장 김현승적인 시적 추구의 모습이라고 할 수 있다. 그가 추구해 마지않는 '뼈 속의 언어'야말로 '산까마귀 울음소리'처럼 삶의 근원 또는 심연 또는 밑바닥까지 이르는 지적 가열성을 뜻한다고 하겠다. 따라서 우리는 김현승 시의 변모 과정을 한 마디로 '관념적 진실'이 가지는 시적 명징성의 점진적 획득 과정으로 집약할 수 있고, '보석' 이미지는 '소멸'과 동시에 '영원성'의 결정의 의미를 띤다고 할 수 있다.

3) '고독'의 시적 천착

김현승이 이 시기에 가장 줄기차게 매달렸던 시적 주제는 앞서 이야기하였듯이 '고독'이다. 이 시인이 추구한 '고독'의 층위는 실로 다양한데, 그것은 그 스스로 말했던 '기질적인 고독', 그리고 시대적 양상이 가져다 준 '사회적인 고독', 그리고 '존재론적 고독'과 '신을 잃은 고독' 등으로 나타난다.

믿음이 많은 사람들은 가벼운 날개를 달고
하늘나라로 사라져 가는데,

저녁 나절 구름들은
저 지평선의 가느다란 허리를
꿈 많은 손으로 안아 주는데,

나는 門을 닫고

시들시들 나의 병을 앓는다.

—「病」 중에서

이 시는 「자화상(自畵像)」에서 '연옥'을 떠올렸던 이 시인이 믿음이
많은 사람들과 일정한 격리 상태에서 시름시름 기질적인 '고독'의 병을
앓고 있음을 보여 준다. 위에서 제시한 기질적이고 사회적인 '고독'이
나타난 경우이다.

마른 열매와 같이 단단한 나날,

주름이 고요한 겨울의 가지들,

내 머리 위에 포근한 눈이라도 내릴

灰色의 가랁은 빛깔,

남을 것이 남아 있다.

몇 번이고 뒤적거린

낡은 辭典의 單語와 같은……

츄잉·검처럼 질근질근 씹는

스스로의 그 맛,

그리고 인색한 사람의 저울눈과 같은 正確,

남을 것이 남아 있다.

낡은 椅子에 등을 대는

아늑함.

문 틈으로 새어 드는 치운 바람,

질긴 筋肉의 창호지,

책을 덮고 문지르는 마른 손등,

남을 것이 남아 있다.

뜰 안에 남은

마지막 잎새처럼 달려 있는

나의 信仰,

그러나 舊約을 읽으면

그나마 바람에 위태로이

흔들린다

흔들린다.

─「겨우살이」 전문

　「겨우살이」라는 제목이 시사하듯이 이 시의 시간적인 상황은 '가을'이 아니라 '겨울'이다. 이 사실은 매우 흥미롭다. '가을'이라는 '소멸'의 이미지가 이 시에서는 '겨울'이라는 '불모성'으로 전이되어 있기 때문이다. 1연의 "마른 열매"는 비록 "단단한 나날"을 비유적으로 설명하고는 있지만, 그것과 가을에 성숙의 결과로 단단해진 열매를 비교해 보면, 전자의 단단함은 본래적인 것이라고 할 후자의 단단함이 아니라, 철 지나 주름지고 마른 상태에 이른 단단함, 곧 활력 있고 풍요로운 모든 것을 잃어버리고 메마른 껍질만이 남아 있는 단단함, 한마디로 쇠

멸하기 직전의 단단함이라고 하겠다.[84]

너를 잃은 것도

나를 얻은 것도 아니다.

네 눈물로 나를 씻어 주지 않았고

네 웃음이 내 품에서 장미처럼 피지도 않았다.

그러나 그것도 아니다.

눈물은 쉬이 마르고

장미는 지는 날이 있다.

그러나 그것도 아니다.

너를 잃은 것을

너는 모른다.

그것은 나의 내 안의 잃음이다.

그것은 다만 …….

—「고독」 전문

"고독은 마침내 목적(目的)이다. / 고독하지 않은 사람에게도/ 고독은 목적 밖의 목적이다. / 목적 위의 목적이다"(「고독한 이유(理由)」)에서 보듯이, 김현승이 취하고 추구하는 '고독'의 본질과 이유는 실존 자체

---

84 곽광수, 「김현승의 고독」, 숭실어문학회 편, 『다형 김현승 연구』, 보고사, 1996, 78면.

가 환기하는 존재의 형식이다. 따라서 '고독'의 손익계산서는 확실하지 않다. 왜냐하면 '고독'은 선택적 가치의 개념이 아니라 불가항력적인 존재 조건으로서의 개념이기 때문이다.

　따라서 "너를 잃은 것도 나를 얻은 것도 아니"며, 그것은 다만 "나의 내 안의 잃음"이다. 원래 이원적인 대위구조적 상상력에서는 '잃음'이 있으면 '얻음'이 자연히 따라와야 한다. 그러나 이제 이 시인에게서는 무엇을 잃었을 때 반대급부적으로 다른 것을 얻는다는 일실일득(一失一得)의 교환가치는 애초에 존재하지 않는다. 다만 '잃음'과 '얻음'은 그 자체로 이미 동질적인 것이다. 따라서 그에게 '고독'은 그야말로 실존적 조건이 되는 것이다.

　　하물며 몸에 묻은 사랑이나
　　짭쫄한 볼의 눈물이야.

　　神도 없는 한 세상
　　믿음도 떠나,
　　내 고독을 純金처럼 지니고 살아 왔기에
　　흙 속에 묻힌 뒤에도 그 뒤에도
　　내 고독은 또한 純金처럼 썩지 않으련가.

　　그러나 모르리라.
　　흙 속에 별처럼 묻혀 있기 너무도 아득하여
　　영원의 머리는 꼬리를 붙잡고

영원의 꼬리는 또 그 머리를 붙잡으며

돌면서 돌면서 다시금 태어난다면,

그제 내 고독은 더욱 굳은 순금이 되어

누군가의 손에서 千년이고 萬년이고

은밀한 약속을 지켜 주든지,

그렇지도 않으면

안개 낀 밤바다의 寶石이 되어

뽀야다란 밤고동 소리를 들으며

어디론가 더욱 먼 곳을 향해 떠나가고 있을지도…….

—「고독의 純金」 전문

'신이 없는(또는 신을 잃은) 고독'은 곧 존재론적 고독으로 이어진다. 이 작품은 '신성'과 '세속'의 갈등이 변증법적 지양을 갈망하는 데서 도달한 또 하나의 세계를 보여 준다. 이 시는 바로 신의 절대적인 권능과 섭리에서 벗어나 인간의 적나라한 원상을 마주하여 그 본질을 꿰뚫어 보려는 노력을 반영한다.[85] 갈등과 화해, 운명 의식, 절제된 시형, 전면적 긍정 등이 시 전면에 나타나고 있다.

'순금'으로 변한 '고독'은 이미 '사물'이다. 따라서 서정적 주체의 주관적 정서가 차단되고 '고독'이라는 '사물'만 견고하게 남는다. 이와 같이 김현승 시에서 '사물화'는 형식상의 메타포 과정을 생략하고 드러난

---

85 김재홍, 「다형 김현승—가을정신 또는 고독의 사상」, 『한국현대시인연구』, 일지사, 1986, 310면.

곳에 새로움이 놓여 있다[86]고 볼 수 있다. '고독'은 말하자면 신과 단절된, 믿음도 소멸된, 그러나 흙 속에 '순금'처럼 빛나고 있는 고귀한 취후의 존재이다. 인간과 인간에 속하는 모든 것이 소멸되고, 신과 신앙도 상실된 뒤에 마지막 남은 실존적 잔영(殘影)이 예의 '절대고독'이다. '나 / 고독'의 단계가 소멸되고 '나 = 고독'이 된다.

> 나로 하여금
> 세상의 모든 책을 덮게 한 고독이여!
> 비록 우리에게 가브리엘의 성좌와 사탄의 모든 저항을 준다 한들
> 만들어진 것은 고독할 뿐이다!
> 인간은 만들어졌다!
> 무엇 하나 이 우리들의 의지 아닌,
>
> 이 간곡한 자세 ── 이 절망과 이 구원의 두 팔을
> 어느 곳을 우러러 오늘은 벌려야 할 것인가!
>
> ― 「인간은 고독하다」, 중에서

이 작품에 표백되어 있는 절규는 결코 기독교 신앙에 대한 배교적(背敎的)인 부정이 아니라 '갈가마귀' 같은 고독한 영혼을 찾아 나선 퓨리턴의 자기 고백[87]일 것이다. 만들어진 존재 곧 한갓 '피조물'에 불과한 인간은 자신의 주체적 의지를 가지고 실존적 운명을 개척해 나갈 수

---

86 김윤식, 「신앙과 고독의 분리문제」, 『한국현대시론비판』, 일지사, 1986, 169면.
87 최동호, 「눈물과 고독의 정결함」, 『불확정 시대의 문학』, 문학과지성사, 1987, 48면.

있는 능력 밖의 고독한 존재이다. 그 '고독'을 극복의 대상이 아닌 운명
적 조건으로 수락하는 것은 지극히 고통스럽고 비애스럽지만 그것은
인간의 본질을 인식하는 계기가 되고, 절대자를 찾아 나설 수밖에 없
는 마디가 된다.

그러나 김현승의 '신'에 관한 인식 또는 자기 정체성에 관한 인식이
키에르케고르를 연상시키는 실존주의적인 것과 완전히 등가를 이루
는 것은 아니다. 왜냐하면 키에르케고르가 다분히 신 앞에서 '단독자'
로서의 인간적 구원을 바랐던 데 비해, 김현승의 그것은 신으로부터
멀리멀리 방법적으로 떠나버린 순수 고독의 세계이기 때문이다.[88] 그
순정한 고독의 세계를 그는 다음과 같이 표현한다.

나는 이제야 내가 생각하던
영원의 먼 끝을 만지게 되었다.

그 끝에서 나는 눈을 비비고
비로소 나의 오랜 잠을 깬다.

내가 만지는 손끝에서
아름다운 별들은 흩어져 빛을 잃지만,
내가 만지는 손끝에서
나는 내게로 오히려 더 가까이 다가오는
따뜻한 체온을 새로이 느낀다.

---

88 이운룡, 『김현승—한국현대시인연구 10』, 문학세계사, 1993, 198면.

이 體溫으로 내게서 끝나는

나의 영원을 외로이 내 가슴에 품어 준다.

그리고 꿈으로 고이 안을 받친

내 言語의 날개들을

네 손끝에서 이제는 티끌처럼 날려 보내고 만다.

나는 내게서 끝나는

아름다운 영원을

내 주름 잡힌 손으로 어루만지며 어루만지며

더 나아갈 수도 없는 나의 손끝에서

드디어 입을 다문다 —— 나의 詩와 함께.

— 「절대고독」 전문

원래 '사물시'란 대상을 주관의 얽매임에서 해방시키고, 사물 그대로를 충실히 반영하여, '사실 지향의 발언'을 궁극적인 목표로 삼는 시이다. 따라서 '사물시'는 서정적 주체가 억압되거나 배제되고 그 대신 대상의 감각적 인상이 전면화되어 시를 지탱하는 것이다. 그런 면에서 김현승의 시는 순수한 의미에서 '사물시'가 아니다.

김현승의 필생의 시적 테마였던 '고독'은 프로테스탄트의 힘겨운 자기 각성 또는 자기 정체성 도달의 의미를 띤다. 신의 일관된 침묵, 그러나 세계를 버릴 수 없는 고독한 자의 쓸쓸함은 앞서 보았듯이 그의 시에서 '보석(寶石)'이라는 이미지를 즐겨 불러온다. 그것은 그의 내면의

고독과 고고함을 동시에 표상하는 시적 이미지이다.[89]

김현승은 그의 시작 후기에 이르러 그의 시적 주제를 온통 '고독'의 의미에 두었던 시인이다. 시집『견고한 고독』과『절대고독』은 이러한 그의 집요한 탐구열을 보여주는 작품집인데, 이때 '고독(Solitude)'의 시적 의미는 외따로 혼자 버려져 있는 감각적 쓸쓸함으로서의 '외로움(Lonliness)'과 질적으로 다르다. 그것은 '단독자'로서의 인간적 실존에 대한 자각을 의미하는 개념으로 쓰이고 있다. 다른 짐승들과는 달리 인간은 자신이 고독한 존재라는 것을 앎으로써 세계와 자신을 인식하는 것이다.

보통 '고독'은 홀로 있음의 의미이다. 이를 '고립자'와 '단독자'의 두 범주로 나누어 생각해 볼 수 있는데, '고립자'는 기질적인 문제에 속하며, '단독자'는 인간된 실존적 조건이다. 일찍이 키에르케고르는 참된 타자와의 관계를 설정하고 있다. 그에 의하면 '단독자'는 모든 사람들 속의 단 한 사람을 의미함과 동시에 만인을 의미할 수가 있다. 만일 사람들이 변증법적으로 주의를 환기하려 한다면 '단독자'의 범주를 늘 쌍방에 걸쳐 사용할 수가 있다. 이 이중적인 것이 참된 '단독자'의 사상이다. 이 '단독자'에 철저해지는 것이 타자와의 연대를 낳는다.[90]

이 시에 나타나는 '고독' 역시 고립되고 절망적인 '외로움' 같은 차원의 것이 아니다. 오히려 '고독'에 깊이 들어간 세계에서 새로 발견하는 탄생의 기쁨을 보고 있다. 그것을 일러 시인은 '절대고독'이라 부르고 거기서 '영원의 먼 끝'을 만지고 있다. 중요한 것은 이제까지 '생각하던'

---

89 김윤식 · 김현,『한국문학사』, 민음사, 1973, 279면.
90 김윤식,「신앙과 고독의 분리문제」,『한국현대시론비판』, 일지사, 1986, 158~159면 참조.

것을 '만지게' 되었다는 감각의 전이(轉移)이다. 의식 속에서 이루어진 대상의 확연한 전유를 시인은 만진다는 촉각적 체험으로 절실히 표현한다. 사실 '영원'이란 시간성의 흐름 자체를 절대적으로 부정하는 시간 부정적(negative) 개념이다. 따라서 그 안에는 변화나 굴절보다는 절대성으로서의 무한 동경이 내재한다. 시인은 그 영원의 끝을 만지면서 비로소 고독한 존재로서의 자신을 발견한다. 그것을 하품을 하며 오랜 잠을 깨는 기침(起寢)의 이미지로 표현하였다.

1연의 선언적 이미지는 2연으로 이어지면서 그 뜻을 선명히 하게 된다. 영원의 끝을 자각한 때 자신에게 영롱한 빛을 던져주었던 존재들은 흩어지고 빛마저 잃지만 오히려 그러한 '소멸'을 통해 하나의 '생성'이 이루어지니 그것이 바로 '더 가까이 다가오는 따스한 체온'이다. 이제는 '혼자서' 그것들을 내밀하게 바라보는 서정적 주체의 마음이야말로 '절대고독'을 터득한 견자(見者)로서의 자각이 깃들여 있다. 그때 서정적 주체는 이 시에서 나타나는 궁극적 행동 곧 '꿈으로 고이 안을 받친 내 언어의 날개들'을 티끌처럼 미련 없이 떨구어 낼 수 있게 된다.

그러고 나서 서정적 주체는 그 '고독의 끝'에서 침묵한다. 자신이 이제까지 필생을 다해 써 온 시(詩) 역시 이 순간만은 침묵해버린다. 여기서 시의 침묵은 상반된 두 가지 해석을 동시에 불러일으킨다. 하나는 일생을 통해서 추구해 왔던 시조차도 무위(無爲)로 끝나고 결국은 입을 다물며 침묵해야 하는 인간적 언어의 근본적 한계를 자각한 시인의 예지를 뜻하기도 하고, 다른 하나는 말하지 않아도 완성되는 '불립문자(不立文字)'의 경지를 그의 시가 '절대고독' 속에서 체득했다는 의미도 된다. 아무튼 이 마지막 부분은 '절대고독'과 '영원의 끝'에서 시와 인생이 완성되는 극치의 세계인 것이다. 이와 같이 김현승의 '고독'은 시적 언어의 본령이라고 할 수 있는 뜻겹침(ambiguity)을 풍성하게 견지한다.

　김현승은 철학적이고 주지적인 형이상학적 시를 많이 썼는데, 바로 이 작품은 그가 추구해 왔던 철저한 관념적 진실이 세련된 시적 사유에 도달한 예라 할 수 있을 것이다. 그럼으로써 그의 시적 정수를 표백한 작품이라고 할 수 있을 것이다. 그만큼 그는 '고독' 안에서 '단독자'로서의 자신과 절대자로서의 '신'을 동시에 내적으로 영유하며, '절대신앙'의 몫에 들어가고 만다. '절대자'와 자아의 상호 기투(企投)는 그의 또 다른 시 「절대신앙」에 잘 드러난다.

> 당신의 불꽃 속으로
> 나의 눈송이가
> 뛰어듭니다.
>
> 당신의 불꽃은
> 나의 눈송이를
> 자취도 없이 품어 줍니다.
>
> —「絶對信仰」 전문

　따라서 김현승의 시사적 의의는 인간 존재의 유한성과 소멸성에도 불구하고 그것으로 하여 본질적이며 영원한 세계를 지향하는 초월적 정신의 시적 형상화로 요약되며, 우리 현대시에 사상적 깊이와 형이상시의 가능성을 보여주었다는 데 있다.[91]

거기서

나는

옷을 벗는다.

모든 황혼이 다시는

나를 물들이지 않는

곳에서.

나는 끝나면서

나의 처음까지도 알게 된다.

神은 무한히 넘치어

내 작은 눈에는 들일 수 없고,

나는 너무 잘아서

神의 눈엔 끝내 보이지 않았다.

무덤에 잠깐 들렀다가,

내게 숨막혀

바람도 따르지 않는

곳으로 떠나면서 떠나면서,

91 권영진, 「시와 종교적 상상력(1)」, 『숭실어문』 제2집, 1985, 83면.

내가 할 일은

거기서 영혼의 옷마저 벗어 버린다.

─「고독의 끝」 전문

신적 존재를 부정하는 자리에서 '신성'의 가능성이 역설적으로 움튼다. '고독'이 구도적 열정이 다다른 최후의 존재론적 자리이자 자기 인식의 끝이라는 점에서, 그것은 궁극적 실재와 만나는 자리이기도 하다. 명쾌한 단문 구조로 되어 있는 이 작품은 고독의 끝에 이르러 '끝'과 '처음'의 대위구조를 어느새 하나의 관념으로 주체 안에서 통합시킨다. 5연 이후의 내용에서 예수의 부활을 비유적으로 읽는[92] 것은 그의 '인유적 상상력'의 일단일 뿐이지 그가 내용적이고 가치 추구적으로 그 이야기를 담는 것은 아니다.

그가 '고독'을 절대에까지 추구, 실현하기 위하여 인간적 요소(애증, 감정, 정서 등)를 철저히 제거하여 도저한 반생명적 사고를 형성한 것은 1930년대의 모더니즘 시풍의 영향을 받았기 때문이기도 한데, 그로 인하여 그의 시의 특장은 서정적 감미로움보다는 내적으로 올곧고 빈틈이 없으며, 탄탄하고 비타협적이고 고고한 데 있다. 그러나 이 특징이자 단점을 극복하는 길이 이 시인의 말대로 '현대의 고독'을 테마로 추구하는 것이었다면, 그것이 정립된 다음에 오히려 친화와 온기와 사랑을 시 안에 구현함으로써 한 차원 더 높은 세계를 지향해야 할 것이었다.[93] 이제 이 시인은 다음 작품을 통하여 '전환'을 꿈꾼다.

---

92 박이도, 「김현승의 「고독의 끝」」, 『현대시의 이해』, 문학과비평, 1992, 213면.
93 박두진, 『한국현대시인론』, 일조각, 1982, 306면.

이제는

밝음의 이쪽보다

나는 어둠의 저쪽에다

귀를 기울인다.

여기서는

들리지도 않고

보이지도 않는

어둠의 저쪽에다 내 귀를 모두어 세운다.

이제는 눈을 감고

어렴풋이나마 들려오는 저 소리에

리듬을 맞춰 詩도 쓴다.

이제는 떨어지는 꽃잎보다

고요히 묻히는 씨를

내 오랜 손바닥으로 받는다.

될 수만 있으면

씨 속에 묻힌 까마득한 約束까지도 …….

그리하여 아득한 시간에까지도 이제는

내 웃음을 보낸다,

순간들 사이에나 떨어뜨리던 내 웃음을

이제는 어둠의 저 편

보이지 않는 시간에까지

모닥불 연기처럼 살리며 살리며 …….

—「轉換」 전문

사실 '전환'이라는 분기점은 두 가지 기축을 전제로 한다. 변화의 '기점'과 '귀결점'이 그것인데 이 작품 안에서 서정적 주체가 지향하는 방향은 그의 정신적 좌표와 어느 정도의 상동성을 이룬다.

이제까지 우리는 김현승의 시력(詩歷)을 인간의 실존적 인식 심화의 양상으로 읽어 왔다. 김현승 시의 아름다움은 '관념의 조소성'에 있다. 우리 시에서 드물게 보는 모럴리스트[94]로그를 읽을 수도 있고, 김현승의 시를 '선비주의'로 읽을 수도 있다. 또 우리는 그에게서 '사물'들이 각각 개별적인 사물들로서 존재하면서 서로 범람하지 않고 평화와 조화의 관계를 유지하는 투명성을 읽어 낼 수도 있다.[95] 이 지점에서 김현승의 시 작업이 급격한 자기 회귀를 보이는 것은 이제 일관되게 고양되어 오던 그의 관념적 욕구와 긴장이 와해된다는 것을 의미한다.

관념론적 사유에 의하면 원래 '실재(實在)'는 정신적인 것이다. 버클리(Berkley)가 말한 바와 같이 "존재하는 것이 지각되는 것이다(esse est percipi)." 따라서 물질은 정신 속에 있는 관념들(ideas)의 형태로밖에는, 또는 정신 활동의 표현으로밖에는 존재하지 않는다.[96] 그런 의미에서 김현승의 사유 방식은 관념론의 한 형태인 기독교적 실존주의[97]에 입

---

94 김우창, 「김현승의 시—세 편의 소론」, 『지상의 척도』, 민음사, 1981, 243면.
95 위의 글, 251면.
96 이명섭 편, 『세계문학비평용어사전』, 을유문화사, 1985, 41면.
97 기독교적 실존주의는 그의 사유 모델을 설명하는 데 유용한 참고가 된다. 그것의 내용은 첫

각한 것이었으며, 그는 인간 존재를 신 앞에 던져진 유한하고 고독한 존재로 파악, 그 안에서 영원을 감득하는 '절대고독'의 극한까지 추구해 간 보기 드문 지적 치열성을 지닌 시인이었다. 그리고 그 방법적 기제는 관념의 이미지화와 외계와 주체의 상호 기투에 의한 외계의 내면화였음을 알 수 있다. 그것은 역설적으로 말하여 김현승에게 자기 탐구 및 자기 구원의 한 방법이기도 하였다.

4. 체험적 직접성과 절대귀의―『마지막 지상에서』, 『날개』[98]

김현승의 사후에 발간된 『마지막 지상에서』(1975)는 그 제호(題號)가 상징하듯 '지상'에서 이룬 그의 시적 '편력'을 매듭짓고 마감하는 세계가 그대로 녹아 있는 시집이다. 일생을 치열한 '자기 탐구'와 실존적 고투로 보낸 그의 말년의 시세계는 그 고투의 '흔적 지우기'의 몸짓, 그리

째, 인간은 인격적이며 완전한 의식을 가지게 되었을 때 소외된 우주에 있는 자신을 발견한다. 하나님의 존재 여부는 이성에 의해서가 아니라 믿음에 의해서 해결되는 난제이다. 둘째, 인격적인 것은 가치 있는 것이다. 셋째, 지식은 주관적인 것이다. 완전한 진리는 종종 역설적이다. 넷째, 사건의 기록으로서의 역사는 불확실하고 중요하지 않다. 그러나 현재화되고 생산화된 모델, 유형, 신화 등으로서의 역사는 매우 중요하다 등으로 요약되는데, 김현승의 시적 진실은 이러한 사유의 동력에 힘입은 바 크다고 할 수 있다. James W. Sire, 김헌수 역, 『기독교 세계관과 현대사상』, 한국기독학생회출판부, 1985, 132~140면.

98 시집 『마지막 지상에서』(창작과비평사, 1975)는 김현승 사후(死後)에 그의 친지들에 의해 엮어진 이른바 '유고시집'이다. 그 안에는 말년에 그가 창작한 시와 더불어 그간에 시집에 채록이 못 되었던 작품들까지 망라하고 있다. 그러나 시집 『날개』는 시인의 생전에 전집을 꾸밀 때 그와 같은 제호 아래 시가 묶여 있을 뿐, 간행되지는 않았다.

고 치열했던 '갈등'의 해소와 '신'을 향한 평화로운 절대귀의의 세계가 펼쳐진다. 이러한 변화가 한 시인이 누린 시적 편력의 상징적 결말이자 완결성 있는 '신앙인'의 귀로(歸路)라는 데 우리로서는 이의를 제기할 수 없다. 누구에게나 '삶'은 '시'보다 앞서가는 것이므로 더욱 그렇다. 아니 정확하게 말하면 '시'와 '삶'은 서로 앞서거니 뒤서거니 하면서 하나가 다른 하나를 견인해 나가는 것이니까 말이다.

그러나 지금껏 우리가 확인하였듯이 일관되게 질적으로 고양되어 오던 그의 시적 음역(音域)과 형상은 '체험적 직접성'이라는 연역적(演繹的) 자장 안으로 강하게 굴절된다. 절실한 체험에서 길어올려지는 강한 '관념'(여기서는 '신념' 또는 '신앙'이 된다) 앞에 그의 시는 심미성의 훼손과 시적 긴장의 느슨함을 맞이하게 된다. 추상적이고 항구적인 절대성에 기투(企投)하게 된 서정적 주체에게 세속적이고 철학적인 갈등과 길항의 세계는 더 이상 시적 추구의 대상이 되지 못하는 것이다.

인간이 유한할 수밖에 없다는 인식과 '신'을 향한 구원에의 갈망은 그대로 선(善)이 되고, 그것이 곧 인간과 신의 무갈등적 화해의 길목을 트게 된다. 따라서 그의 마지막 시세계에서 우리는 반드시 긍정적이라고만은 할 수 없는 종교적 자각과 시적 충전의 일치를 경험하게 된다. 이제 시인은 인간 스스로의 존재론적 성찰을 절대자에게 일방적으로 기투함으로써 갈등을 한껏 벗어난 행복과 평화를 느끼게 된다. 달리 말하면 그것은 '성(聖)'에 대한 투항으로부터 얻어지는 '평강(平康)' 같은 것이다. 하나하나씩 방법적 자각을 거쳐 이르게 된 경지가 아니라 순치(馴致)될 겨를도 없이 일방적인 투항을 통해 형성된 그의 시세계는 '시인으로서의 삶'이 아니라 '신앙적 삶에서의 시'라는 인식의 거대 전환을 겪으며, '체험의 절실성'을 갈등 없이 존중하는 전회(轉回)의 모습을 보인다.

> 나는 햇수로는 3년, 만으로는 2년 전에 뜻하지 않은 고혈압 증세로 쓰러져 죽었다가 깨어났다. 쓰러지기 이전의 나의 생애는 양적으로 거의 나의 일생에 해당하는 세월이었고, 쓰러진 직후 지금까지의 나의 생애는 2, 3년에 지나지 않는다. 그러나 질적으로는 나의 두 개의 생애는 맞먹는다고 할 수 있다.[99]

이와 같은 김현승의 신앙적 고백은 그가 겪은 체험의 무게와 절실성을 고스란히 나타내주고 있다. '간증(干證)'이라는 종교적 언어의 형식을 빈 이와 같은 발언은 서정적 주체의 '체험'이 그의 지적, 정서적 인식을 압도하며 하나의 굽힘 없는 방향을 설정하게 하는 것이다.

김현승의 시적 변모를 우리가 '편력(遍歷)'이라는 상징적 언어로 지칭할 수 있다면 그것은 참으로 적절한 표현이라고 생각된다. 왜냐하면 '편력'이라는 말은 다양한 공간의 이동이라는 일차적 뜻과 함께 그만큼 굴절 많고 변화무쌍한 삶의 궤적까지 추상적으로 은유하고 있기 때문이다. 우리는 김현승의 초기 시세계에서 자연 형상에 이입된 주체의 강한 계몽적 열정이 이원적 알레고리로 나타나는 국면을 보았는데, 그 이원성이 해소·통합되면서 지상적(세속적) 가치와 천상적(신성적) 가치의 동시 추구로 나타나는 것을 목격하였다. 이러한 그의 관념적 천착이 '고독'이라는 존재론적 모색에 집중적으로 구심력을 형성하는 것을 보았다.

---

99 「나의 생애와 나의 확신」, 165면.

그 '편력'의 길에 '존재론적 딜레마'는 시인됨의 성실성을 방증해주는 것이기도 하다. 물론 한갓 포즈로서 하나를 택하고 하나를 버리는 행위는 편의적이기도 하고 이데올로기적이기도 하다. 그러나 그와 같은 '배제'의 논리는 철학적인 사유이지 시적 사유는 못 된다. 시지프스적인 순환성에 의한 절망을 흔히 겪으면서도 볼멘 소리에 의한 과잉된 포즈를 취하지 않는 정결함과 단호함이 그의 시에는 있다.

1) 무갈등의 화해 공간

이원적 대위구조는 앞서 말했듯이 김현승이 취한 핵심적인 시적 방법론이다. '밝음, 긍정, 포용, 영원, 생성, 견고, 새벽(아침, 광명)' 등과 '어둠, 부정, 방황, 순간, 소멸, 유약, 밤(저녁, 황혼, 어둠)' 등으로 상징되는 대립성과 긴장이 이 세상과 삶을 구성하고 있음을 그는 분명히 인지하고 그것을 시적 방법론으로 설정하고 있었던 것이다. 처음에는 그 대립성이 이원적 알레고리로 나타나다가 시간이 흐르면서 하나로 통합되는 과정을 밟게 되는데, 이 마지막 시기에서는 그 갈등과 분계(分界) 자체가 일방적으로 소멸되어버리는 '무갈등의 화해 공간'이 펼쳐진다.

이 어둠이 내게 와서

요나의 고기 속에

나를 가둔다.

새 아침 눈부신 땅에

나를 배앝으려고.

이 어둠이 내게 와서

나의 눈을 가리운다.

지금껏 보이지 않던 곳을

더 멀리 보이게 하려고,

들리지 않던 소리를

더 멀리 듣게 하려고.

이 어둠이 내게 와서

더 깊고 부드러운 품안으로

나를 안아 준다.

이 품속에서 나의 말은

더 달콤한 숨소리로 변하고

나의 사랑은 더 두근거리는

허파가 된다.

이 어둠이 내게 와서

밝음으론 밝음으론 볼 수 없던

나의 눈을 비로소 뜨게 한다!

마치 까아만 비로도 방석 안에서

차갑게 반짝이는 異國의 寶石처럼,

마치 고요한 바닷 진흙 속에서

아름답게 빛나는 眞珠처럼 ……

—「이 어둠이 내게 와서」[100] 전문

이제 '어둠'은 '빛'보다 위대하다. 시 「전환」에서 이미 나타났듯이 이제 그에게 '긍정 / 부정'의 이항대립은 그 자체의 계선을 폐기하고 그는 그 역리(逆理)를 넉넉한 마음으로 받아들인다. 김현승 초기 시의 이원적 알레고리는 그 배면(背面)의 진실을 '역설(逆說)'이라는 형식으로 전유한다. 이 시에 나타난 이른바 '요나 콤플렉스'를 바슐라르는 어머니에게로 되돌아감을 상징하여, 부드럽고 따뜻하며 결코 공격되지 않는 편안함이라는 원초적 도피의 내면성의 절대, 행복한 무의식의 절대로 보았다. 이때 바슐라르가 쓴 '요나 콤플렉스'는 따뜻하고 편안한 내면 공간으로의 도피의식을 말하지만 김현승의 '요나 콤플렉스'는 신에의 절대귀의라는 적극적 의지의 표현이라는 측면이 다르다.[101]

이제 그가 겪은 연단(鍊鍛)은 그의 관념이 두른 견고한 껍질을 부수고 그 안의 속살을 스스럼없이 드러내게 한다. 체험적 절실성과 예술적 긴장의 이완 그리고 평화. 이 모든 것이 문학적 감성 특유의 긴장과 갈등의 미학을 증발시키고 오직 '신앙적 자아'만의 견고한 똬리가 둘레지어진다. 이제 회의와 관념적 추구의 대상이 찬미와 기투의 존재로 환골탈태한 행간에는 강박관념에 가까운 '체험적 직접성'이 내재해 있는 것이다.

---

100 이 작품은 김현승 연보에 따르면 1967년 작으로 되어 있으나 그 어간에 출간된 『견고한 고독』이나 『절대고독』에 실리지 않고 1973년 6월 『신동아』에 게재된다. 따라서 창작 연대와 무관하게 이 시인의 마지막 시기를 대표하는 시적 경향을 알리는 작품이 된다.
101 김현, 「행복의 시학」, 『바슐라르 연구』, 민음사, 1978, 219면.

당신의 핏자욱에선

꽃이 피어 —— 사랑의 꽃이 피어

따 끝에서 따 끝까지

당신의 못자욱은 우리를 더욱

당신에게 열매 맺게 합니다.

당신은 지금 무덤 밖

온 천하에 계십니다 —— 두루 계십니다.

당신은 당신의 손으로

로마를 정복하지 않았으나,

당신은 그 손의 피로

로마를 물들게 하셨습니다.

당신은 지금 유태인의 옛 수의를 벗고

모든 四月의 棺에서 나오십니다.

모든 나라가

지금은 이것을 믿습니다.

증거로는 증거할 수 없는 곳에

모든 나라의 합창은 우렁차게 울려납니다.

해마다 三月과 四月 사이의

훈훈한 땅들은,

밀알 하나이 썩어서 다시 사는 기적을

우리에게 보여 줍니다.

이 파릇한 새 목숨의 筍으로……

—「復活節에」 전문

이제 서정적 주체에게 '신'은 방법적 회의를 통해 파악 가능한 실체가 아니라 광대무변하고 정확하게 포착할 수 없는 본질적이고 불가해한 이차원(異次元)의 존재가 된다. '그'는 이제 인식과 추구의 대상이 아니라 신앙과 기투의 대상일 뿐이다.

2) 편력(遍歷)의 마감과 신앙시

그의 시적 편력은 갈등을 떠난 화해로운 원점 회귀로 해소된다. 기독교적 고전의 관습적이고도 원형적인 상징 노릇을 수세기 동안 해 온 존 번연의 『천로역정(天路歷程)』에 나오는 주인공과 빼닮은 여정을 그의 생애와 시세계는 그대로 보여 준다. 따라서 그는 '신'을 향한 방법적 회의와 양심적 개결성을 통한 치열성과 불경(不敬)을 거쳐 다시 절대귀의하는 인간적 한계를 동시에 보여 준 시인이다. 따라서 그의 시세계를 태생적 조건인 기독교적 자장으로 번안하여 읽는 일차원적 신원주의는 제대로 된 독법이 될 수 없는 것이다. 비극적 존재로서의 인간에 대한 승인과 연민, 그리고 절대자의 섭리에 대한 회의와 긍정, 이 모든 것이 '민족애'와의 결합으로 충만한 윤동주(尹東柱)의 세계나 예언자적 지성으로 번득이는 박두진(朴斗鎭)의 시세계와 층위가 다른 것이다.

> 오늘도 하나님께서는 이 새로운 생명과 믿음과 자각을 내게 주시고 아직도 나의 실낱 같은 생명을 지켜 주신다. 이 실낱 같은 나의 생명을 주님이 거두시는 날까지 나는 무엇을 할 것인가? 나는 그때까지 믿음의 시를 쓰다가 고요히 눈을 감고 싶다. 이 이상의 하나님의 축복은 지금의 나에게는 있을 수도 바랄 수도 없다.[102]

따라서 그에게 인생의 궁극적 목표는 '자아 실현'이며 시의 목표는 '자기 탐구'였던 셈이다. 그것은 대립되는 것들의 갈등으로 분열된 자아를 초월적 기능(transcendent function)에 의한 통합으로 극복하면서 이루어진다.[103]

> 깊은 산골에 흐르는
>
> 맑은 물소리와 함께
>
> 나와 나의 벗들의 마음은
>
> 가난합니다
>
> 주여 여기 함께 하소서.
>
> 밀 방아가 끝나는

---

102 「종교와 문학」, 140~141면.
103 Jolande Jacobi, 이태동 역, 『칼 융의 심리학』, 성문각, 1978, 221면.

달 뜨는 수요일 밤

肉松으로 다듬은 당신의 壇 앞에

기름불을 밝히나이다.

주여 여기 임하소서.

여기 산 기슭에

잔디는 푸르고

새소리 아름답도소이다.

주여 당신의 장막을 예다 펴리이까

나사렛의 주여

우리와 함께 여기 계시옵소서.

—「村 禮拜堂」 전문

　이 시는 기도조의 작품이다. '촌 예배당'이라는 공간적 폐쇄성이 시의 정조(情調)를 평화롭고 자족적으로 만들고 있다. 시의 형식은 절대자의 강림을 기원하는 것인데, 여기서 '물소리'와 '새소리'는 환경이 아니고 이미 그 하나의 소리의 원형으로 탈바꿈된다. 여기서 '가난한 마음'은 '결여'를 환기시키는 궁핍이나 핍절이 아니라 '산상수훈'을 그대로 인유한 '가난한 마음의 풍요로움'이라는 역설적 의미이다. '장막'은 기독교적인 상징적 어휘인데, 이러한 세목에 이르기까지 서정적 주체는 아무런 고뇌 없이 무매개적으로 신앙적 질서를 당연한 것으로 받아들이고 있다.

　서정시에서 서정적 주체가 행하는 '화자(Narrator)'의 설정은 시의 주제 구현에서 매우 중요한 의미를 띤다. 여기서 굳이 '서정시'라는 양식을 강조하는 까닭은 '서사'나 '이야기'를 전달하는 '서사시'라든가 극화된 운문인 '극시'의 경우보다 '서정시'의 경우에 그것은 더욱 결정적인 의미를 가지기 때문이다. 소설을 위시한 서사 장르에서도 '서술자'의 선택은 결정적인 미적 분기점이 되고 있지만, '화자'의 목소리를 청자에게 직접 들려주는 양식인 서정시에서 그 결정성은 상대적으로 증폭된다. 따라서 '화자'의 존재 양식은 시적 전언(傳言)이나 형식의 본질을 상당 부분 구속한다고 할 수 있다.

이런 견지에서 서정적 주체를 밝히 드러내고 한편으로는 시가 구현하려고 하는 내용을 온전히 전달할 수 있는 목소리를 우리는 '화자'라고 칭할 수 있을 것이다. 특히 그것을 '시적 화자'라고 할 경우 그것은 '시적 청자(聽者)'라는 또 하나의 의미론적 짝을 상정한 경우라고 할 수 있는데, 그것을 우리는 '발화(發話)'와 '수용(受容)'이라는 행위화된 용어로 바꾸어 부를 수도 있을 것이다. 이 시기 김현승 시에 나타나는 '시적 화자'의 존재 양식은 그 가장 두드러진 특징적 양상이 바로 1인칭 고백어투인데, 그것은 시의 형식이자 내용을 결정하는 중요한 선택이라고 아니할 수 없다.

"내가 받은 시재(詩材)는 어디로부터 받은 것인가? 그것은 하나님이 주신 것이지 지상의 어느 누가 내 가슴과 머릿속에 넣어 준 것은 아니고 넣어 줄 수도 없다"[104]라고 하는 시인의 참회 앞에 모든 이성적, 논리적 추구는 전복되고 만다. 따라서 이 시기의 그의 '신앙'은 시의 성패와는 무관한 우선적이고 긴급한 것이었다.

---

104 「하나님께 감사를 보내며」, 163면.

온 세계는

黃金으로 굳고 무쇠로 녹슨 땅,

봄비가 내려도 스며들지 않고

새 소리도 날아왔다

씨앗을 뿌릴 곳 없어

날아가 버린다.

온 세계는

엉겅퀴로 마른 땅,

땀을 뿌려도 받지 않고

꽃봉오리도

머리를 들다

머리를 들다

타는 혀끝으로 잠기고 만다!

우리의 흙 한 줌

어디 가서 구할까,

누구의 가슴에서 파낼까?

우리의 이슬 한 방울

어디 가서 구할까

누구의 눈빛

누구의 혀끝에서 구할까?

우리들의 꽃 한 송이

어디 가서 구할까

누구의 얼굴

누구의 입가에서 구할까?

―「흙 한 줌 이슬 한 방울」 전문

　이 시에 나타나 있는 '불모성'은 당연히 반(反)에덴적 형상인데, 이는 김현승의 현실 인식이 단순하거나 유치하지 않고 그 특유의 인유적 상상력 속에서 적실성을 얻고 있다는 증거일 것이다. 이러한 인유적 상상력은 종교적 상상력의 보편적인 내적 구조로서, 신구약성서에 나오는 각종 모티브를 작품의 내적 문맥에 맞게 원용하는 지적인 힘을 말한다. 온 세계가 절멸과 불모에 휩싸여 있다 해도 시인의 상상력은 '흙 한 줌 이슬 한 방울'에 의해 새롭게 거듭날 세상을 희원하고 있다.

남은 것은

마른 손등으로 닦는

한 두 방울

소금기 섞인 눈물.

한 두 줄의 詩 다문 입술보다도

아름다운 結晶을 되려 놓친

남은 것은

창 밖에 울고 가는

검은 까마귀,

녹슨 칼의 소리로 울고 가는

남은 것은

한 두 스푼의 카페인,

잠 못 자는 石炭質과

새벽녘의 마른 기침.

남은 것은

엷은 햇빛

담 모퉁이의 엷은 햇빛을

참새들과 함께 쬐는

나의 마른 손

일생을 생각했으나,

불을 만들고 불빛을 꺼버린

손금이 나쁜 나의 손……

―「落葉以後」 전문

　　서정적 주체에게 최후로 '남은 것'은 과연 무엇인가. 두루 알다시피,
성서적 상상력에서 '남은 것(the remnants)'은 가치 멸절의 시대에 최후로
남은 가치 또는 그 가치를 담고 있는 주체들을 지칭한다. 그것은 다른
것들을 다 잃고 나서 오히려 그 가치가 역설적으로 승인되는 것들이

다. 그것을 일러 서정적 주체는 "소금기 섞인 눈물"과 "녹슨 칼의 소리로 울고 가는", "창 밖에 울고가는 / 검은 까마귀"라 이르고, 그리고 "한두 스푼의 카페인, 잠 못자는 석탄질과 / 새벽녘의 마른 기침"으로 그형질을 형상화한다. 그리고 마지막으로 그에게 남은 것은 "엷은 햇빛"과 "마른 손"이다. 그것도 "손금이 나쁜" 손이다. 원래 자조적 어조가과장된 자학으로 가느냐 아니면 자성으로 옮겨지느냐는 서정적 주체의 자신을 향한 치열성의 문제이다. 어쩌면 김현승의 치열하고도 '관념' 일변도의 시적 추구가 낳은 최종적 침전물이 그것들일 것이다. 김현승은 우리에게 그렇게 '남은 자'이다.

산까마귀
긴 울음을 남기고
地平線을 넘어갔다.

四方은 고요하다!
오늘 하루 아무 일도 일어나지 않았다.

넋이여, 그 나라의 무덤은 평안한가.

—「마지막 地上에서」 전문

그의 유작(遺作)이 되어버린 이 시는 그의 시가 가졌던 그동안의 양가 택일의 햄릿적인 딜레마를 자신의 관념 안에서 극복해 내고 이른바절대평화를 획득한 이의 평화로운 관조의 경지를 드러내고 있다. 한때

이항대립적 요소를 대립의 극한 상태로 몰고 가 그중에서 결국 '고독'과 '슬픔'과 '영원'과 '눈물'과 '가을'과 '뼈마디'를 택했던 김현승은 이제 자신의 실존적 관념 속에서 그것들을 폭넓게 용해하고 포괄한다. 따라서 우리는 그의 시세계가 미메시스적인 핍진성이나 분방한 열정적 로맨티시즘 또는 강렬한 언어미학적 실험성과 전적으로 무관하지만 우리에게 정서적 진실성을 던져주는 이유를 여기에서 찾을 수 있다.

제4장

요약 및 결론

이제까지 우리는 다형 김현승이 남긴 적지 않은 시편들을 통하여 그의 시세계가 함유하고 있는 여러 가지 의미를 분석하여 보았다. 한 시대를 풍미하곤 하는 유행적 사조에 일방적으로 몸을 내맡기지 않고, 오히려 독자적인 혼과 예술가로서의 자존심을 지켜가며 시를 써 갔던 그는 한국 현대시사에서 보기 드문 '관념'의 진경을 보인 이채롭고 독보적인 시인라고 이 글은 시종 읽어 왔다. 따라서 김현승의 시세계에 대해 연구자나 독자로서 견지하고 있는 기질적 호불호(好不好)에 따라 애착을 보이거나 일체 도외시하는 경우는 있겠으나, 그의 시를 객관적으로 분석, 평가해 보았을 때 시를 향한 치열한 열정과 시인으로서의 정결했던 삶에 대해서까지 눈감을 수는 없는 우수한 시인인 것이다. 자연인으로서나 시인으로서나 흠 없고 정결했던 삶을 시종 지켜 갔던 그의 궤적은 우리 시사가 소중히 안아 들여야 할 지맥(地脈)이라고 생각한다.

흔히 우리 시의 역사를 '관념' 지향적 시들과 '현실' 지향적 시로 분류할 때 다형 김현승의 시는 김광섭(金珖燮)과 함께 전자의 부류를 대표해 왔다. 그는 전생애를 통해 한결같이 우리 시사의 낯선 영역인 '형이상적 정열'의 충동을 적극 형상화하였으며, '감상벽(感傷癖)'이나 '현실 비판적 참여'의 양극적 자장을 독자적으로 지양하고 뛰어 넘어버린 독창성을 보였다. 그 세계는 비교적 탄탄한 미학적 성취와 일생을 개결하게 산 그의 시인적 삶의 튼튼한 뒷받침을 동시에 얻고 있다.

먼저 그의 시는 한국 현대시에서 시의 '형이상성'을 탐구한 좋은 예로 기억될 수 있다. 형이상시의 가장 중요한 특질은 '중층 묘사(重層描寫)'인데, 중층 묘사란 구체적 표현과 추상적 표현을 교착시키는 서술 방법을 말한다. 여기서 구체적 표현이란 '이미지'에 의한 표현이며 추상적 표현이란 '관념 작용'에 의한 표현을 말한다. 동일한 사물이나 사건을, 감각적 차원과 추상적 차원의 양쪽을 왕래하면서 입체적으로 표현하는 것이 바로 형이상시의 방법인 것이다.[1] 이런 면에서 김현승의 시는 자신의 구체적 이미지 속에 추상적이고 철학적인 관념을 실어 그 안에서 신성과 자유를 추구하였던 형이상시의 전범으로 읽힐 만하다.

일반적으로 '관념'이란 외적 사물이 우리의 마음속에 반영되어 추상적 개념으로 전화된 이미지 같은 것이기 때문에, 외적 대상과 심적 대상의 중간적 위치를 차지한다. 김현승은 외계(外界)의 대상을 철저히 내면화하여 자신의 관념을 드러내는 보조적 수단으로 활용한 시인이다.

---

1   문덕수, 『현대시의 해석과 감상』, 이우출판사, 1982, 157면.

또 김현승이야말로 서양 문학의 견지에서 본다면 '낭만주의'의 가장 위대한 부분에 이르려고 한 시인이라고 할 수 있다. 낭만주의에서 '감상성(感傷性)'이 다음 순간 유한한 인간 조건, 인간의 덧없는 운명에 대한 형이상학적인 낭만적 우수(憂愁)로 고양되었다면, 이와 마찬가지로 김현승에게 '고독' 또한 다음 순간 지상적인 것의 사라짐에 대한 인식을 마련하는 형이상학적인 계기가 되는 것이다.[2]

한 시인의 시정신은 시인의 전의식을 남김없이 반영한다. 물을 것도 없이 그것은 시라는 언어적 형식 속에 나타나 있는 형상적 매질로서 존재하지만, 시 이전의 것 곧 선시적(先詩的)으로 존재하는 자연인으로서의 인격적 가치 또는 세계관 및 이데올로기를 반영하기 마련이다. 따라서 삶의 신실성에 토대를 두지 않은 관념의 세련화는 곧바로 시적 아우라의 느슨함 또는 이물질의 혼효를 초래한다. 이것이 문학적, 창조적 자아와 사회적, 자연적 자아와의 긴밀한 관련성을 환기시킨다고 볼 수 있다.

시에 있어 정신이라고 하면 대개는 구체적인 어떤 정신 즉 불교라든가 (…중략…) 무슨 주의에 입각한 정신 — 이런 것들을 말하게 되고 또 듣고자 할 것이다. 그러나 나는 인간의 정신을 기본적인 일반정신과 구체적인 특수정신이 두 가지로 나누고, 나의 시에 있어서는 기본적인 정신을 매우 가치 있는 것으로 믿고 그 바탕 위에서 나의 구체적인 시정신을 건설하여 나아가고 있다. 더욱이 끝으로 나의 시는 아무래도 기독교의 신을 상대로 형이상학적인 세계로 나아가기 쉬울 것같이 나 자신이 느낀다.[3]

---

2   곽광수, 「사라짐과 영원성」, 『김현승―한국현대시문학대계 17』, 지식산업사, 1982, 23면.

김현승의 시적 방법론의 핵심은 관념에 형상을 입히는 발상의 구조에 있다. 이는 물론 관념의 눈으로 철두철미하게 사물을 바라본다는 것으로 해석할 수도 있다. 그리고 정신적 대위구조의 골격을 유지한다는 데 이 시인의 핵심적인 창작 방법의 비밀이 놓여 있다. 따라서 '대위구조적 상상력'은 김현승의 시적 방법론의 핵심이 된다. 그것은 '순간성'과 '영원성', '견고함'과 '부드러움', '생성'과 '소멸', '밝음'과 '어둠', '웃음'과 '눈물' 등으로 이루어져 있는데, '천상(신)'의 세계는 '밝음 / 삶 / 영원성'으로 충만하고, '주체(까마귀)'는 '눈물 / 보석'으로 결정되어지고, '지상(시)'의 세계는 '어둠 / 죽음 / 무(無)' 등으로 침전하는 것으로 그려진다. 그런데 그것의 대위 양상은 초기 시에서는 하나를 긍정하고 하나를 부정하는 알레고리적 세계를 이루다가 그 경계선이 무너지면서 결국 하나로 통합되는 양상으로 읽을 수 있었다.

또 중요한 것이 이 시인과 기독교와의 관계인데, 그의 시는 기독교적 신앙이 근간이 아니라 질서(소망)는 물론, 혼돈(절망)의 부르짖음까지도 포함하고 있다.[4] 따라서 그의 기독교시란 진실한 신앙적 체험과 심미적 가치가 융화되어 형상화된 하나의 시 작품이다. 그의 시는 신앙적 질서를 시적으로 번안하는 수준의 취약성을 극복하고 종교적 지평 안에서 가능한 인간적 회의와 그에 걸맞은 사유 양식을 치열하게 탐구해 들어간 보기 드문 세계였다. 그의 그러한 비타협성이야말로 다른 시인들에게 쉽게 비견할 수 없는 김현승 시혼의 원형이라고 할 만

---

3   김현승, 「인간다운 기본정신」, 『현대문학』, 1964.9, 34면.
4   Erich Heller, *The Hazard of Modern Poetry*. Charles I. Glicksberg, 최종수 역, 『문학과 종교』성광문화사, 1981, 279면에서 재인용.

하다. 그의 산문적 발언을 통해 우리가 알 수 있는 것은 흡사 『천로역정』의 주인공의 편력처럼 하나의 완결성 있는 극적 구성이 그의 생이라는 것이다. 신앙의 문턱에 들어섰다가 회의하고 방황하다 신앙의 고향으로 회귀하는 경로는 기독교적 인생관을 말할 때 근본적으로 적시(摘示)되는 성서적 알레고리인데, 아이러니컬하게도 그의 삶이 그 경로를 고스란히 보여 준 셈이다. 그러나 그러한 다변화된 삶의 역정에도 불구하고 그의 삶은 여전히 기독교적 상상력이라는 자장을 한 치도 떠나지 않았고 신에 대한 회의도 결국은 종교적 상상력이 극에 가서 얻을 수 있는 방법적 부정이었던 셈이다. 그만큼 그의 정신적 기저에는 언제나 자양으로서의 기독교적 상상력이 예비되어 있었던 것이다. 그것은 한마디로 내적 갈등과 실존적인 자기 인식이었다. 그런 의미에서 그에게 종교란 "인간 정신 전체의 심층 상태(the aspect of depth)"[5]였다고 생각된다.

우리는 이제까지 김현승의 시적 궤적을 그의 시에 나타난 대위구조적 상상력이라는 준거를 토대로 읽어왔다. 연구의 성격이 이 시인의 시적 행로를 극단적으로 '정도(正道)'와 '사도(邪道)'라는 이항대립으로 가치평가하려 했던 것이 아님은 자명하다. 그의 태생적 조건이었던 종교적 이념이라는 어찌 보면 협애하고 배타적일 수 있는 토대를 자신의 인문적 상상력과 현실 인식으로 통합하여 모두 균형 잡힌 서정을 고전적 격조 속에 보여 준 시사적 공적을 인정해야 할 것이다.

---

5 Paul Tillich, 김경수 역, 『문화의 신학』, 대한기독교서회, 1981, 12면.

김현승 연보

1913년(1세)　　2월 28일(양력 4월 4일), 부친 김창국의 신학 유학지 평양에서 6남매 중 2남으로 출생하다. 이후 6세 때까지 부친의 목회 첫 부임지인 제주 성내교회가 있는 제주읍에서 성장하다. 호는 다형(茶兄)이다.

1919년(7세)　　4월, 부친의 전근지인 전남 광주시로 이사하여 미션계의 숭일학교 초등과에 입학하다.

1926년(14세)　　3월, 숭일학교 초등과를 졸업하고, 부친의 뜻에 따라 형이 먼저 유학하고 있던 평양 숭실중학교에 입학하다.

1932년(20세)　　4월, 숭실전문학교에 입학하다.

1933년(21세)　　4월, 위장병의 악화로 2학년 진급을 마치고 1년 동안 광주에서 휴양하다.

1934년(22세)　　4월, 학교에 복교하다. 5월, 시작에 열중하여 방학 동안 낙향하지 않고 시를 써서 당시 문과 교수였던 양주동의 눈에 들다. 그의 소개로 『동아일보』 문화란에 소개되어 등단하다. 작품은 「쓸쓸한 겨울 저녁이 올 대 당신들은」과 「어린 새벽은 우리를 찾아온다 합니다」이다.

1936년(24세)　　3월, 문과 3학년을 수료한 후 졸업 학년 진급을 목전에 두고 위장병이 악화하여 휴양을 목적으로 귀향하다. 모교인 숭일학교에서 교편을 잡다.

1938년(26세) 2월, 장은순과 결혼하다. 4월, 1년간 휴양의 계획이 2년으로 연장 지체된 후 복교하기 위하여 평양을 다시 찾았으나, 그해 그달에 신사참배 문제로 교문이 닫히고 말아 기구한 젊음의 한을 품고 제2의 고향인 평양을 등지다. 이때부터 해방까지 지상에 태어난 식민지 청년으로서의 길이 비롯되다. 학업은 중단되고, 교사직에서는 관의 압력에 의해 해고되고, 꿈에서도 잊지 않던 시작은 현실적으로 중단되고, 구직을 위해 평안남도의 두메산골까지 방황을 하고, 마침내는 기질에 맞지 않고 원치도 않았던 회사 등의 직장에서 연명을 위하여 생활 아닌 생존을 계속하다. 이 동안에 모친의 상을 당하고 삶의 무상을 더욱 체험하다.

1945년(33세) 8월, 해방을 맞아 광주 소재의 호남신문사 기자로 입사하였으나 곧 그만두다.

1946년(34세) 5월 대표작 가운데 하나인 「창(窓)」을 쓰다.

1950년(38세) 8월, 부친상을 당하다.

1951년(39세) 4월, 조선대학교 문리과대학 부교수로 취임하다.

1953년(41세) 5월, 광주 지방의 문인을 중심으로 동인지 『신문학』을 창간하고 주간이 되다. 6월, 「플라타너스」를 쓰다.

1955년(43세) 4월, 한국시인협회 제1회 시인상 수상 대상으로 선정되었으나 수상을 거부하다. 7월, 전라남도 제1회 문화상 문학부문 상을 수상하다.

1957년(45세) 5월, 한국문학가협회 상임위원에 피임되다. 11월, 「내 마음은 마른 나뭇가지」를 쓰다. 12월, 첫 시집 『김현승시초』(문학사상사)를 발간하다.

1960년(48세) 4월, 모교의 후신인 숭실대학의 부교수로 취임하다. 이 무렵 전직 조선대학교에서 문리과대학장 취임 교섭을 받았으나 사절하다.

1963년(51세) 6월, 제2시집 『옹호자의 노래』(선명문화사)를 출간하다. 이 시집
은 자연의 사물에서 얻은 감각과 인상의 표백, 내부적 기질의 숨김없는
토로, 가을에 관한 사색, 그리고 현실적으로 처해 있는 문명, 사회, 민족
등에 대한 신념 등의 다양성을 보이다.

1968년(56세) 1월, 제3시집 『견고한 고독』(관동출판사)을 출간하다. 이 시집은
기독교 그것도 특히 청교도적인 신앙과 사상에 입각한 내부적 생명의 세
계로 파고들어 절대자와 고독한 인간의 관계, 문명적인 시대 상황을 노
래하다.

1970년(58세) 11월, 제4시집 『절대고독』(성문각)을 출간하다. 이 시집은 사랑,
신앙, 고독 등의 인간 조건에 대한 투철한 추구를 계속하고, 그것을 견고
한 비유로 형상화하다. 이때는 그를 기독교적 주지주의 시인으로 각인
시킨 시기이다.

1972년(60세) 3월, 숭전대학교 문리과대학장에 임명되다. 『한국현대시해설』(관
동출판사)을 출간하다. 이 해설서는 이후 한국 시 해설서의 전범이 된다.

1973년(61세) 5월, 서울특별시 문화상 문학부문 수상하다.

1974년(62세) 5월, 『김현승시전집』(관동출판사)을 간행하다

1975년(63세) 4월 11일, 서울특별시 서대문구 수색동 119의 10 자택에서 별세
하다. 11월, 유고 시집 『마지막 지상에서』(창작과비평사)가 간행되다. 부
정하고 회의했던 대상인 신에게 감사와 찬미를 드리는 편력의 마감 단계
이다.

참고문헌

I. 기본자료

김현승, 『김현승시초』, 문학사상사, 1957.
______, 『옹호자의 노래』, 선명문화사, 1963.
______, 『견고한 고독』, 관동출판사, 1968.
______, 『절대고독』, 성문각, 1970.
______, 『김현승시전집』, 관동출판사, 1974.
______, 『마지막 지상에서』, 창작과비평사, 1975.
______, 『고독과 시』, 지식산업사, 1977.
______, 『김현승－한국현대시문학대계 17』, 지식산업사, 1982.
______, 『가을에는 기도하게 하소서』, 예전사, 1984.
______, 『김현승전집』 1 · 2 · 3, 시인사, 1985～1986.
______, 『내 마음은 마른 나뭇가지』, 열음사, 1986.
______, 『절대고독』, 자유문학사, 1987.
______, 『내 마음은 마른 나뭇가지』, 종로서적, 1988.
______, 『가을의 기도－한국대표시인100인선집』, 미래사, 1991.

II. 저서

김광림, 『존재에의 향수』, 조광출판사, 1974.
김용성, 『한국현대문학사탐방』, 현암사, 1984.
김용직 · 김치수 · 김종철 편, 『문예사조』, 문학과지성사, 1983.
김우규 편, 『기독교와 문학』, 종로서적, 1992.
김우창, 『지상의 척도』, 민음사, 1981.

______,『시인의 보석』, 민음사, 1993.

______,『심미적 이성의 탐구』, 솔출판사, 1995.

김유중,『한국 모더니즘문학의 세계관과 역사의식』, 태학사, 1996.

김윤식,『한국현대시론비판』, 일지사, 1986.

김윤식 · 김현,『한국문학사』, 민음사, 1973.

김은철,『한국근대관념주의시연구』, 형설출판사, 1993.

김재홍,『한국현대시인연구』, 일지사, 1986.

김종길,『시에 대하여』, 민음사, 1986.

김종철,『시와 역사적 상상력』, 문학과지성사, 1978.

김주연 편,『현대문학과 기독교』, 문학과지성사, 1984.

김준오,『시론』, 문장사, 1984.

김 철,『잠 없는 시대의 꿈』, 문학과지성사, 1989.

______,『구체성의 시학』, 실천문학사, 1993.

김현 · 곽광수,『바슐라르 연구』, 민음사, 1976.

김현자,『한국 현대시 작품 연구』, 민음사, 1988.

김흥규,『문학과 역사적 인간』, 창작과비평사, 1988.

김희보,『한국문학과 기독교』, 현대사상사, 1979.

______,『기독교문예사조사』, 종로서적, 1984.

나병철,『근대성과 근대문학』, 문예출판사, 1995.

마광수,『상징시학』, 청하, 1985.

문덕수,『한국모더니즘시연구』, 시문학사, 1992.

박두진,『현대시의 이해와 체험』, 일조각, 1976.

______,『한국현대시론』, 일조각, 1982.

박이도,『한국 현대시와 기독교』, 예전사, 1994.

박이문,『예술철학』, 문학과지성사, 1983.

______,『종교란 무엇인가』, 일조각, 1993.

박철석,『한국현대시인론』, 학문사, 1982.

박철희,『서정과 인식』, 이우출판사, 1982.

범대순 편,『현대영미시론』, 을유문화사, 1982.

소재영 · 권영진 · 한승옥 · 조규익,『기독교와 한국문학』, 대한기독교서회, 1990.

숭실어문학회 편,『다형 김현승 연구』, 보고사, 1996.

신동욱,『우리 시의 역사적 연구』, 새문사, 1984.

신익호,『기독교와 한국 현대시』, 한남대 출판부, 1988.

오규원,『현실과 극기』, 문학과지성사, 1976.

오성호,『한국근대시문학연구』, 태학사, 1993.

유종호,『동시대의 시와 진실』, 민음사, 1995.

______,『시란 무엇인가』, 민음사, 1995.

유종호·최동호 편,『시를 어떻게 볼 것인가』, 현대문학사, 1995.

윤여탁,『시의 논리와 서정시의 역사』, 태학사, 1995.

이명섭 편,『세계문학비평용어사전』, 을유문화사, 1985.

이상섭,『문학비평용어사전』, 민음사, 1992.

______,『자세히 읽기로서의 비평』, 문학과지성사, 1995.

이선영 편,『1930년대 민족문학의 인식』, 한길사, 1990.

이승훈,『시론』, 고려원, 1988.

이운룡,『김현승－한국현대시인연구 10』, 문학세계사, 1993.

이인복,『한국문학에 나타난 죽음의식의 사적 연구』, 열화당, 1976.

이창배,『20세기 영미시의 형성』, 민음사, 1994.

임영천,『기독교와 문학의 세계』, 대한기독교서회, 1991.

______,『한국 현대문학과 기독교』, 태학사, 1995.

장도준,『현대시론』, 태학사, 1995.

정문길,『소외론 연구』, 문학과지성사, 1985.

정상균,『한국현대시문학사연구』, 한신문화사, 1990.

정한모,『현대시론』, 민중서관, 1977.

정현기,『비평의 어둠 걷기』, 민음사, 1991.

정현종,『거지와 광인』, 나남, 1985.

정현종·김주연·유평근 편,『시의 이해』, 민음사, 1983.

조가경,『실존철학』, 박영사, 1993.

조두환,『라이너 마리아 릴케』, 건국대 출판부, 1994.

조신권,『한국문학과 기독교』, 연세대 출판부, 1983.

조태일,『고여 있는 시와 움직이는 시』, 전예원, 1980.

지명렬,『독일낭만주의연구』, 일지사, 1988.

채규판,『한국현대비교시인론』, 탐구당, 1982.

최규창,『한국기독교시인론』, 대한기독교서회, 1984.

최동호,『현대시의 정신사』, 열음사, 1985.

최동호,『불확정 시대의 문학』, 문학과지성사, 1987.

최문규,『탈현대성과 문학의 이해』, 민음사, 1996.

최유찬,『문예사조의 이해』, 실천문학사, 1995.

최재서,『문학원론』, 신원도서, 1976.

표재명,『키에르케고어의 단독자 개념』, 서광사, 1992.

한국 문학과 종교학회 편,『문학과 종교의 만남』, 동인, 1995.

한국종교학회 편,『종교와 문학』, 소나무, 1991.

황동규,『사랑의 뿌리』, 문학과지성사, 1976.

Berger, Peter L, 이양구 역,『종교와 사회』, 종로서적, 1992.

Bernis, Janne, 이재희 역,『상상력』, 탐구당, 1995.

Bollnow, Otto Friedrich, 최동희 역,『실존철학이란 무엇인가』, 서문당, 1972.

Buber, Martin, 표재명 역,『나와 너』, 문예출판사, 1990.

Burrel, Sidney Alexander, 임희완 역,『서양근대사에서 종교의 역할』, 민음사, 1992.

Colwell, C. Carter, 이재호・이명섭 역,『문학개론』, 을유문화사, 1991.

Descombes, Vincent, 박성창 역,『동일성과 타자』, 인간사랑, 1993.

Durand, Gilbert, 진형준 역,『상징적 상상력』, 문학과지성사, 1990.

Eliade, Mercia, 이동하 역,『성과 속―종교의 본질』, 학민사, 1983.

Eliot, Thomas Sterns, 이창배 역,『엘리어트 선집』, 을유문화사, 1960.

Eliot, Thomas Sterns, 최종수 역,『문예비평론』, 박영사, 1976.

Frank, Erich, 김하태 역,『철학적 이해와 종교적 진리』, 대한기독교서회, 1977.

Glicksberg, Charles I, 최종수 역,『문학과 종교』, 성광문화사, 1981.

Goldmann, Lucien, 박영신 외역,『문학 사회학 방법론』, 현상과 인식, 1984.

Goldmann, Lucien, 송기형 외역,『숨은 신』, 연구사, 1986.

Grebstein, S. N, *Perspective in Contemporary Criticism*, New York, Harper & Row, 1968.

Heidegger, Martin, 최동희 역,『형이상학이란 무엇인가』, 서문당, 1975.

Heidegger, Martin, 전광진 역,『하이데거의 시론과 시문』, 탐구당, 1981

Hohoff, Curt, 한숭홍 역,『기독교 문학이란 무엇인가?』, 두란노서원, 1991.

Ingarden, Roman, 이동승 역,『문학예술작품』, 민음사, 1995.

Isaacs, J, 이경식 역,『현대 영문학의 이해』, 종로서적, 1991.

Jacobi, Jolande, 이태동 역,『칼 융의 심리학』, 성문각, 1978.

Lamping, Dieter, 장영태 역,『서정시―이론과 역사』, 문학과지성사, 1994.

Ldtman, Jurij, 유재천 역,『예술 텍스트의 구조』, 고려원, 1991.

Leeuw, Gerardus van der, 윤이흠 역,『종교와 예술』, 열화당, 1994.

Levinas, Emmanuel, 강영안 역,『시간과 타자』, 문예출판사, 1996.

Lunn, Eugene, 김병익 역,『마르크시즘과 모더니즘』, 문학과지성사, 1989.

Martain, Jacques, 김태관 역,『시와 미와 창조적 직관』, 성바오로출판사, 1985.

Pappenheim, Fritz, 황문수 역,『현대인의 소외』, 문예출판사, 1994.

Paz, Octavio, 김홍근 역,『현재를 찾아서』, 범양사출판부, 1992.

Perkins, David, *A History of Modern Poetry*, Harvard University Press, 1976.

Sire, James W, 김헌수 역,『기독교 세계관과 현대사상』, 한국기독학생회출판부, 1985.

Steiger, Emil, 이유영・오현일 역,『시학의 근본개념』, 삼중당, 1978.

Tillich, Paul, 김경수 역,『문화의 신학』, 대한기독교서회, 1981.

Todorov, Tzvetan, 곽광수 역,『구조시학』, 문학과지성사, 1985.

Wheelwright, Philip, *The Burning Fountain*, Indiana University Press, 1959.

Wheelwright, Philip, 김태옥 역,『은유와 실재』, 문학과지성사, 1988.

Worringer, Wilhelm, 권원순 역,『추상과 감정이입』, 계명대 출판부, 1982.

Zimmermann, Franz, 이기상 역,『실존철학』, 서광사, 1987.

III. 논문

강창민,「시인론 연구의 방법」,『국제대학 논문집』14집, 1986.

곽광수,「사라짐과 영원성」,『김현승 – 한국현대시문학대계 17』, 지식산업사, 1982.

______,「김현승의「이별에게」」,『한국현대시작품론』, 문장, 1992.

구창환,「한국문학의 기독교사상 연구」,『한국언어문학』15집, 1977.

권영진,「시와 종교적 상상력(1)」,『숭실어문』2집, 1985.

권오만,「김현승과 성・속의 갈등」,『한국현대시사연구』, 일지사, 1984.

기진오,「김현승의 시의식 연구」,『전농어문연구』6집, 1994.

김인섭,「김현승 시의 상징체계 연구」, 숭실대 박사논문, 1994.

______,「김현승 시의 의식세계」,『숭실어문』12집, 1995.

문덕수,「김현승 시 연구」,『시문학』, 1984.10.

박귀례,「다형 김현승 시 연구」, 성신여대 박사논문, 1995.

박이도,「김현승의「고독의 끝」」,『현대시의 이해』, 문학과비평, 1992.

박정례, 「김현승 시 연구」, 인하대 박사논문, 1990.

박철석, 「김현승론」, 『현대문학』, 1980.7.

범대순, 「시적 고독」, 『현대시학』, 1974.12.

소재영, 「다형 김현승의 삶과 문학」, 『숭실어문』 12집, 1995.

안수환, 「다형 문학과 기독교」, 『시문학』, 1977.3.

양왕용, 「김현승 제2기 시와 기독교 사상」, 『문학과 종교』 창간호, 한국문학과종교학
　　　회, 1995.

윤여탁, 「신이 될 수 없는 인간의 고독」, 『한양어문연구』 13집, 1995.

이기반, 「김현승의 「절대고독」」, 『한국현대시작품연구』, 학문사, 1992.

이성부, 「사랑의 실체」, 『창작과 비평』, 1976 봄.

＿＿＿, 「신 · 인간 · 민족의 탐구」, 『현대문학』, 1975.6.

장백일, 「원죄를 끌고 가는 고독」, 『현대문학』, 1969.5.

정재완, 「김현승의 「견고한 고독」」, 『한국대표시평설』, 문학세계사, 1988.

정태용, 「김현승론」, 『현대문학』, 1971.2.

조재훈, 「다형 문학론」, 『숭전어문학』 5집, 1976.

조태일, 「김현승 시정신 연구」, 경희대 박사논문, 1991.

천상병, 「김현승론」, 『시문학』, 1973.1.

최하림, 「수직적인 세계」, 『창작과 비평』, 1975 여름.

한수영, 「1950년대 한국 문예비평론 연구」, 연세대 박사논문, 1995.

홍기삼, 「김현승론」, 『숭전어문학』 2집, 1973.

홍문표, 「김현승의 「눈물」」, 『한국현대시작품연구』, 학문사, 1992.

　새 천 년이 시작된 지도 벌써 몇 해가 지났다. 식민지와 분단국가로 지낸 20세기 한국 역사의 와중에서 근대 민족국가 수립과 민족 문화 정립에 애써온 우리 한국학계는 세계사 속의 근대 한국을 학술적으로 미처 정리하지 못한 채 세계화와 지방화라는 또 다른 과제를 안게 되었다. 국가보다 개인, 지방, 동아시아가 새로운 한국학의 주요 대상이 된 작금의 현실에서 우리가 겪어온 근대성을 다시 한번 정리하고 21세기에 맞는 새로운 모습으로 탈바꿈시키는 것은 어느 과제보다 앞서 우리 학계가 정리해야 할 숙제이다. 20세기 초 전근대 한국학을 재구성하지 못한 채 맞은 지난 세기 조선학·한국학이 겪은 어려움을 상기해 보면, 새로운 세기를 맞아 한국 역사의 근대성을 정리하는 일의 시급성은 아무리 강조해도 지나치지 않다.

　우리 근대한국학연구소는 오랜 전통이 있는 연세대학교 조선학·한국학 연구 전통을 원주에서 창조적으로 계승하고자 하는 목표에서 설립되었다. 1928년 위당·동암·용재가 조선 유학과 마르크스주의, 그리고 서학이라는 상이한 학문적 기반에도 불구하고 조선학·한국학 정립을 목표로 힘을 합친 전통은 매우 중요한 경험이었다. 이에 외솔과 한결이 힘을 더함으로써 그 내포가 풍부해졌음은 두말할 나위가 없다. 연세대학교 원주캠퍼스에서 20년의 역사를 지닌 매지학술연구소를 모체로 삼아, 여러 학자들이 힘을 합쳐 근대한국학연구소를 탄생시킨 것은 이러한 선배학자들의 노력을 교훈으로 삼은 것이다.

이에 우리 연구소는 한국의 근대성을 밝히는 것을 주 과제로 삼고자 한다. 문학 부문에서는 개항을 전후로 한 근대 계몽기 문학의 특성을 밝히는 데 주력할 것이다. 역사 부문에서는 새로운 사회경제사를 재확립하고 지역학 활성화를 위한 원주학 연구에 경진할 것이다. 철학 부문에서는 근대 학문의 체계화를 이끌고 사회과학 분야에서는 학제 간 연구를 활성화시키며 근대성 연구에 역량을 축적해 온 국내외 학자들과 학술 교류를 추진할 것이다. 이러한 연구들은 일방성보다는 상호 이해와 소통을 중시하는 통합적인 결과물의 산출로 이어질 것이다.

근대한국학총서는 이런 연구 결과물을 집약적으로 정리하기 위해 마련한 총서이다. 여러 한국학 연구 분야 가운데 우리 연구소가 맡아야 할 특성화된 분야의 기초자료를 수집·출판하고 연구성과를 기획·발간할 수 있다면, 우리 시대 연구자들뿐만 아니라 학문 후속세대들에게도 편리함과 유용함을 줄 수 있을 것이다. 새롭게 시작한 근대한국학총서가 맡은 바 역할을 충분히 할 수 있도록 주변의 관심과 협조를 기대하는 바이다.

2003년 12월 3일
연세대학교 원주캠퍼스 근대한국학연구소